AF279978

Für Walter, Tobias und Nina

Bernie Brack

Kaffee ohne mit Süss

Kriminalroman

Bibliografische Information der deutschen Nationalbibliothek:
Die deutsche Nationalbibliothek verzeichnet diese Publikation
in der Deutschen Nationalbibliothek; detaillierte Daten sind im
Internet über http://dnb.dnb.de abrufbar.

Die automatisierte Analyse des Werkes, um daraus
Informationen insbesondere über Muster, Trends und
Korrelationen gemäss §44b UrhG („Text und Data Mining) zu
gewinnen, ist untersagt.

Verlag: BoD · Books on Demand GmbH, Überseering 33,
22297 Hamburg, bod@bod.de
Druck: Libri Plureos GmbH, Friedensallee 273, 22763 Hamburg

ISBN: 978-3-8192-8123-5

August2020

Der Klingelton, der beim Öffnen der Türe einer Basler Galerie ertönte, liess den Redner im hinteren Teil des abgedunkelten Raumes kurz verstummen. Einige der Zuhörenden drehten sich nach ihr um, was Kathy beinahe zum Erröten brachte. Mit einer entschuldigenden Geste versuchte sie die Türe so leise wie möglich zu schliessen. Ein stattlicher Mann stand angeleuchtet von einem kleinen Scheinwerfer auf einem Podest. Er sprach mit einem französischen Akzent, was Kathy vermuten liess, dass es sich um den Künstler handeln musste. Neben ihm strahlte Lisa, die Besitzerin der Galerie, in die Runde der zahlreichen BesucherInnen. Kathy betrachtete das Bild an der Wand links neben ihr. In der Mitte der Leinwand war ein grüner Kreis zu sehen, der von einem bunten Farbchaos umgeben war. „Wie geschmacklos", murmelte sie. „Gefällt Ihnen wohl nicht?", flüsterte jemand leise in ihr Ohr. „Einfach nur scheusslich", erwiderte sie, indem sie sich umdrehte. Sie blickte in ein lachendes Gesicht. Um die 40, Dreitagebart, die Schläfen leicht ergraut. Die Figur durchtrainiert, die Kleidung elegant, salopp und der Duft… „Bleu", flüsterte sie. „Irrtum, grün, trou vert dance dans l´univers, grünes Loch tanzt im Universum", antwortete die sonore Stimme leise und fuhr auf ihren fragenden Blick hin gleich weiter, „der Titel dieses Bildes". Kathy war sich nicht ganz sicher, ob sie ihn darüber aufklären sollte, dass sie eigentlich sein Parfum „Chanel bleu" gemeint hatte. Er streckte ihr seine Hand entgegen: „Carsten!" „Süss", antwortete sie. „Na also, das hat mir jetzt auch noch niemand…" Weiter kam er nicht, denn Lisas Stimme ertönte nun durch das Mikrophon. „Meine Damen und Herren, wir möchten Ihre Aufmerksamkeit nicht weiter strapazieren, der Apéro steht bereit, ich wünsche Ihnen viel Vergnügen bei der Ausstellung und einen schönen Abend." Die Storen gingen mit einem sanften Quietschen nach oben und die Abendsonne durchflutete den Raum. Als Kathy die anderen Bilder in der Galerie sah, musste sie tief durchatmen. „Der arme Mann", entfuhr es ihr, „so viele tanzende Löcher im Universum!" Carstens herzliches Lachen wurde von Lisa in gestrengem Ton unterbrochen. „Sag mal, das darf doch nicht wahr sein. Erst kommst du zu spät und dann beginnt ihr zwei während den Ausführungen des Künstlers miteinander zu quatschen?" „Meine Schuld", verteidigte Carsten Kathy sofort. Lisa schmunzelte bedeutungsvoll, nahm Kathy in ihre Arme und flüsterte den beiden zu: „Aber es hat nicht geschadet, seinen Redeschwall zu unterbrechen." Kathy wollte sich gerade über die Scheusslichkeit der Bilder auslassen, als sich der Künstler ihnen näherte. Er trug einen seltsamen Hut und um seinen Hals einen Schal, der den Bildern in seinem Aussehen gefährlich nahekam. Galant nahm er Kathys Hand, führte sie vor seinen Mund mit den Worten: „Enchanté, Madame, isch offe, dass meine Werke Sie gefallen." Bevor sie darauf antworten konnte, fügte er hinzu: „Sie müssen misch excusieren, isch glaube eine Käufer warten auf misch." Als er wieder ausser Hörweite war, sagte Kathy zu ihrer Freundin: „Wo hast du denn diesen seltsamen Vogel aufgegriffen? Gibt es wirklich jemanden, der solche Bilder kauft?" „Ehrlich gesagt ja, es gibt sogar eine ganze Menge von Leuten, die diese Kunstwerke haben wollen und das zu exorbitanten Preisen. Du würdest dich wundern. Aber nun verratet mir doch, woher ihr beiden euch kennt." „Nun, wir haben uns gerade zum ersten Mal gesehen", antwortete Carsten, „aber erstaunlicherweise findet mich die junge Dame süss." Lisa und Kathy schauten sich kurz an und begannen herzlich zu lachen, was sich bei Carstens seltsamen Gesichtsausdruck noch steigerte. Dann erklärte Kathy, dass sie dieses Missverständnis sehr gut kenne, es sich bei dem Wort süss aber nicht um das Adjektiv, sondern um ihren Nachnamen handle, was Carsten mit einem leicht pikierten „Schade" quittierte. „Also", begann Lisa sogleich mit einem charmanten Lächeln, „das ist meine beste Freundin Kathy Süss und das ist mein guter Freund Carsten Schneider, der Bruder des Künstlers." „Ach", sagte Kathy, „seit der Geburt getrennt? Oder wie kommt es, dass du deutsch redest und er anscheinend französisch?" Carsten erklärte ihr, dass sein Bruder Hans in der Kunstwelt als Jeannot Tailleur bekannt war. Durch die französische Auslegung seines Namens und seinen Akzent hatte er zu Beginn seiner Karriere das Gefühl, eher dem Image eines Künstlers zu entsprechen. Obwohl er mittlerweile seine Bilder gut verkaufe, habe er diese Attribute beibehalten. Grete, die Mitarbeiterin der Galerie, versuchte Lisa ein Zeichen zu geben, was diese jedoch nicht gleich bemerkte. Kathy machte sie darauf aufmerksam. „Du wirst gebraucht", sagte sie zu ihrer Freundin. „Und du bleibst bis zum Ende hier, ich will noch mit dir anstossen", antwortete Lisa und sah sie mit einem gespielt strengen Blick an, bevor sie sich in die Menge stürzte. Kathy drehte sich zu Carsten um und als sie bemerkte, dass er bereits mit einem Ehepaar in ein Gespräch vertieft war, verzog sie sich schnell in eine Ecke des Raumes, um auf ihrem Handy noch einige Mails zu checken. Als sie kurz aufblickte, sah sie, dass sowohl Lisa als auch Carsten sie strafend anschauten. Sie liess sich davon jedoch nicht weiter beirren. Nach und nach verabschiedeten sich die Besucher und übrig blieben Carsten, Kathy, Lisa und Hans. Letzterer sprach nun wie sein Bruder einen waschechten Berliner Dialekt. „So, nun wollen wir aber endlich feiern", verkündete Lisa. „Feiern? Was denn feiern?", fragte Kathy. Die Antwort kam indirekt von Grete, die aus dem Büro stürmte. „Fünf“, rief sie, „fünf Bilder wurden verkauft, darunter das Grosse hinten an der linken Wand.“ Hans entfuhr ein Freudenschrei. Er rannte auf Grete zu und tanzte mit ihr durch die Galerie. „Dieses Bild allein kostet 15000 Franken“, flüsterte Lisa Kathy zu, „mit der Provision habe ich die Unkosten für die nächsten Monate gedeckt. Wie gesagt, er ist ein angesehener Künstler.“ „Wer um alles in der Welt hat denn dieses schreckliche Ungetüm gekauft“, rief Carsten mit einem ironischen Unterton in die Runde, indem er Kathy zuzwinkerte. Grete nannte ihnen den Namen. „Besitzer einer Privatbank“, sagte sie, „ein reicher, Sammler, der meint etwas von Kunst zu verstehen.“ „Was genau willst du damit sagen, wenn du behauptest, er meint etwas von Kunst zu verstehen?“, fragte Hans mit einer einseitig hochgezogenen Augenbraue, um gleich lachend fortzufahren, „Na egal, Hauptsache er hat es gekauft. Grete, du bist meine Königin, meine Muse. Champagner geht auf mich“, rief er mit theatralischer Geste, während er in die Hände klatschte. Sie setzten sich alle um den kleinen Tisch im hinteren Teil der Galerie. „Auf Grete!“, rief Hans mit erhobenem Glas, „und natürlich auf Lisa, meine neue Galeristin in der Schweiz.“ Es wurde ein feuchtfröhlicher Abend. Carstens Blicke waren immer wieder bei Kathy und als sie sich auf der Toilette kurz frisch machen wollte, stand plötzlich Lisa hinter ihr. „Na, mein alter Freund flirtet aber ganz schön mit dir", sagte sie, was Kathy mit einer verneinenden Bewegung abtat. „Woher kennst du die beiden überhaupt?", fragte sie ihre Freundin. Sie erfuhr, dass Lisa die Brüder während ihrem Studium der Kunstgeschichte in Berlin, das genau 14 Monate dauerte, kennengelernt hatte. „Carsten bin ich zum ersten Mal auf einer Studentenparty begegnet. Er, der smarte Medizinstudent, ich, die etwas verrückte Kunststudentin..." „Ihr hattet…" „Nein", unterbrach Lisa sie sogleich, „wir hatten nichts miteinander. Damals war ich in unseren Professor verschossen. Du erinnerst dich? Ich habe dir doch von ihm erzählt. Er war der Star der Fakultät." Sie atmete tief ein, bevor sie mit einem ironischen Unterton weiterfuhr: „Natürlich war er verheiratet und hatte an die 20 Geliebte. Ich war eine davon." Kathy erinnerte sich dunkel. „Mit Carsten konnte ich über alles reden, in ihm hatte ich einen echten Freund gefunden", fuhr Lisa fort, „er war mein Kummerkasten. Wir sind nächtelang zusammen um die Häuser gezogen." Für einen kurzen Augenblick schien es, als sei Lisa weit weg mit ihren Gedanken. „Er ist wirklich sehr in Ordnung. Wir haben immer Kontakt gehalten und jetzt hat er einen neuen Job hier in Basel. So hat sich auch die Ausstellung mit seinem Bruder ergeben. Ein echter Glücksfall, wie du siehst." Sie schaute ihre

Freundin lachend an. „Und dass Carsten hier ist, scheint nicht nur mir zu gefallen", fügte sie augenzwinkernd hinzu. „Ach Lisa, du weisst doch, dass ich glücklich verheiratet bin. Aber sag mal, was ist eigentlich mit Grete los. Ich habe das Gefühl, sie strahlt heute noch mehr als sonst," fragte Kathy, um von Carsten abzulenken. Lisa warf noch einen kurzen, prüfenden Blick in den Spiegel. „Verliebt", sagte sie nur, „erzähle ich dir ein anderes Mal." Als sich die beiden Frauen wieder zu den Übrigen gesellten, setzte sich Süss neben Grete. Sie kannten sich ganz gut, da Grete Lisa manchmal begleitete, wenn sich die beiden Freundinnen zu einem Feierabendbier trafen. Kathy schätzte die ruhige und intelligente Frau mit ihrem ansteckenden Lachen sehr.

Hans entpuppte sich als äusserst unterhaltsamer Geschichtenerzähler, der seine eigene Kunst gar nicht so ernst nahm. „So", sagte Carsten bestimmt, als sein Bruder wieder erneut zu einer Anekdote ansetzen wollte, „nun möchte ich aber einmal etwas über Süss erfahren. Woher kennst du Lisa? Was machst du so in deinem Leben?" Bevor Kathy antworten konnte, vernahmen sie einen lauten Donnerschlag. „Ich denke, dieses Gespräch müssen wir verschieben", antwortete Kathy, „ich sollte nach Hause gehen, bevor das grosse Gewitter kommt." Sie verabschiedete sich von allen und verliess schleunigst die Galerie. Draussen wurde sie bereits von dicken Regentropfen begrüsst. Sie ging einige Meter die Strasse entlang. Der Regen wurde immer stärker und sie überlegte, ob sie sich irgendwo unterstellen sollte, als ein Auto mit quietschenden Reifen neben ihr hielt. Die Beifahrertüre öffnete sich und Carsten schrie heraus: „Nun steig schon ein, Süss." „Du hast doch getrunken", antwortete sie, was sie jedoch gleich wieder bereute. „Bist du etwa bei der Polizei? Ich hatte zwei oder drei Gläser Champagner. Aber wenn du nicht willst, bitte schön." Gleichzeitig mit einem Blitz, der schon gefährlich nahe zu sein schien, nahm sie einen Satz auf den Beifahrersitz. „Im Handschuhfach sollte ein Handtuch liegen. Wo soll ich dich denn hinbringen?" „Adlerstrasse." Kathy vermied es von dem angebotenen Tuch Gebrauch zu machen. Carsten blickte sie belustigt von der Seite an. Dann stellte er das Radio ein. Bei einer Canzone von Gianna Nannini legte er seine Hand auf ihr Knie. Die Atmosphäre vibrierte. Sie schwiegen beide. Dann sagte er plötzlich: „Welche Nummer?" „Wie bitte?", fragte sie. „Welche Hausnummer?" „17!". Carsten bremste scharf, was Kathy in die Realität zurückkatapultierte. Sie hatte wohl bemerkt, dass sie bereits an ihrem Haus vorbeigefahren waren, konnte oder wollte aber in diesem Moment nichts sagen. „Du kannst mich vorne an der Kreuzung rauslassen." „Ich lass dich doch nicht in der dunklen Strasse allein", sagte er und fuhr einige Meter zurück. Als der Wagen endlich stillstand, fragte er: „Und was machen wir jetzt?", wobei sein Gesicht mitsamt dem Chanelduft immer näherkam. Schnell legte Kathy seine Hand zurück auf sein Knie. „Vielen Dank fürs Nachhause bringen", antwortete sie und verliess beinahe fluchtartig den Wagen.

Als Kathy am nächsten Morgen erwachte, griff sie automatisch zur linken Bettseite und bemerkte, dass sie leer war. Schnell schlug sie ihre Augen auf und erschrak, als sie die Helligkeit wahrnahm, die den Raum bereits durchströmte. Sie musste verschlafen haben. Sie hörte das gedämpfte Summen von Frank und ein verführerischer Kaffeeduft strich ihr um die Nase. Leise öffnete sich die Türe. „Na, du Schlafmütze, auch schon wach? Ist wohl spät geworden gestern. Ich muss los. Kaffee ist frisch gemacht. Heute Abend bei Giovanni? 19 Uhr? Freue mich." Mit dem letzten Satz gab er ihr, ohne eine Antwort abzuwarten, einen Kuss auf die Stirne. Schnell zog sie ihn zu sich herunter und küsste ihn leidenschaftlich. „Wofür war das jetzt", fragte er leicht verdutzt. „Für den besten Ehemann der Welt", antwortete sie. „Muss ich mir Sorgen machen?", fragte Frank. Ihr Handy klingelte. „Musst du nicht, musst du nie", flüsterte sie ihm zu, bevor sie ein überlautes „Hallo" in ihr Telefon brüllte. „Noch höre ich ganz gut, Süss! Es gibt Arbeit. Bin in 10 Minuten bei dir.“ Kommissar Keller war kein Freund vieler Worte. „Gib mir 20“, antwortete sie kurz. „Wie du meinst, du bist der Chef“, gab er zurück. „Chefin, soviel Zeit muss sein“, erwiderte sie lachend und beendete das Gespräch ohne weiteren Kommentar. Wie oft hatte sie schon versucht, ihm auszureden, dass er sie nicht mit Chef anreden sollte. Keller, der in drei Jahren in Pension gehen würde, konnte nur schwer akzeptieren, dass man ihm vor zwei Jahren noch eine knapp 40-jährige Frau vor die Nase gesetzt hatte. Das hatte zur Folge, dass ihr Verhältnis anfangs ziemlich frostig war. Es hatte sich aber gebessert, als sie ihn im letzten Jahr zum Essen eingeladen hatte. Keller und Frank fanden sogleich einen Draht zueinander und sie verabredeten sich an diesem Abend zum Schach. Seither trafen sich die beiden jeden ersten Montag im Monat zum Spiel. Zudem, das musste sie sich neidlos eingestehen, war ihr Kollege wirklich ein äusserst erfahrener, empathischer und guter Kriminalist. Mittlerweile mochte sie ihn wirklich und sie hatte manchmal gar das Gefühl, dass es auf Gegenseitigkeit beruhte.

Als sie 20 Minuten später frisch geduscht und kaffeegestärkt auf die Strasse trat, sass Keller bereits hinter dem Steuer eines Dienstwagens. Er hielt ihr ein frisches Croissant entgegen und startete das Auto. „Womit habe ich das denn…“ Seine abwehrende Bewegung unterbrach sie. „Na schön, was haben wir?", fragte Kathy, indem sie genussvoll in das in das Gebäck biss. „Ein Toter, Allschwiler Wald, hinter dem Wasserturm." Als Keller mit dem Auto in den Wald einbog, bemerkte Kathy, dass sie auch zu Fuss weitergehen könnten, da hier eigentlich Fahrverbot sei und der Tote ihnen wohl kaum weglaufen würde. Keller bremste scharf, was einige Raben dazu veranlasste, laut schimpfend die Schlafstätte in ihrem Baum zu verlassen. „Du kannst ja zu Fuss weiter", schnaubte er. „Mensch Keller, was ist denn mit dir los?", fragte Kathy. „Die 120ste Leiche in meiner Karriere. Das, Süss, das ist mit mir los." Erstaunt schaute sie ihren Kollegen an. Zusammengefallen sass er hinter dem Steuer und schaute mit dumpfem Blick ins Leere. Sie kannte ihn nun schon seit einiger Zeit, aber so hatte sie ihn noch selten gesehen. Was wusste sie denn schon von dem alten Mann, mit dem sie doch täglich zusammenarbeitete? Ein Witwer, kinderlos, der gerne Schach spielte. Eine Mischung von Mitleid und schlechtem Gewissen beschlich sie. „Ich gehe die letzten Meter zu Fuss. Du fährst hier wieder raus und wartest in dem Restaurant am Anfang des Waldes auf mich." Als er etwas erwidern wollte, fuhr Kathy gleich weiter: „Das ist eine dienstliche Anordnung!" Entschlossen stieg sie aus. Sie musste nicht lange gehen, als sie auch schon von weitem die weissen Gestalten der Kriminaltechnischen Untersuchung sah. Samir, der seit einem halben Jahr Praktikant in ihrer Abteilung war, kam ihr schnellen Schrittes entgegen. „Wo ist Keller?“, fragte er erstaunt. Sie ging erst gar nicht auf die Frage ein. „Was wissen wir?“ „Also, ich bin auch noch nicht lange hier und habe mich erst mal um die alte Dame gekümmert, die das Opfer gefunden hat. Ein neuer Gerichtsmediziner ist bereits bei der Leiche.“ Als sich die Gestalt, die sich über den Toten gebeugt hatte, umdrehte, blieb Kathy fast das Herz stehen. „Carsten“, rief sie, „was machst du denn hier.“ „Na, das Gleiche könnte ich dich fragen, meine Süsse.“ Die beiden letzten Worte führten dazu, dass sich Samir leicht hüstelnd umdrehte und wegging. Kathy konnte gerade noch ein Grinsen in seinem Gesicht ausmachen. „Ich weiss nicht, was daran lustig ist“, rief sie ihm hinterher. Dann wandte sie sich wieder an Carsten. „Ich bin Hauptkommissarin Kathy Süss!“, sagte sie um einen sachlichen Ton bemüht. Der Gerichtsmediziner starrte sie verdutzt an. „Sie können den Mund wieder schliessen, Herr Professor Schneider, ich habe auch nicht erwartet, Sie hier wieder anzutreffen“, sagte Kathy. „Sie haben sich gestern Abend von einem leicht alkoholisierten Mann nach Hause fahren lassen, Frau Kommissarin Süss. Lassen sie das mal nicht ihren Polizeikommandanten wissen“, antwortete Carsten mit einem ironischen Unterton. In Anbetracht der Leiche und dem Ernst der Lage, wollte Kathy nicht weiter darauf eingehen.

„Was haben wir?“, fragte sie. Professionell und ohne weitere Anspielungen gab ihr Carsten einen ersten Überblick. Beim Toten handelte es sich um einen Mann mittleren Alters. Er trug einen hellen Jogginganzug, und lag mit dem Gesicht nach unten auf dem Boden. „Keine Personalien, kein Handy. Er hatte nichts bei sich. Ein starker Schlag auf den Hinterkopf war wohl die Todesursache. Vermutlich mit einem Ast. Ob absichtlich oder nicht, das herauszufinden, ist euer Job.“, sagte Carsten, „Todeszeitpunkt heute morgen zwischen sieben und acht.“ „Das weisst du jetzt schon so genau?“, fragte Kathy erstaunt. Er erklärte ihr, dass die Leichenstarre noch nicht angefangen habe, der Tod jedoch vor dem leichten Regenschauer kurz vor acht Uhr eingetreten sei. Er sah den fragenden Blick von Kathy. „Also, Frau Kommissarin“, begann er lächelnd, „die Leichenstarre beginnt nach etwa zwei Stunden.“ „Weiss ich“, fuhr Kathy etwas genervt dazwischen. Carsten blickte demonstrativ auf seine Uhr und fuhr unbeirrt weiter: „Es ist jetzt kurz vor neun. Der Tod kann also nicht vor sieben Uhr eingetreten sein. Der Boden unter der Leiche ist trocken im Gegensatz zur Umgebung. Das bedeutet, dass er vor acht Uhr hier zum Liegen kam.“ Auf Kathys fragenden Blick fuhr Carsten fort: „Dass es heute morgen kurz vor acht Uhr geregnet hat, hast du anscheinend nicht mitbekommen. Da hast du wohl noch geschlafen und süss geträumt", fügte er augenzwinkernd hinzu. „Es reicht", fuhr sie ihn an, nachdem sie sich vergewissert hatte, dass niemand in Hörweite war. Sie trat näher zur Leiche, die Carsten mittlerweile umgedreht hatte, um sie genau zu betrachten. „Ich habe den Mann schon irgendwo gesehen", murmelte sie, indem sie ihr Handy zückte und ihn ablichtete. Sie konnte sich in diesem Moment jedoch nicht erinnern, wo es gewesen war. Gedankenvoll wandte sie sich ab und wollte zu Samir gehen, der sich mit einer älteren Dame unterhielt, die, wie Kathy vermutete, den grausamen Fund gemacht hatte. Carsten hielt sie zurück. „Da ist noch etwas: unter seiner Hand lag ein Stück von einem zerrissenen Notizzettel mit vier Ziffern. Möglicherweise waren auf dem Papier noch weitere Zahlen. Ob es ihm gehörte, kann ich nicht sagen. Es scheint jedoch noch nicht lange hier zu liegen. Vielleicht finden wir darauf noch Fingerabdrücke und das fehlende Stück." Er streckte Kathy das Corpus delicti entgegen. „Telefonnummer?", fragte sie ihn. „Kann sein, oder Autonummer, Versicherungsnummer was weiss ich. Das herauszufinden gehört nicht in meinen Aufgabenbereich." Kathy zog sich Handschuhe an und nahm den Zettel an sich, nachdem sie ihn ebenfalls mit ihrem Handy fotografiert hatte. „Ich bringe das Ding gleich zu Karl", sagte sie. Carsten schaute sie fragend an und Kathy zeigte auf die

Gestalt, die sich auf dem Weg oberhalb der Leiche aufhielt. „Karl ist von der KTU, eine Koryphäe." Ohne weiteren Kommentar ging sie zu dem rundlichen Mann, der schwer atmend auf dem Boden kniete. „Na Karl, gibt es verwertbare Spuren?" fragte sie ihn. „Guten Morgen Süss, erstmal, soviel Zeit muss sein. Den genauen Tatort haben wir noch nicht, scheint aber etwa hier zu sein. Es gibt Schleifspuren und mehrere Fussabdrücke. Es ist fast alles dabei Schuhgrösse 38, 40, 42 und 45." „Na so ein Glück aber auch", antwortete Kathy sarkastisch, „dann können wir ja alle Menschen mit Schuhgrösse 39 ausschliessen. Das erleichtert unsere Arbeit ungemein." „Na sag mal Süss, was ist denn mit dir los, heute morgen?" Ja, was war bloss mit ihr los. Das Gespräch mit Keller, die Begegnung mit Carsten und dann die Leiche. „Sorry", sagte sie, „nicht mein Tag heute. Gibt es noch sonstige Spuren und Hinweise auf die Tatwaffe? Unser neuer Medizinmann vermutet einen Ast." Karl schüttelte den Kopf. „Mensch Süss, ich bin doch auch erst seit wenigen Minuten hier. Musst dich schon noch etwas gedulden." Mit einer entschuldigenden Mine übergab Kathy ihm den Zettel, den Carsten gefunden hatte, mit den Worten: „Sorry, Karl, war nicht so gemeint. Ich weiss doch, dass du deine Arbeit immer sehr gründlich machst. Das lag unter der Leiche, muss auf Fingerabdrücke untersucht werden. Schaut euch auch bitte noch um, ob ihr den restlichen Teil des Papiers finden könnt." Bevor Karl antworten konnte, ging Kathy weiter zu Samir und der älteren Dame, die immer noch zitternd auf einem Baumstumpf sass. Ihr Dackel begrüsste Kathy freudig. „Irgendwelche Infos?", fragte sie Samir, was dieser verneinte. Sie beauftragte ihn, die Frau nach Hause zu begleiten. Etwas verwirrt drehte sie sich noch einmal zu Carsten um. Er war bereits wieder mit der Leiche beschäftigt. Sie überlegte, ob sie noch einmal zu ihm gehen sollte. In diesem Moment blickte er auf und winkte ihr zu. Zaghaft hob sie ihre Hand, drehte sich um und machte sich schnellen Schrittes auf den Weg zu dem Restaurant, in dem Keller auf sie wartete. Er sass draussen in der Sonne und trank einen Kaffee. Um jegliche Peinlichkeiten zu vermeiden, begann sie sogleich, ihm zu berichten. Sie zeigte ihm das Foto mit den Zahlen 2285. „Sind anscheinend Endziffern. Könnte eine Telefonnummer sein. Samir soll das mal recherchieren", sagte Keller nun wieder mit seiner ruhigen Stimme. Kathy bestellte sich einen Espresso und sie sassen eine ganze Weile schweigend nebeneinander. „Führst du Buch über deine Leichen, oder wieso weisst du so genau, dass dies dein 120ster Todesfall ist?", unterbrach Kathy die Stille. Keller liess seinen Blick in die Ferne schweifen und fragte seine Kollegin: „Wieviele Opfer mit Todesfolge hattest du bis jetzt?" „19!" „Na also, du weisst es also auch." „Nun ja", antwortete Kathy, „aber zwischen 19 und 120 ist doch ein kleiner Unterschied. Hört man denn nicht irgendwann auf zu zählen?" „Nie, du hörst nie auf damit, glaub mir. Jeder Tote, jede Tote, die dazu kommt, ist eine Leiche mehr und eine zuviel. Und niemand verdient es, im Tod vergessen zu werden." Er schnäuzte sich die Nase in ein Stofftaschentuch. Kathy, die diese Dinger aus hygienischen Gründen längst aus ihrem Haushalt verbannt hatte, fragte sich in diesem Moment, wer es wohl gewaschen und gebügelt hatte. Gab es jemanden, der ihrem Kollegen im Haushalt zur Hand ging? Machte er alles selbst? Wie sah es wohl bei ihm zu Hause aus? Er wusste soviel mehr von ihr. Die monatlichen Schachspiele mit ihrem Mann fanden immer bei ihnen zu Hause am Küchentisch statt. Keller kam jeweils nach dem Abendessen. Er kannte ihre alte, verwaschene Jogginghose, wenn sie mit einem Buch unter der Nase an den beiden Männern vorbeischlurfte, um sich ein Bier aus dem Kühlschrank zu nehmen. Er wusste, dass sie keine Hausschuhe trug, dass ihre Socken beim grossen Zeh oft sehr dünn waren. Natürlich hatte er schon ihr Badezimmer benutzt, kannte ihre Duschcreme, ihre Haarbürste. Wahrscheinlich hatte er auch ihre Lieblingstasse entdeckt, die einen Riss hatte und innen vom Tee eine leichte Verfärbung zeigte. Nach dem Schachspiel tranken die beiden Männer noch ein

Glas Rotwein, redeten über Literatur und philosophierten über das Leben. Zum Abschluss verzogen sie sich noch auf den Balkon und sie konnte den erdig, holzigen Duft eines Joints riechen. „Nun lass den alten Männern doch mal ihre kleinen Freuden“, hatte Frank nur kommentiert, als sie ihn einmal darauf angesprochen hatte. „So, jetzt ist aber gut“, unterbrach Keller ihren Gedankenfluss, „du musst mich nicht mehr schonen, alles ok. Und nun gib schon her.“ Sie wusste sofort, was er meinte, und zeigte ihm das Foto mit dem Toten. „Dio mio“, entfuhr es ihm, „von Hartmann, das ist Klaus von Hartmann Eigentümer der Import-/Exportfirma Frimann.“ Im gleichen Augenblick wusste Kathy, wo sie diesen Mann schon einmal gesehen hatte…

Juni 2020 (ein Monat zuvor)

Kathy kam von einem Kontrolltermin beim Zahnarzt. Die Frühlingssonne blendete sie kurz, als sie von der Praxis auf die Strasse trat, und zauberte ihr ein Lächeln ins Gesicht. Ihr nächster Termin, die Vernehmung eines Heiratsschwindlers, war in einer guten Stunde. Sie hatte nun zwei Möglichkeiten. Entweder nahm sie den Bus ins Kommissariat und konnte zuvor noch irgendwo einen Tee trinken, oder sie ging den Weg zu Fuss. Sie entschied sich für ersteres, als sie von weitem ein nettes, kleines Cafe erblickte. Sie setzte sich an einen der beiden Tische, die draussen in der Sonne standen. Am Nebentisch sassen zwei junge Frauen mit einem Baby, das selig schlafend im Kinderwagen lag, und unterhielten sich lautstark. Die eine beklagte sich über ihren Partner, der seit der Geburt des Kleinen kaum mehr zu Hause und nur noch in der Kneipe oder bei Fussballspielen anzutreffen sei. „Du kannst dir das doch nicht gefallen lassen. Du musst auch wieder mal raus", sagte die andere, „am Samstag steigt eine Party in der Kuppel. Dein Mann kann den Kleinen auch mal hüten." „Ich will ihn mit dem Kind nicht allein lassen. Er flippt immer aus, wenn Felix mal schreit. Stell dir vor, er hat ihn sogar schon mal…" Das letzte Wort flüsterte sie ihrer Freundin zu, sodass es Kathy nicht verstehen konnte. Die junge Frau setzte ihre Sonnenbrille ab und wandte sich zu ihrer Freundin, die sogleich kurz aufschrie. Kathy sah über dem rechten Auge eine eindeutige Verfärbung und konnte sich vorstellen, woher sie stammte. Nein, sagte sie sich, lass es, du kannst nicht immer die ganze Welt retten. Sie blickte auf den friedlich schlafenden Jungen im Kinderwagen, stand automatisch auf und ging zu den beiden Frauen. „Entschuldigen Sie“, begann sie zaghaft, „haben Sie zu Hause Schwierigkeiten? Kann ich Ihnen helfen?“ „Geht's noch“, antwortete die einseitig Blauäugige, währenddem sie sich schnell die Sonnenbrille wieder aufsetzte, „natürlich nicht, was erlauben Sie sich überhaupt, sich einzumischen. Unglaublich so etwas.“ Schnell ging Kathy zurück zu ihrem Tisch, nahm den letzten Schluck von ihrem Tee und bezahlte. Sie erhob sich, zückte eine Visitenkarte und legte sie bei den Frauen auf den Tisch. „Ich habe es nur gut gemeint“, sagte sie, „wenn Sie mal Hilfe brauchen, melden Sie sich.“ Demonstrativ nahm die junge Mutter die Karte und zerriss sie. Im Weggehen hörte Kathy, wie sie noch sagte: „Was für eine bitch, ey.“ Sie drehte sich noch einmal um. Die Betroffene hielt ihr den Mittelfinger entgegen, während ihre Freundin beruhigend auf sie einredete. Wortlos machte sich Kathy auf den Weg zur Busstation. Sie hätte sich den Tee doch sparen und lieber zu Fuss gehen sollen.

„Mensch, Süss, was ziehst du denn für ein Gesicht“, empfing sie Keller im Büro, „nicht so gut gelaufen beim Zahnarzt? Zuviel Süsses gegessen?“ Als er ihren Blick und ihre abweisende Handbewegung sah, fuhr er sachlich fort: „Dein Gigolo ist schon hier. Vernehmungsraum 2. Soll ich mitkommen?“ Sie schüttelte den Kopf, nahm die Akte, die sie am Abend zuvor bereitgelegt hatte und ging in besagtes Zimmer. Ein adretter Mann mittleren Alters, gutaussehend und ebenso gekleidet, Solarium gebräunt erhob sich sofort und streckte ihr seine Hand entgegen. Sie gab ihm die ihre, die er sogleich zu seinem Mund führte und küsste mit den Worten: „Nun erzählen Sie mir nicht, dass Sie Polizistin sind. Eine so unglaublich schöne, junge Frau.“ Seine Stimme hatte ein warmes, dunkles Timbre und er lächelte charmant. Kathy konnte sich gut vorstellen, dass er bei einigen Damen damit punkten konnte. „Kommissarin Süss“, sagte sie, was er mit „Der Name passt wunderbar zu ihnen, gnädige Frau“ kommentierte. „Ich weiss“, erwiderte sie zuckersüss, um sogleich in gestrengem Ton fortzufahren, „Sie können sich das Getue bei mir sparen. Sie haben ja keine Vorstellung, wer schon alles auf diesem Stuhl sass und versuchte sich bei mir einzuschleimen. Zudem setzt man den Kuss nicht direkt auf die Hand.“ Damit wischte sie ihren Handrücken mit einem gespielt angewiderten Ausdruck ab. Das charmante Lächeln wich aus dem

Gesicht ihres Gegenübers. Kathy begann mit der Befragung. Er hatte innerhalb der letzten sechs Monate drei Frauen um je 20000-40000 Franken erleichtert und ihnen die Ehe versprochen. Eine der Frauen liess immer grosszügig Champagner fliessen. Als er sie dabei des Öfteren mit falschem Vornamen ansprach, wurde sie misstrauisch und engagierte einen Privatdetektiv. So fand sie ihre beiden Leidensgenossinnen und zu dritt erstatteten die Damen Anzeige. Er gab alles zu, wies jedoch jegliche Schuld von sich mit den Worten: „Was kann ich denn dafür, wenn diese alten Weiber so blöd sind. Die hatten doch ihren Spass. Für mich war das alles harte Arbeit." Kathy entliess ihn mit der Information, dass sie alles an die Staatsanwaltschaft weiterleiten würde und er sich zu ihrer Verfügung halten müsste. Zurück in ihrem Büro fand sie eine Nachricht auf ihrem Handy: „Mädelsabend heute? Ausnahmsweise bei mir zu Hause. Baccioni, Lisa." Kathy vergewisserte sich erst, dass Frank nichts für den Abend geplant hatte. Dann schrieb sie zurück: „Wunderbar, genau das brauche ich heute. Und bitte keine Jungs dazu." „Keine Angst", war die Antwort, „nur Grete wird noch kommen." Als sie aufblickte, sah sie, wie Keller sie strafend anstarrte. „Dass ihr jungen Leute immer mit diesem Ding beschäftigt seid", sagte er. Sie lächelte ihn charmant an. „Ach Keller, dass du mich als jung bezeichnest, rettet mir gerade den Tag."

Lisa wohnte in der Altstadt direkt über ihrer Galerie. Schon von weitem hörte Kathy die Musik, die eindeutig aus ihrem Haus kam. Als Kathy die Wohnung betrat, kam ihr Lisa schon mit einem Glas Champagner entgegen und platzierte sie auf ihrem pinkfarbenen Sofa. „Du musst mir helfen", war ihre Begrüssung. Gretes Sohn wollte sich am kommenden Wochenende verloben. Die Feier fand ihm Haus seiner künftigen Schwiegereltern statt. „Eine piekfeine Familie. Die von Hartmanns, Besitzer der Import-/Exportfirma Friman. Naja, du kennst doch die Klamotten von Grete", kommentierte Lisa, „schwarze Hose, schwarze Jeans, schwarze Bluse, schwarzes T-Shirt, schwarzer Rolli und das höchste der Gefühle: grauer Rolli mit schwarzer Lederjacke. Sie hat ja in etwa meine Grösse. Ich werde ihr was ausleihen und du sollst mir bei der Entscheidung helfen. Aber nimm erst mal einen kräftigen Schluck." Dann rief sie mit lauter Stimme: „Grete, Kleid Nummer eins…und bitte." Als Grete in der Türe erschien, musste Kathy so lachen, dass bei einem folgenden Hustenanfall der Champagner beinahe den Weg aus ihrem Körper gefunden hätte, wäre da nicht der kräftige Schlag gewesen, den Lisa auf ihren Rücken sausen liess. Das bodenlange Paillettenkleid hatte einen tiefen Ausschnitt, den Grete mit der rechten Hand etwas verschämt zusammenhielt. „Nicht dein Ernst", sagte Süss immer noch glucksend vor Lachen, „diesen Fummel kannst du vielleicht mal deinem Freund Claude für das nächste Dragqueen Treffen ausleihen." Lisa schien nun doch etwas beleidigt zu sein. „Na hör mal", sagte sie, „das Prachtstück hat ein Vermögen gekostet. Ich habe dieses Kleid bei der Berlinale vor fünf Jahren getragen und war, um es bescheiden auszudrücken, damit recht erfolgreich." „Bitte entschuldige", sagte nun Kathy versöhnlich, „das war nicht so gemeint. Ich glaube sehr wohl, dass du damit an der Berlinale tausend Blicke auf dich gezogen hast, denn das Kleid passt zu diesem Anlass und es passt zu dir. Aber Grete auf einer Verlobungsfeier ihres Sohnes in den besten Kreisen. Entschuldige, nein." Da musste auch Lisa lachen und Grete konnte man eine grosse Erleichterung ansehen. Beim Kleid Nummer vier rief Kathy spontan: „Wow, Grete, wie schön du bist. Das ist dein Kleid." Ein schlichtes, rotes Outfit, das ihre Figur bestens zur Geltung brachte, umspielte Gretes Körper. Lisa gab neidlos zu, dass Kathy recht hatte. Sie war froh, ihre Freundin bei dieser Entscheidung dabeigehabt zu haben. Bei der zweiten Flasche Prosecco liessen die drei Frauen den Abend ausklingen.

Als es am darauffolgenden Samstag punkt vier Uhr bei Grete klingelte, warf sie noch einen kurzen, prüfenden Blick in den Spiegel, bevor sie die Wohnung verliess. Sie hatte ihre Haare hochgesteckt und ein leichtes, natürliches Make-up aufgetragen. Sie musste sich selbst eingestehen, dass sie gar nicht mal so schlecht aussah. Das Kleid, das Kathy und Lisa für sie ausgesucht hatten, stand ihr wirklich gut. Trotzdem überkam sie eine Unsicherheit bei dem Gedanken an die bevorstehende Feier im Kreise dieser reichen Leute. Sie öffnete die Haustüre und sah ihren Sohn Tom, der neben seinem Auto eine Zigarette rauchte. Bei dem Anblick seiner Mutter pfiff er durch die Zähne. „Mensch Mama, du siehst ja scharf aus." Sie küsste ihn auf die Wange: „Danke, mein Schatz, aber das hilft mir im Moment auch nicht. Ich bin schon sehr aufgeregt. Ich passe doch nicht in diese feine Gesellschaft." „Nun hör aber auf, Mama", erwiderte ihr Sohn, „du hast die Hartmanns doch schon einmal kennengelernt. Sie sind wirklich nett und Julia magst du doch auch." Er hatte recht, Julia mochte sie. Sie war eine herzliche und unkomplizierte Frau. Seit die beiden jungen Leute vor einem halben Jahr zusammengezogen waren, kam Tom jeden Sonntagabend zum Abendessen und Julia begleitete ihn jedes zweite Mal. Bei ihren Eltern war Grete erst einmal zu Besuch gewesen. Die feudale Villa der Familie von Hartmann in der Vorortsgemeinde hatte sie beinahe erschlagen. Julias Mutter war ihr gegenüber sehr freundlich, beinahe schüchtern gewesen. Ihr Vater war ein redegewandter, charmanter Mann. Trotz aller

Freundlichkeit hatte sie zwischen den beiden jedoch keine Wärme verspürt. „Julia mag dich übrigens sehr", sagte Tom, nachdem sie beide im Wagen sassen, „sie bewundert deine Selbstständigkeit und wie du dein Leben alleine meisterst. Letzthin hat sie sogar gesagt, dass sie auch gerne so eine eigenständige Mutter wie dich gehabt hätte." „Was meinte sie damit?", fragte Grete ihren Sohn verwundert. „Das hat sie nicht weiter…verdammt noch mal, kannst du nicht aufpassen?", schnauzte er eine Autofahrerin an, die aus einer Parklücke schoss und ihn um Haaresbreite streifte. Kurze Zeit später parkierte er sein Auto vor einer Seniorenresidenz. „Ich habe Opa versprochen, dass ich vor der Feier noch schnell vorbeikomme", sagte er. Seit dem Tod seines Vaters vor zehn Jahren hatte Tom eine tiefe Beziehung zu seinem Grossvater aufgebaut. Als Tom die Türe seines Zimmers öffnete, fuhr der alte Mann in seinem Stuhl zusammen. Anscheinend war er über seiner Lektüre eingeschlafen. Auf dem Tisch lag eine goldene Armbanduhr, die er Tom überreichte. „Die gehörte deinem Urgrossvater. Eigentlich wollte ich sie deinem Vater schenken. Leider kam ich nicht mehr dazu. Bestimmt wäre es auch ein gutes Hochzeitsgeschenk für dich, aber ich weiss ja nicht, ob ich das noch erlebe. Darum, mein Junge, dachte ich, der heutige Anlass wäre ein guter Grund für mein Geschenk. Ich habe sie frisch überprüfen lassen. Sie läuft ausgezeichnet. Sie ist ein Familienerbstück und das Einzige, was ich von meinen Eltern noch besitze." Grete schossen die Tränen in die Augen und Tom verspürte einen leichten Kloss im Hals. „Nun macht bloss kein Theater und lasst die feinen Leute nicht warten", sagte der alte Mann mit leicht gebrochener Stimme. Tom schloss ihn fest in seine Arme. „Und du willst wirklich nicht mitkommen?", fragte er seinen Grossvater. „Wohl ein Scherz! Und nun haut endlich ab", antwortete der Alte. Grete nahm ihren Schwiegervater in die Arme. „Danke, Christian!", flüsterte sie ihm in sein Ohr. „Du schaffst das, mein Mädchen, du siehst wunderschön aus", erwiderte er. Schon von weitem sahen sie die Villa oberhalb des Dorfes Binningen, das zu den reichsten Vorortgemeinden ihrer Stadt gehörte. In dem grossen Garten, der schon eher einem Park glich, waren zahlreiche Stehtische aufgestellt und silbrige Luftballons hingen in den Bäumen. „Du lieber Himmel", entfuhr es Grete, „ich dachte, es gibt eine kleine Feier im engsten Kreise." „Ich eigentlich auch", murmelte Tom, der nun auch einigermassen überrascht schien. Auf der Auffahrt zur Villa parkten schon die auffälligsten Autos. „Wenigstens braucht dein Auto nicht so viel Platz wie diese Luxuskarossen", bemerkte Grete trocken. „Ich das nicht, Mama, ehrlich", erwiderte ihr Sohn, auf dessen Stirn sich eine längliche Sorgenfalte zeigte. „Weisst du was, das ist euer Tag heute und du sollst ihn mit Julia geniessen. Ich werde das auch tun, denn es ist mein wunderbarer Sohn, der heute seine Verlobung feiert", versuchte Grete ihn zu beruhigen.

Als sie den Garten betraten, kam ihnen Klaus von Hartmann schnellen Schrittes entgegen. „Meine liebe Grete, wie grossartig du aussiehst, was für ein Glanz in meiner bescheidenen Hütte", rief er aus. Er küsste sie auf beide Wangen, streckte ihr seinen Arm entgegen, in den sie sich etwas unsicher einhakte und führte sie zu der Gästeschar. Von einem befrackten, jungen Mann wurde ihr sofort ein Glas Champagner gereicht. Tom hatte sich sogleich zu Julia gesellt, die mit ein paar jungen Leuten zusammenstand. Isabelle von Hartmann, die Mutter der frisch Verlobten, sass mit zwei Frauen an einem kleinen Tisch. Grete ging zu ihnen. Sie begrüsste die Frau mit den traurigen Augen herzlich und begann mit ihren Begleiterinnen, die sich als Isabelles Freundinnen vorstellten, zu unterhalten. Obwohl sie Smalltalks nicht mochte, war sie darin mittlerweile durch die zahlreichen Vernissagen in der Galerie geübt. Man sprach das schöne Anwesen, über die reizenden frisch Verlobten, über gemeinsame Urlaube, vergangene Theaterbesuche und allerlei Nichtigkeiten. Nach einer kurzen Weile klopfte der Gastgeber an sein Kristallglas. Er begann mit einer Rede, in der er dem jungen Paar gratulierte und allerlei Plattitüden über die Liebe von sich gab. Er begrüsste auch speziell Grete und sagte, wie glücklich er gewesen wäre, wenn er damals auch eine so schöne und aparte Schwiegermutter bekommen hätte. Grete, ob dieser Bemerkung peinlich berührt, lächelte verlegen. Hartmann bemerkte augenzwinkernd, wie froh er sei, mit Tom auch bald einen Doktor der Juristerei in seiner Familie zu haben. Während der Rede liess Grete den Blick über die Gästeschar schweifen. Gut zwei Drittel der Leute waren in ihrem Alter und es schien ihr beinahe, als sei die Feier eher ein Anlass für die Brauteltern. Wehmütig dachte sie an ihre eigene Verlobung zurück. Nach einem kurzen Umtrunk mit ihren Eltern hatten sie in einer Kneipe mit ihren Freunden bis zum Morgengrauen ausgelassen gefeiert. Wie sehr hätte sie sich das für ihren Sohn auch gewünscht. Nach von Hartmanns Rede wurden Häppchen serviert und Grete plauderte mit dem Chef eines Chemiekonzerns und mit einer Psychologin. Sie folgte gerade den Ausführungen eines Bankdirektors und versuchte möglichst nicht gelangweilt auszusehen, als sie jemand anstupste. „Grete, hast du kurz einen Moment“, unterbrach ein junger Mann ihren Gesprächspartner. Es war Bastian, der beste Freund von Tom. Er zog sie weg. „Tom hat gesagt, ich soll dich mal befreien“, sagte der junge Mann lachend, „was hältst du denn von dem Verein hier?“, fragte er sie und ohne eine Antwort abzuwarten fuhr er fort, „also meine Welt ist das ja nicht, aber was soll man machen, die beiden lieben sich ja wirklich." „Ja, das tun sie und sie werden ihren Weg finden. Lieb, dass du mich gerettet hast", antwortete Grete und unterhielt sich noch eine ganze Weile mit Bastian, mit dem Tom seit der Schulzeit befreundet war. Er studierte Politologie und Philosophie und war ein äusserst interessanter junger Mann. „Nun muss ich dir die junge Frau aber entführen", ertönte plötzlich die Stimme von Klaus von Hartmann hinter Grete. Mit einem entschuldigenden Blick zu Bastian nahm sie den dargebotenen Arm des Gastgebers. Er führte sie hinter das Haus. Dort war ein hölzerner Tanzboden aufgebaut und eine Band fing gerade an zu spielen. „Jetzt wird getanzt", sagte Klaus zu ihr. „Willst du das nicht zuerst mit deiner Frau tun?", erwiderte Grete fragend. Ohne ihr zu antworten, zog er sie auf die Tanzfläche. Beim dritten Musikstück drückte er sie näher an sich und sie spürte sein erigiertes Glied an ihrer Hüfte. „Wir beenden das jetzt", flüsterte sie ihm ins Ohr, was dazu führte, dass er sie noch fester zu sich hinzog. „Lass mich sofort los, oder ich mache dir eine Szene!" Er zeigte keine Reaktion und schnaubte ihr lüstern ins Ohr. Sie trat ihm mit dem Absatz auf den Fuss. Seinen kurzen Aufschrei kommentierte sie mit einer lauthalsen Entschuldigung und verliess die Tanzfläche eiligst, wobei sie beinahe mit einem Mann zusammengestossen wäre. „Hoppla", sagte dieser, „wen haben wir denn da." In seiner Jeanshose und dem ungebügelten, zerknitterten Hemd sah er in diesem Moment aus wie eine Gestalt aus einer anderen Welt. Er zündete sich eine Zigarette an. „Kann ich auch eine haben", fragte Grete. „Komm", sagte er und nahm sie an der Hand, „weiter unten steht eine alte Gartenbank." Grete blickte noch einmal zurück und sah, wie Julias Mutter ihnen nachschaute. „Warum sieht sie immer so traurig aus?", sagte sie mehr zu sich selbst. „Weil ihr Mann ein Idiot ist, weil sie das weiss und sich nicht von ihm trennen kann." „Wer bist du überhaupt und woher willst du das wissen?", fragte sie ihr Gegenüber. „Ich bin Paul von Hartmann, der Onkel der frisch Verlobten, das schwarze Schaf der Familie, und nur auf ausdrücklichen Wunsch meiner Lieblingsnichte hier. So und nun zu dir." Grete lachte. „Ich bin die Mutter von Tom und nur auf ausdrücklichen Wunsch meines Sohnes hier." Paul stand auf. „Nicht weglaufen", sagte er, „bin gleich wieder zurück." Grete blieb wie geheissen sitzen, atmete tief durch und lauschte den fernen Partyklängen. Zwei Minuten später kam Paul zurück mit einem Weisswein und einer Platte mit Häppchen. Nach zwei weiteren Stunden war die Flasche leer und Grete hatte einiges von Paul erfahren. Er war Schriftsteller und hatte einen

Lehrstuhl an der Universität Berlin. „Ich lese zwar gern und relativ viel, aber Paul von Hartmann ist mir unbekannt", musste sie ihm gestehen. „Na, dann drehe den Nachnamen doch mal um." Es dauerte eine kurze Weile, bis sie dahinterkam, dann rief sie aus: „Paul Mannhart, ich glaubs ja nicht, du bist Paul Mannhart? Aber warum der Namendreher?" „Nun", antwortete er, „mit knapp 20 Jahren veröffentlichte ich meinen ersten Roman. Ich fand auch nur durch die Beziehungen eines guten Freundes einen Verlag. Das Buch wurde kaum gekauft und mittlerweile ist es bereits vergriffen. Zehn Jahre später versuchte ich es noch einmal. Ich wollte unter einem anderen Namen veröffentlichen, und aus Hartmann wurde Mannhart. Der Verlag gab mir eine zweite Chance und siehe da, der Roman wurde ein Bestseller." „Daraus könnte man schliessen, dass du etwas eitel bist", entgegnete Grete. Paul lachte. „Eitel oder unsicher. Die Namensänderung hatte jedoch einen anderen Grund. In der Zwischenzeit hatte ich eine Professur an der Humboldt-Universität in Berlin angenommen. Ich wollte meine schreibende Tätigkeit von meiner universitären Arbeit trennen." „Und wie bist du nach Berlin gekommen?" fragte Grete. Er erzählte ihr, dass er in seiner Jugend ein Rebell gewesen sei. Sein Grossvater hatte vor über 60 Jahren die Import-/Exportfirma „Frimann" gegründet, die dann auf seinen Vater und vor 20 Jahren auf seinen Bruder überging. „Als ich 17 Jahre alt war, trat ich in eine links progressive Jungendpartei ein. Ich lehnte mich gegen das Bürgertum auf, hinterfragte den Reichtum meiner Familie. Es gab immer wieder grosse Auseinandersetzungen mit meinem alten Herrn. Mein Bruder war stets auf der Seite meines Vaters. Kurz nach meinem Schulabschluss hatte ich mit ihm einen grossen Streit. Er wollte, dass ich mit meinen sozialistischen Parolen aufhören sollte. Er war der Meinung, dass ich unserer Familie und der Firma schaden würde. Der langen Rede kurzer Sinn, es kam zu einer lächerlichen Schlägerei. Klaus ist zwar zwei Jahre älter, aber er war immer kleiner und schmächtiger als ich. Es war das erste und einzige Mal, dass ich mich mit ihm geprügelt habe. Ich war mir meiner Kraft damals nicht wirklich bewusst und die Nase von Klaus hat Schaden genommen“, er schaute Grete lächelnd, leicht verlegen an und fuhr fort, „naja, sie war gebrochen. Danach hat mich mein eigener Vater angezeigt. Ich bekam eine Geldstrafe, die meine Mutter heimlich für mich bezahlt hat. Daraufhin bin ich nach Berlin abgehauen. Mein Vater hat mich wissen lassen, dass ich enterbt bin, da mich unsere Familie und ihr Vermögen ja anscheinend nicht interessieren würde. Das war das Letzte, was ich von ihm und von meinem Bruder gehört habe.“ Sein Blick verdüsterte sich, bevor er weiterfuhr. „Sie haben mich nicht einmal kontaktiert, als meine

Mutter gestorben ist. Das kann ich ihnen niemals verzeihen. Isabelle, die Frau meines Bruders hat mich eine Woche nach der Beerdigung darüber informiert. Es war für sie gar nicht so einfach, mich ausfindig zu machen. Ich kenne Isabelle schon seit meiner Kindheit. Wir waren zusammen in der Grundschule und ich glaube, ich war damals ein wenig in sie verliebt." Er lächelte versonnen. „Sie ist die Einzige der Familie, die über all die Jahre, nachdem meine Mutter gestorben ist, mit mir Kontakt gehalten hat. Wir schreiben uns zwei- bis dreimal im Jahr. Meine Nichte Julia hat sich vor vier Jahren bei mir gemeldet, stand plötzlich mit ihrem Rucksack vor meiner Türe in Berlin und wollte ihren Onkel kennenlernen. Sie ist ein wirklich nettes Mädchen und es scheint ja, dass sie mit deinem Jungen einen vernünftigen Mann gefunden hat." Es folgte eine kurze Pause, dann zeigte er auf die Villa. „Siehst du das kleine Fenster im dritten Stock? Mein Vater lebt dort oben. Ich habe in den letzten 30 Jahren nicht mehr mit ihm gesprochen." Kathy schaute an der Villa hoch und schauderte. Sie hatte das Gefühl hinter dem Fenster eine Gestalt wahrzunehmen, die sie beobachtete. „Julia kommt ganz nach ihrer Mutter", sagte Paul von Hartmann nach einer Pause, in der er einen kräftigen Schluck Champagner nahm, „Sie hat von den Hartmannschen Genen Gott sei Dank nicht viel abbekommen." Er schaute gedankenverloren in die Ferne. Grete legte ihre Hand auf sein Knie. „Es schein mir doch so, dass es in dieser Familie auch ganz nette Gene gibt“, sagte sie leise. Er lächelte sie an und küsste sie unvermittelt.

August 2020

Süss atmete tief durch. Sie erinnerte sich nun, wo sie den Toten schon einmal gesehen hatte. Vor etwa zwei Monaten war ein Foto in der Zeitung, darunter stand in grossen Lettern: Verlobung der Hartmann-Tochter. Auf dem Bild waren Tom, der Sohn von Grete, Julia, seine Verlobte und eben dieser Tote, der Vater der Braut zu sehen gewesen. Sie erinnerte sich so gut daran, weil sie im Hintergrund des Fotos Grete in ihrem schönen roten Kleid ausmachen konnte. „Die wohnen in Binningen auf dem Hügel. Die grösste Villa weit und breit. Bis in den Allschwiler Wald ist es ein Katzensprung“, holte sie Keller aus ihren Gedanken, „Ich erinnere mich an einen Fall. Es müssen bestimmt schon dreissig Jahre her sein. Es war einer meiner ersten Einsätze bei der Polizei. Der Tote hatte einen heftigen Streit mit seinem Bruder. Dabei hat er wohl die Nase gebrochen. Der Vater hat seinen eigenen Sohn angezeigt. Dieser ist dann verschwunden, ich glaube nach Berlin!“ „Na dann, gehe ich jetzt mal nach Binningen, du musst nicht…“, sagte Kathy. „Ich komme mit. Meine Schonzeit ist vorbei“, unterbrach sie Keller.

Sie fuhren die breite Auffahrt durch den Park zur Villa hinauf, was Süss mit „Nicht schlecht“ kommentierte und Keller mit einem leisen Brummen bestätigte. Auf das Klingeln öffnete ihnen eine Frau in mittleren Jahren mit einer weissen Schürze, die

Haare zu einem Dutt geknotet, die Türe. „Frau von Hartmann?“, fragte Kathy und fuhr gleich fort: „Kriminalpolizei Süss und das ist Kommissar Keller.“ „Oh, ich bin die Hausangestellte. Brigitte Meister. Ist etwas passiert? Herr von Hartmann ist nicht im Haus.“ Kathy erklärte ihr, dass sie die Dame des Hauses sprechen wolle. Frau Meister führte sie in ein Zimmer im Erdgeschoss. Wobei Zimmer wohl der falsche Ausdruck war. Salon hätte schon eher gepasst. Süss erinnerte sich, dass das Verlobungsfoto in diesem Raum gemacht worden war. Die Möbel waren stylisch, modern. Neben einer beachtlichen Bibliothek hingen eindrückliche Gemälde. Keller pfiff leise durch die Zähne, blieb stehen, schaute sich um, betrachtete eines der Bilder genau und murmelte: „Mich laust der Affe.“ Wenig später betrat eine zarte Frau den Raum. Ohne sich vorzustellen, fragte sie sogleich: „Ist etwas mit meinem Mann?“ Kathy, die das Überbringen solcher Nachrichten hasste, schaute kurz zu Keller. Dieser verstand sogleich, stellte sie beide vor, forderte die Frau auf, sich zu setzen und informierte sie leise und sachlich über das Verbrechen an ihrem Mann. „Das ist schade!“, sagte sie mit einem traurigen Unterton. Die beiden Kommissare schauten sich etwas verloren an, ob dieser seltsamen Reaktion. Keller fragte sie, ob sie jemanden kommen lassen sollten, der ihr beisteht. „Wie wir wissen, haben Sie eine Tochter. Wohnt sie noch hier? Oder können wir sie anrufen?" Frau von Hartmann antwortete, dass sie mit ihrem Verlobten verreist sei und dass sie die beiden selbst informieren würde. Sie reagierte so gefasst, dass Süss sich nicht ganz sicher war, ob sie die Sachlage verstanden hatte, was diese jedoch bestätigte und ohne weiteres bereit war, Fragen über ihren Mann zu beantworten. Süss und Keller erfuhren, dass Klaus von Hartmann kein einfacher Mensch gewesen sei. Er war genauso wie sein Vater ein harter Geschäftsmann. Frau von Hartmann verbesserte sich sogleich: „Nein, er ist ein harter Geschäftsmann geworden. Er war nicht immer so. Sein Vater hat ihn dazu gemacht. Und als der alte Mann hier eingezogen ist, wurde es immer schlimmer. Da habe ich ihn verloren. Stellen Sie sich das mal vor: ich habe den Kampf um meinen Mann gegen seinen alten, hartherzigen Vater verloren. Früher war er ganz anders. Er hat mir sämtliche Wünsche erfüllt. Wir waren sehr verliebt. Als unsere Tochter zur Welt kam, schien unser Glück vollkommen zu sein. Ich habe aufgehört zu arbeiten und habe mich um das Haus und um unser Kind gekümmert. Er konnte auf sein gesellschaftliches Leben jedoch nicht verzichten, oder es einschränken. Im Gegenteil. Er hat immer mehr Mandate angenommen, hat Vereine unterstützt mit Geld und persönlichem Einsatz. Es gab kaum einen Abend, an dem er zu Hause war. So haben sich unsere

Lebenswege in verschiedene Richtungen entwickelt. Es war auch meine Schuld.“ Sie lächelte traurig und schwieg. Sie schien für kurze Zeit abwesend zu sein. Keller und Süss gaben ihr die Zeit und den Raum, wieder in die Gegenwart zurückzukehren. Dann erzählte sie, dass ihr Mann einige wenige Freunde hatte, oder solche, die es gerne gewesen wären. Er war auch ein Verehrer des weiblichen Geschlechts. „Wenn Sie verstehen, was ich meine“, fügte sie hinzu. Allerdings glaubte sie, dass er in den letzten Monaten oder gar Jahren kein längeres Verhältnis mehr gehabt hätte. Dafür hätte ihr Schwiegervater schon gesorgt. Es habe schon vor einiger Zeit einen grossen Streit zwischen den beiden gegeben und der Vater drohte damals seinem Sohn, ihn zu enterben, wenn er dem guten Namen der Familie mit seinen Seitensprüngen schaden würde. „Dabei ist es dem alten Mann in keinster Weise um mich gegangen.“ Sie erzählte dies alles vollkommen emotionslos, als ob sie die ganze Sache nichts angehen würde. Sie konnte sich nicht vorstellen, dass irgendjemand aus ihrem Bekanntenkreis ihrem Mann das angetan hätte. „Dafür war er dann doch nicht wichtig genug“, fügte sie mit einem Lächeln hinzu. Ohne dass Keller oder Süss sie nach einem Alibi fragen mussten, fuhr sie fort, dass sie den ganzen Morgen zu Hause gewesen sei. Um sieben Uhr sei Frau Meister gekommen. „Sie kommt täglich um diese Zeit, um meinem

Schwiegervater beim Aufstehen und der Körperreinigung zu helfen und sich um den Haushalt zu kümmern. Dieses Haus ist zu gross, als dass ich es alleine bewirtschaften könnte. Ich mag es nicht besonders, habe es eigentlich nie gemocht. Früher, als meine Tochter noch klein war, ist es mir nicht gross aufgefallen. Da war das Haus voller Freude und Leben. Aber seitdem sie ausgezogen ist, wurde es hier so kalt wie seine Bewohner. Ich bin froh, in Frau Meister eine Freundin und Vertraute gefunden zu haben. Ohne sie würde ich es hier nicht aushalten." Versonnen schaute sie in den Garten, bevor sie weitersprach: „Ich möchte Sie bitten, die Nachricht meinem Schwiegervater zu überbringen. Er bewohnt die oberste Etage. Ich war seit Jahren nicht mehr dort oben. Manchmal kommt er zum Abendessen herunter, aber er redet fast nie. Mit mir schon gar nicht." Auf die Frage, ob sie denn verärgerte Geschäftsmänner und allfällige Geliebte ihres Gatten kenne, antwortete sie, dass sie das schon lange nicht mehr interessieren würde, dass wohl die Sekretärin ihres Mannes darüber besser informiert sei. Keller, der wieder die Bilder an der Wand begutachtete, fragte sie, ohne den Blick von den Gemälden abzuwenden, ob ihr Mann regelmässig joggen gehe und wer davon Kenntnis habe. „Na Sie anscheinend nicht", erwiderte die Angesprochene lächelnd, „dabei wusste doch die halbe Stadt, dass er dreimal in der

Woche mit seinem Mountainbike in den Wald fuhr und vor der Arbeit seine Runden drehte. Er musste bei jeder Gelegenheit betonen, wie unglaublich fit er war. Erst vor drei Wochen sagte er es in einem Interview im Wirtschaftsteil der Basler Zeitung." Sie lachte kurz auf und wiederholte abschätzig: „Im Wirtschaftsteil!" Süss fragte sie nach dem Fahrrad und wo er es immer abgestellt habe. Sie wusste jedoch nur, dass es rot und sehr teuer gewesen sei. „Er trug an diesem Morgen nichts Persönliches bei sich, keine Uhr, keinen Schmuck, kein Handy. Wissen Sie, ob das immer so war, wenn er zum Sport ging?", wollte Keller wissen. „Kein Handy?", fragte Frau von Hartmann erstaunt, „Mein Mann ging nie ohne Handy aus dem Haus auch nicht zum Joggen. Ebenso trug er immer eine Rolex, die er von seinem alten Herrn geschenkt bekommen hat." Kathy hatte noch nie erlebt, dass jemand so gefasst auf die Überbringung einer Todesnachricht des Partners reagierte. „Darf ich Ihnen eine persönliche Frage stellen", sagte sie nach einer kleinen Pause, „haben Sie ihren Mann geliebt?" „Am Anfang ja, sehr. Und diesen Mann von damals liebe ich heute noch, aber leider hatte er mit meinem Mann der letzten Jahre nichts mehr viel gemein", antwortete Frau von Hartmann. Danach sagte sie nichts mehr und blickte gedankenverloren aus dem Fenster. „Nun", sagte Kathy etwas unsicher, „eine letzte Frage noch", sie hielt ihr das Foto mit der

Nummer auf ihrem Handy entgegen, „sagen ihnen diese Zahlen etwas?" Frau von Hartmann verneinte kopfschüttelnd. „Gut", sagte Kathy, indem sie ihr eine Karte reichte, „dann wäre das für den Moment alles. Falls Ihnen noch irgendetwas einfällt, was zur Aufklärung beitragen kann, melden Sie sich bitte bei uns. Wir werden jetzt ihren Schwiegervater, Fritz von Hartmann, noch informieren." Gerade als die beiden Kommissare den Raum verlassen wollten, erhob sich Frau von Hartmann, öffnete die Fenster und sagte leise: „Ich werde das alles verkaufen. Man bekommt doch keine Luft in diesem Haus."
Keller schloss die Türe, die beiden blickten sich stumm an und gingen zu der breiten Treppe, die nach oben führte. Als sie im dritten Stock ankamen, trat Frau Meister aus einem Zimmer und sagte leise zu ihnen: „Er ist da drin." Nach mehrmaligem Klopfen, das unbeantwortet blieb, öffnet Keller die Türe. Das grosse Zimmer war sehr spärlich eingerichtet. Die Wände waren kahl. Neben einem Bett, einem Schrank und einem kleinen Tisch stand nur noch ein Sessel vor dem Fenster zum Hof. Der alte Mann, der darin sass, sagte, ohne sich umzudrehen: „Sie sind von der Polizei, nicht wahr? Ich habe sie kommen sehen." Mit einem Ruck drehte er sich in seinem Sessel zu ihnen. „Was ist mit meinem Sohn?" Keller antwortete: „Es tut uns sehr leid, Herr…" Weiter kam er nicht. Der Alte unterbrach ihn: „Tot? Umgebracht?

Das war Paul, sein Bruder. Er ist vor zwei Tagen hier aufgetaucht. Sie haben sich im Garten wieder gestritten, genauso wie damals. Ich habe es beobachtet." Dann drehte er sich um und starrte wieder aus dem Fenster. Kathy fragte ihn, ob er wisse, weshalb die Brüder aneinandergeraten seien. Der alte Mann antwortete nicht. Keller wiederholte die Frage ebenso ergebnislos. Die beiden schauten sich an und verliessen das Zimmer. Als sie auf der Treppe waren, hörten sie einen grausamen Schrei, wie von einem wilden, verletzten Tier. Süss erschrak und rannte gleich wieder nach oben. Sie riss die Türe auf und sah den alten Hartmann am Fenster stehen. Er weinte wie ein kleines Kind. Keller zog sie sachte aus dem Zimmer und legte ihr beruhigend den Arm um die Schulter. „Ich muss hier raus", sagte Kathy nur. Im Garten trafen sie Frau Meister, die sich gerade an den Rosen zu schaffen machte. Keller fragte sie, ob sie Paul von Hartmann gut gekannt habe. Sie schaute unsicher nach oben. Kathy folgte ihrem Blick und sah den Alten am Fenster. „Bitte nicht hier", sagte sie nur. Keller verabredete sich mit ihr für den nächsten Tag im Kommissariat.

Zurück im Auto atmeten beide tief durch. „Hast du den Munch gesehen?", fragte Keller plötzlich. Kathy schaute ihren Kollegen etwas verwirrt an. „Das Bild, das da hing. Das war ein Original von Edvard Munch." Kathy fragte sich, wie er jetzt an dieses Bild denken konnte. Sie sagte jedoch nichts und stellte die Nummer vom Kommissariat ein. Samir meldete sich. „Hast du schon irgendwelche Informationen zu der Nummer 2285?", fragte sie ihn. „Nun, es gibt sieben Telefonnummern, die mit dieser Zahlenfolge enden." „Gute Arbeit, Samir, frag doch bitte noch in der Gerichtsmedizin und bei der KTU, ob es noch irgendwelche Neuigkeiten gibt. Dann kannst du Schluss machen für heute." Danach sagte sie zu Keller: „Ich kenne die zukünftige Schwiegermutter von Julia Hartmann. Sie arbeitet für meine Freundin Lisa. Setze mich doch bitte bei der Galerie Unart ab. Ich möchte mich mit ihr noch unterhalten. Du könntest mit Hartmanns Sekretärin für morgen einen Termin ausmachen." „Alles klar, Chef", antwortete Keller. „Chefin!" „Süss!"

Als Kathy die Türe zur Galerie aufstiess, ertönte die glasklare Stimme von Lisa aus dem hinteren Raum: „Komme gleich." Es hingen immer noch die Bilder von Carstens Bruder an den Wänden und die meisten waren mit einem roten Punkt versehen. Kathy verstellte ihre Stimme und rief: „Na, junge Frau, Sie wollen heute wohl keine dieser Scheusslichkeiten mehr verkaufen?" Die näherkommenden Schritte setzten zu einem Endspurt an, als Lisa ihre Freundin sah. „Was machst du denn hier", rief sie freudig aus und drückte Kathy fest an ihre Brust. Dann schrie sie nach hinten: „Grete bring doch mal Champagner, wir haben hohen Besuch." Kathy machte eine abwehrende Bewegung, was Lisa sogleich mit „Keine Widerrede" abtat. Grete, die mit einer Flasche erschien, kam Kathy irgendwie verändert vor und sie fragte sich, ob es an einer neuen Frisur lag. „Du siehst gut aus", begrüsste sie Grete. „Nicht wahr", mischte sich Lisa ein, „ich habs dir ja schon gesagt, unsere Grete ist frisch verliebt. Darauf wollen wir jetzt anstossen, auf die Liebe." „Lass gut sein, Lisa, ich bin nicht privat hier." Die beiden Frauen sahen Kathy entgeistert an. „Mensch, mach keinen Scheiss, Süss, stehe ich etwa im Halteverbot?" „Ich muss mit Grete reden. Können wir nach hinten?", fragte sie Lisa, die bejahend mit dem Kopf nickte. Im Büro erzählte sie Grete von den Ereignissen. Diese schüttelte immer wieder ungläubig den Kopf und Tränen schossen ihr in die Augen. „Magst du reden?", fragte Kathy behutsam. Grete bejahte und Kathy stellte die üblichen Fragen. „Ich habe ihn nicht gut gekannt", sagte Grete, „Tom hat eigentlich nur positiv von ihm gesprochen. Er war wohl ein harter und geschickter Geschäftsmann, ein liebevoller Vater, aber", sie machte eine kurze Pause, „ein beschissener Ehemann. Ein guter Sohn, jedoch ein schrecklicher Bruder. Er konnte charmant und grosszügig sein, aber auch übergriffig." Sie erzählte von der Verlobungsfeier und dass sein Bruder sie gerettet hätte. „Du hast Paul von Hartmann kennengelernt?", fragte Kathy erstaunt, „ich dachte er wohnt in Berlin." „Ja, aber Julia hat ihn zur Verlobungsfeier eingeladen. Sie und ihre Mutter sind die Einzigen in der Familie, die mit ihm noch Kontakt halten. Um die Wahrheit zu sagen: wir sind seither ein Paar." Nun war es Kathy, die kurz sprachlos zu sein schien. Dann sagte sie leise: „Der alte Hartmann ist überzeugt, dass Paul seinen Bruder getötet hat. Die beiden hatten wohl vor zwei Tagen im Garten des Anwesens einen heftigen Streit." Grete lachte schrill auf. „Du glaubst doch diesen Unsinn nicht. Niemals, niemals wäre Paul zu so etwas fähig. Er ist ein Feingeist. Und sein Vater ist ein alter, verlogener, gefühlskalter Mann." „Wie lange kennst du ihn denn schon?", fragte Kathy vorsichtig. Grete blitzte sie böse an. Süss hatte noch nie einen derartigen Gesichtsausdruck bei ihr gesehen. „Lange genug. Bei dem Streit ging es übrigens um mich. Ich hatte Paul erzählt, dass Klaus auf der Verlobungsfeier seiner Tochter übergriffig geworden war." „Weisst du, wo er heute morgen gewesen ist?" „Klar", antwortete Grete, „punkt acht stand er bei mir vor der Türe mit frischen Croissants." „Der Mord geschah zwischen sieben und acht Uhr", sagte Kathy leise. „Nun mach einmal einen Punkt, Süss." Lisa hatte sich unbemerkt in das Büro geschlichen, „wenn Grete sagt, dass er es nicht war, dann ist das so. Und jetzt leg deine Polizistenhaut ab und wir trinken einen Kaffee und beruhigen uns", sagte sie. „Natürlich glaube ich Grete mehr, als diesem alten, verbitterten Mann, aber ich muss der Sache trotzdem nachgehen. Bitte versteht das doch. Ich will ja nur mit ihm reden. Vielleicht kann er auch etwas zur Aufklärung beitragen", versuchte Kathy die beiden zu beschwichtigen, „kannst du ihm ausrichten, dass er sich morgen bei mir melden soll?" „Mach ich", murmelte Grete. „Soll ich noch deinen Sohn informieren?" „Er macht mit Julia Urlaub auf einer griechischen Insel. Ich nehme an, dass Isabelle von Hartmann die beiden informieren wird." „Tut mir leid Grete", sagte Kathy, „aber mein Beruf ist manchmal echt ätzend." „Weiss ich", entgegnete Grete leise, den Blick immer noch auf den Boden gerichtet. Dann schaute sie plötzlich hoch und grinste, was Lisa dazu veranlasste zu rufen: „So, nun aber her mit dem Champagner." Süss schaute auf die Uhr. Es war kurz nach 16 Uhr und sie beschloss, ihren Arbeitstag hier zu beenden. Nach einer gemütlichen Stunde mit ihren Freundinnen ging sie nach Hause. Sie legte sich kurz hin, duschte und machte sich startklar. War es wirklich erst an diesem Morgen gewesen, dass sie mit Frank ausgemacht hatte, sich um 19:00 Uhr bei Giovanni zu treffen.

Als sie das Lokal betrat, sass Frank bereits am Tisch ihres Lieblingsitalieners, bei dem sie sich nach Möglichkeit einmal in der Woche trafen. Kathy blieb kurz stehen und betrachtete ihren Mann lächelnd. Er war in ein Buch vertieft. „Signora Dolce, ihr Mann wartet bereits auf Sie", erklang Giovannis Stimme hinter ihr. Seit Kindesbeinen waren ihr all die Sprüche und Sticheleien, die ihr Namen mit sich brachten, ein Graus. „Süsse, Sweety, Zückerchen, Sweethoney etc." Allerdings konnte sie der italienischen Version von Giovanni einiges abgewinnen. Sie begrüsste den Wirt herzlich und ging auf den Tisch ihres Ehemannes zu. Dieser blickte kurz auf und als er sie sah, stand er auf und kam ihr lächelnd entgegen. Ihre Begrüssung war warm und herzlich wie immer. Die Karaffe mit dem toskanischen Hauswein stand begleitet von einem Wasserkrug bereits auf dem Tisch. „Wie war dein Tag", fragte Frank, während er ihr einschenkte. „Schrecklich", antwortete sie, „aber lass mich erst einmal runterkommen und erzähl von dir." Frank, Professor für Germanistik, berichtete ihr von seiner Vorlesung „Umstrittene Autoren der deutschen Literatur" und einem Diskurs mit seinen Studierenden. Kathy konnte in seinen Augen die Begeisterung sehen, wie sehr er die Auseinandersetzung mit den jungen Menschen liebte und sie war in diesem Augenblick beinahe eifersüchtig auf ihn, auf die Passion für seine Arbeit. Er unterbrach sich plötzlich: „Langweile ich dich?", fragte er und legte seine Hand in die ihre, „ich rede und rede. Nun erzähle du mal." „Es war fürchterlich!

Ein Toter im Allschwiler Wald. Naja, ich denke, es wird schon online sein und du wirst es ja morgen in der Zeitung lesen. Es war Klaus von Hartmann" „Der Klaus von Hartmann? Import/Export?", flüsterte er fragend. Sie nickte bejahend. „Ich kenne seinen Bruder. Er ist auch Germanist, Autor und Professor für neue deutsche Literatur in Berlin. Du hast doch auch schon einiges von ihm gelesen: Paul Mannhart." Kathy nahm einen tiefen Schluck von dem köstlich herben Wein. „Dein Paul Mannhart ist also Paul von Hartmann?", fragte sie. „Genau! Allerdings haben wir uns in den letzten Jahren etwas aus den Augen verloren. Wir hatten zwar immer wieder mal schriftlichen Kontakt, aber gesehen haben wir uns sehr selten. Ich glaube zum letzten Mal bei einem Kongress vor etwa acht Jahren." „Warum", entfuhr es Kathy, „warum hat Grete mit keinem Wort erwähnt, dass er der Autor ist?" „Was hat denn jetzt Grete mit Paul zu tun?" „Sie und Paul von Hartmann...", Kathy unterbrach sich, da Giovanni an den Tisch kam. Sie bestellten sich die Pasta des Tages, was der Wirt mit „Per piacere, gute Wahl", kommentierte. Als er sich entfernte, nahm Frank das Gespräch wieder auf: „Also, was ist mit Paul?" „Du weisst, dass ich mit dir nicht darüber sprechen darf", antwortete Kathy nach einer kurzen Pause. „Was soll das heissen, du darfst mit mir nicht darüber sprechen." Er durchbohrte sie mit seinem Blick. „Willst du damit sagen, dass er involviert ist?" Sie schaute verbissen auf ihren Teller. „Du willst mir doch nicht etwa erzählen, dass er verdächtig ist? Das ist nicht euer Ernst, Süss." Jedes Mal, wenn Frank sie mit Süss ansprach, war Gefahr in Verzug. „Paul ist ein Feingeist." Das war nun schon das zweite Mal an diesem Tag, dass Kathy das hörte. „Er ist einer der ehrlichsten und gerechtesten Menschen, die ich kenne", fügte Frank hinzu, „ich weiss übrigens, dass er hier ist. Er hat mir geschrieben, dass er sich verliebt hat und nun wieder öfter in Basel sein wird. Ich bin morgen Abend mit ihm verabredet. Vielleicht macht mich das ja auch verdächtig." „Nun werde nicht albern", konterte Kathy, „wir müssen nur einem Hinweis nachgehen. Zudem hat sein eigener Vater diesen Verdacht ausgesprochen. Aber ich will, kann und darf jetzt nicht mit dir darüber sprechen." Der Zauber des Abends hatte sich eindeutig verabschiedet und Kathy war froh, dass Giovanni bereits mit der Pasta angerauscht kam. Sie versuchten verkrampft, sich über irgendwelche Nichtigkeiten zu unterhalten und gingen kurz nach dem Essen nach Hause.

Am nächsten Tag kurz vor acht Uhr, Kathy hatte sich gerade im Büro eingefunden, als auch schon ihr Telefon klingelte. Die Sekretärin von Oberstaatsanwalt Steiner informierte sie, dass ihr Chef beide Kommissare in zwei Minuten im Sitzungszimmer sehen wollte mit ersten Ergebnissen über das Verbrechen vom Vortag. Süss klärte die junge Dame mit zackiger Stimme darüber auf, dass sie erstens kein Kommissar, sondern eine Kommissarin sei, dass man zweitens eine Sitzung nicht zwei Minuten vor dem Termin einberufen würde und dass sie drittens auch noch keine Ergebnisse hätten. Die Sekretärin entschuldigte sich leise und meinte, dass sie lediglich Steiners Anordnungen nachkommen würde. „Sorry", erwiderte Kathy etwas schuldbewusst, „aber mir fehlt die morgendliche Dosis Koffein. Sind Sie neu bei Steiner?", fragte sie versöhnlich, um von ihrem mürrischen Anfangston abzulenken. „Seit gut einer Woche", antwortete ihr Gegenüber. „Na dann, mein Beileid." Als sie auf der anderen Seite ein leises Lachen vernahm, fügte sie hinzu. „Aber herzlich willkommen im Team, und wenn ich Ihnen noch einen Rat geben darf, nehmen Sie mich am frühen Morgen nicht immer ernst und lassen Sie sich von Steiner nicht unterkriegen. Wenn Sie mal durchatmen müssen: zwei Stockwerke unter Ihnen ist unser Kommissariat. Da bekommen Sie jederzeit einen miserablen Kaffee." „Mach ich gerne", antwortete die Sekretärin nun mit einem herzlichen Lachen. „Na dann Jungs", sagte Kathy zu Keller und Samir, nachdem sie den Anruf beendet hatte, „ab ins Besprechungszimmer, aber schnell. Die Sitzung hat vor einer halben Minute begonnen." Karl von der

KTU und der Oberstaatsanwalt nahmen gerade Platz, als sie die Türe öffneten. Steiner sah die Eintretenden mit strengem Blick an, rückte seine Brille zurecht und wollte gerade anfangen zu sprechen, als es klopfte. Carsten betrat den Raum. Kathy bemerkte, wie ihr Herz schneller zu schlagen anfing. Eifrig begann sie in ihren Papieren zu wühlen. Was sollte das denn jetzt wieder. Auch wenn der Abend zuvor nicht so endete, wie sie sich das vorgestellt hatte, Frank war der beste Partner, den sie sich wünschen konnte. Er hatte sie an diesem Morgen mit einem frisch gepressten Orangensaft geweckt und sich dafür entschuldigt, dass er am Abend zuvor so harsch reagiert hatte. „Du weisst doch genau, Frank, dass ich nie vorschnell urteile. Ich halte Paul erstmal nicht für schuldig. Ich mache nur meine Arbeit und finde diese auch manchmal zum Kotzen." „Weiss ich doch", hatte er geantwortet und sie geküsst.

„Guten Morgen Süss, darf ich?", schreckte sie die sonore Stimme hinter ihr aus ihren Gedanken und bevor sie antworten konnte, hatte Carsten auch schon neben ihr Platz genommen in der linken Hand einen Kaffee, den er anscheinend aus dem Automaten vor dem Sitzungszimmer gezogen hatte. Sie atmete tief ein, als sie wieder den betörenden Duft von Chanel bleu wahrnahm. Aus einem Augenwinkel sah sie, wie Keller sie beobachtete. Sie streckte ihren Rücken und sagte so sachlich wie möglich: „Ja, Carsten, du darfst." Oberstaatsanwalt Steiner räusperte sich geräuschvoll und ergriff sogleich grusslos das Wort. Er gab seiner Freude Ausdruck, dass Professor Carsten Schneider, eine Kapazität aus Berlin, sich nun in einer Provinzstadt wie Basel niederlassen wollte. „Man beachte Steiner und Schneider, ein Duo, das Kriminalgeschichte schreiben wird", sagte er lachend. Er lobte das Können und den Leumund des Gerichtsmediziners und hiess ihn herzlich willkommen. Carsten bedankte sich kurz, liess jedoch nicht unerwähnt, dass er auch an der Universität doziere, dass die medizinische Fakultät in Basel international einen ausgezeichneten Ruf genoss und von Provinz keine Rede sein kann. Steiner hüstelte etwas verlegen und lenkte sofort ab. Er wollte alles über den aktuellen Fall berichtet haben und erklärte ihn zur obersten Priorität. Süss erzählte, was sich am Vortag alles zugetragen hatte. Die Beschuldigung des alten von Hartmanns liess sie allerdings weg, was Keller zwar schweigend, jedoch mit einer leicht nach oben gezogenen rechten Augenbraue kommentierte. KTU-Karl hatte inzwischen den Tatort gefunden. Er war auf dem Weg etwa zwei Meter oberhalb vom Fundort der Leiche. Die Tatwaffe schien ein Ast gewesen zu sein. Durchmesser sieben Zentimeter, Länge 53 Zentimeter. An diesem Ast hätten sie Blut gefunden, der DNA-Abgleich laufe noch, Fingerabdrücke gebe es kaum verwertbare. Carsten bestätigte noch einmal die Todesursache, den Schlag auf den den Hinterkopf. In der Wunde hatte Carsten kleine Holzpartikel gefunden. Der Schlag sei mit grosser Wucht von oben herab ausgeführt worden, erklärte er. Man war sich in der Runde einig, dass diese Umstände auf einen Mord im Affekt und nicht auf ein geplantes Verbrechen hinwiesen. Den Todeszeitpunkt konnte Carsten zwischen sieben Uhr dreissig und acht Uhr eingrenzen. Ein weiteres Rätsel blieb der zerrissene Zettel mit der Nummer. Die KTU versicherte ihnen, dass es sich um Endziffern einer längeren Nummer handeln musste. „Wir suchen heute nochmals die Umgebung des Tatorts nach dem Rest des Papiers ab", sagte Karl. „Wie fahren wir weiter", wollte Steiner wissen. Samir projizierte sieben Telefonnummern an die Wand mit den Endnummern 2285, wovon er fünf bereits identifiziert hatte. Diese sollten soweit möglich kontaktiert, kurz befragt und das Alibi überprüft werden. „Von Hartmann ist mit einem roten Mountainbike zum Wald gefahren", bemerkte Kathy mit Blick zu Karl, „Schaut euch noch danach um. Zudem hatte er ein Handy dabei. Es ist verschwunden und muss so schnell wie möglich geortet und gefunden werden. Auch seine Uhr, eine Rolex, ist anscheinend abhanden gekommen. Es könnte sich also um Raubmord handeln. Ich betone könnte. Das bedeutet, dass die Hehler in der Stadt befragt werden müssen.", erklärte Süss weiter. „Ich denke, es handelt sich hier eindeutig um einen Raubmord", kommentierte Steiner. „Also von eindeutig kann noch nicht gesprochen werden. Wir sollten keine voreiligen Schlüsse ziehen", warf Keller ein. Kathy bemerkte, dass sich Steiners Gesicht ob des Widerspruchs von Keller leicht rötete. Schnell übernahm sie das Wort und informierte über den Tagesplan. Die Sekretärin von Klaus von Hartmann sollte befragt werden und Süss wollte sich auch noch mit dem Bruder unterhalten. „Na, dann wisst ihr ja, was zu tun ist. Neue Erkenntnisse werden sofort an mich weitergeleitet." Mit diesen Worten verliess Steiner grusslos, aber nicht ohne Carsten lächelnd zuzunicken, den Raum. „Ist der immer so?", fragte Carsten Kathy leise. „Wenn er gestresst ist. Und das ist er fast immer. Es ist erst sein dritter Mordfall. Zudem war der Tote ein bekannter Bürger dieser Stadt." „Na und, tot ist tot", erwiderte Carsten. „Da hat er recht", sagte Keller, der unbemerkt hinter Kathy und den Gerichtsmediziner getreten war. „Willst du uns nicht mal vorstellen?" Er schaute sie seltsam an. „Ach natürlich, ihr kennt euch noch gar nicht. Du warst ja gestern nicht am Tatort." Nachdem sie die beiden Männer miteinander bekannt gemacht hatte, ging Carsten wieder zurück in sein Büro. Karl wollte sich um das Fahrrad, das verschwundene Handy und die Uhr kümmern.

Zurück im Kommissariat fragte Keller: „Was läuft da zwischen dir und diesem Leichenschneider?" Kathy versuchte möglichst überrascht zu wirken. „Was meinst du?" „Ja, was mein ich denn wohl? Deine Körpersprache war ja wohl ziemlich eindeutig. Mach bloss keinen Scheiss, du weisst, wie sehr ich deinen Frank mag." „Und weisst du was", entgegnete Kathy nun leicht genervt, „ich mag Frank auch. Ich habe Carsten bei meiner Freundin Lisa auf einer Vernissage kennengelernt, das ist alles, was da läuft. Und überhaupt…" in diesem Moment erschien Samir mit drei Pappbechern in der Türe. „Dreimal Espresso to go vom Türken nebenan", posaunte er voller Stolz. „Samir, du bist eine Wucht", rief Kathy hocherfreut und selbst Keller hatte jetzt ein Lächeln im Gesicht, denn alle drei konnten dem Filterkaffee in ihrem Büro nicht allzu viel abgewinnen. „Warum hast du in der Besprechung eigentlich nicht erwähnt, dass die Brüder Streit hatten und der alte von Hartmann seinen Sohn beschuldigte?", fragte Keller, während er in seinen Kaffee hauchte, um die Hitze darin zu vertreiben. „Ich wollte nicht die Pferde scheu machen. Du kennst doch Steiner", antwortete Kathy, „Ich kenne die neue Freundin von Paul von Hartmann. Sie hat mir versichert, dass er niemals zu so etwas fähig wäre." „Ach, seine neue Freundin. Die ist bestimmt unparteiisch. Haben wir auch einen Namen der Dame?", fragte Keller spitz. „Natürlich haben wir den. Zudem hat mir auch Frank, mein Ehemann und dein so geschätzter Freund Frank, bestätigt, dass Klaus von Hartmann ein Feingeist sei. Er ist Germanist, hat einen Lehrauftrag an der Universität Berlin und schreibt Bücher unter dem Namen Klaus Mannhart. Und ja, er hält sich momentan in unserer Stadt auf." Keller pfiff durch die Zähne und brummte etwas Unverständliches. Samir schaute belustigt von einer zum anderen. „Selbstverständlich, mein lieber Keller, werden wir uns mit dem Mann noch unterhalten. Er wird sich bei uns melden." „Wie süss, meine liebe Süss." „So", sagte Kathy, „nun ist aber gut. Beginnen wir mit der Überprüfung der Zahlenreihe." Das Telefon klingelte. Keller raunte seinen Namen in den Hörer und sagte kurz darauf: „11 Uhr. Bis dann!" Er wandte sich an Kathy: „Das war er, dein unschuldig Beschuldigter." Es blieben Keller und Süss noch gut zwei Stunden, bis Paul von Hartmann kommen würde. Kathy nahm den Zettel mit den Adressen, die Samir herausgeschrieben hatte. „Ich muss ein wenig an die Luft," sagte sie mit einem etwas genervten Unterton, „werde mich mal um die ersten zwei Halter der Telefonnummern kümmern. Du, Samir, kannst ja schon mal die restlichen Personen ausfindig machen und eventuell telefonisch die Alibis checken." Keller nahm seine abgewetzte Lederjacke und brummte versöhnlich: „Und der alte Mann kommt mit dir."

Die erste Adresse führte die beiden Kommissare in eine Seniorenresidenz und die Telefonnummer gehörte einem Herrn Kluge. Eine adrette Dame in den Fünfzigern empfing sie und stellte sich ihnen als Heimleiterin vor. Süss bat, nachdem sie ihr die Ausweise gezeigt hatten, kurz mit dem Insassen Kluge sprechen zu dürfen. Sie erfuhren, dass er in der vergangenen Nacht verstorben sei. Das hiess, dachte Kathy, dass er am Tatmorgen noch gelebt hatte. Auf ihre Frage, ob es Verwandte gebe, antwortete ihr die Dame, dass er einen Sohn in Amerika habe und in den letzten zwei Jahren, soviel ihr bekannt sei, niemals Besuch empfangen hatte. „Mehr weiss ich auch nicht. Aber", sagte die Leiterin, „er hatte einen Freund hier. Christian Sieber. Die beiden spielten dreimal in der Woche zusammen Schach. Vielleicht kann er ihnen mehr sagen. Sie finden ihn in der Bibliothek." In dem besagten Raum standen neben drei zimmerhohen Regalen, die überfüllt waren mit Büchern, einige bequeme Sessel. Leise Musik war zu hören. „Schubert!", murmelte Keller. Süss schaute ihn erstaunt an, was er mit einer abwehrenden Bewegung abtat. Zwei Männer sassen in dem düsteren Raum. Einer las in einem Buch, der andere, ein Hüne von einem Mann, sass in einem Lehnstuhl und hatte die Augen geschlossen. Süss dachte erst, dass er schlafen würde, bis sie bemerkte, dass sich seine Hand ganz sacht zum Takt der Musik bewegte. Keller ging zu ihnen. „Christian Sieber? Können wir uns kurz unterhalten?“ Der alte Mann mit dem Buch blickte erstaunt auf. Sie zeigten ihm beide ihren Ausweis. Er lächelte und sagte: „Na das ging aber schnell.“ „Was meinen Sie?“, fragte Süss. „Sie kommen doch sicher in der Sache von Hartmann.“ „Wie kommen Sie denn darauf“, fragte nun Keller. Sieber stutzte kurz. Er legte das Buch „Die Verwandlung“ von Kafka auf den Tisch. Auf seiner Stirn bildete sich eine zusätzliche Falte und er räusperte sich. „Ich habe es heute morgen im Radio gehört. Mein Enkel hat sich vor Kurzem mit der von Hartmann Tochter verlobt.“ „Sind Sie etwa der Schwiegervater von Grete Sieber? Sie arbeitet in der Galerie meiner Freundin Lisa“, entfuhr es Kathy freudig. „Ja, sie ist die Witwe meines verstorbenen Sohnes. Dann sind Sie die Kathy? Die Kathy von der Polizei! Ja, Grete hat mir schon oft von Ihnen erzählt. Freut mich, Sie kennenzulernen. Wie hat denn die Familie den Todesfall aufgenommen?“ „Nun“, antwortete Kathy, „die Ehefrau schien mir sehr gefasst zu sein. Paul von Hartmanns Vater, der ebenfalls in der Villa wohnt, hat der Tod seines Sohnes wohl sehr mitgenommen.“ Dar alte Mann wandte sich ab und schaute aus dem Fenster in den Garten des Hauses. „Das kann ich gut verstehen. Es ist schrecklich, einen geliebten Menschen zu verlieren.“ Er atmete schwer. „Wie kann ich ihnen denn behilflich sein?“ „Nun“, sagte

Keller, „wir sind eigentlich nicht ihretwegen hier. Die Heimleiterin hat uns mitgeteilt, dass Sie Herrn Kluge gut kennen. Können wir uns kurz mit ihnen unterhalten? Allein?“ Der Mann im Sessel schlug seine Augen auf. „Wir können auch hier reden“, sagte Sieber, „das ist mein alter Freund Gruber, Manu Gruber. Wir kennen uns seit der Schulzeit und sind seit bald 77 Jahren befreundet. Wir haben schon lange keine Geheimnisse mehr voreinander.“ Die beiden Männer lächelten sich an. „Kluge haben wir beide ganz gut gekannt. Er war auch ein Freund der klassischen Musik. Leider ist er ja heute Nacht verstorben. Aber ich verstehe nicht ganz. Was soll Kluge mit von Hartmann zu tun haben?“ Kathy erzählte ihm von dem Zettel, den sie bei dem Toten gefunden hatten, mit der Nummer 2285. „Dieselben Endzahlen hatte die Handynummer von ihrem Freund.“ „Das ist ja ein seltsamer Zufall“, murmelte der Alte leise nach einer geraumen Pause und fuhr dann mit fester Stimme fort: „aber ich kann Ihnen versichern, dass Kluge die von Hartmanns nicht gekannt hat. Ich habe ihm damals von der Verlobung meines Enkels erzählt und er hatte von dieser Familie keine Kenntnisse. Zudem war er nicht mehr gut auf den Beinen. Er sass im Rollstuhl. Er hat das Heim seit Monaten nicht mehr verlassen.“ „Dann werden wir weiter ermitteln müssen. Vielen Dank für die Auskunft, Herr Sieber. Es hat mich sehr gefreut, Sie beide kennenzulernen", sagte Kathy. Er streckte ihr die zerfurchte Hand entgegen, die sie lächelnd drückte. Gerade als sie sich zum Gehen wandte, sagte Keller: „Eine bemerkenswerte Bibliothek haben Sie hier." „Nun ja", antwortete der alte Mann, „viele alte Menschen wollen sich nicht von ihren Büchern trennen und bestehen darauf, sie ins Heim mitzunehmen. Es ging mir genauso." Die beiden Männer schauten stumm auf die berstenden Regale, bevor Christian Sieber weitersprach. „Der halbe Dachboden ist auch voll mit Büchern. Mittlerweile sortiert man sie nicht mehr nach dem Alphabet der Autoren, sondern nach dem Alphabet der Besitzer. Somit können sie schneller entsorgt werden, wenn diese verstorben sind." Er lächelte abwesend. Wortlos gaben sich die beiden Männer die Hand. An der Türe drehte sich Keller nochmals um und zeigte auf das Buch: „Ich denke ja, die Verwandlung bezieht sich auf die Schwester von Kafka, auf Grete." „Kann sein", antwortete Sieber, „das ist das Grossartige an dem Buch. Es gibt so viele interessante Aspekte und Interpretationen. Kommen Sie doch mal wieder vorbei, junger Mann, dann können wir uns darüber unterhalten." „Mach ich, versprochen."

„Na, junger Mann, wirst du?", fragte Kathy, als sie draussen waren. „Werde ich was?" „Ihn noch einmal besuchen." „Wenn ich sowas verspreche, dann werde ich das auch tun. So gut solltest du mich nun kennen", antwortete Keller mit einem leicht beleidigten Unterton. „Er scheint ein bemerkenswert kluger, alter Mann zu sein. Hast du das Feuer in seinen Augen gesehen? Ich denke, wir können von dieser Generation viel lernen. Diese Menschen haben nach dem Krieg unsere Wohlstandswelt wieder aufgebaut, haben diesen unglaublichen Fortschritt der letzten 70 Jahre geschaffen. Leider sind sie am Aussterben mit all ihrem Wissen und ihren Erfahrungen", fügte er hinzu. „Ich weiss von Grete, dass er seinen Sohn vor einigen Jahren durch einen Unfall verloren hat", informierte Kathy ihren Kollegen nach einer kurzen Pause. Wortlos gingen sie zu ihrem Wagen und als sich Kathy nochmals umdrehte, sah sie Manu Gruber am Fenster der Bibliothek stehen. Sie winkte ihm zu. Und lächelnd erhob er seine Hand.

Sie fuhren zur zweiten Adresse, die ihnen Samir aufgeschrieben hatte. Ein Mehrfamilienhaus am Rande der Stadt. Gerade als sie klingeln wollten, öffnete sich die Haustüre und eine Frau mit einem schreienden Kleinkind auf dem Arm trat ins Freie. Süss erkundigte sich nach ihrem Namen. Dieser stimmte mit demjenigen überein, den Samir ihnen angegeben hatte. Kathy zeigte ihren Ausweis und fragte sie, ob sie sich schnell mit ihr unterhalten könnten. Die junge Frau schien sehr gestresst zu sein: „Ich muss mit dem Kleinen hier zum Kinderarzt, dann einkaufen, dann zum Kindergarten meiner älteren Sohn abholen." Sie hantierte mit der linken Hand am Kinderwagen, der blockiert war, und mit der rechten hielt sie den schreienden Säugling. Kurzerhand drückte sie das Baby dem verdutzten Keller in die Arme. „So ein Scheissding, hat ein Vermögen gekostet und klemmt die ganze Zeit." Zu Kathys grösster Verwunderung hatte sich der Kleine in Kellers Armen beruhigt und gab zufriedene, gurrende Laute von sich. Die Frau hielt kurz inne und schaute Keller an: „Sie sind ja ein Traum von einem Opa. Lust den Kleinen zu adoptieren?", sie lachte und wandte sich wieder zu Kathy, „was wollen Sie denn wissen?" Sicherheitshalber erkundigte sich Süss noch nach ihrer Telefonnummer und die Endzahlen stimmten. Auf die Frage, ob sie von Hartmann kenne, antwortete sie: „Na klar, das heisst: Leider nein. Ich hab da früher mal in der Firma geputzt, aber den Chef habe ich nie gesehen. Leider! Der war ziemlich grosszügig. An Weihnachten gab es einen fetten Bonus." Die beiden Kommissare konnten eine gewisse Ironie in ihrer Stimme festmachen. „Naja, so mittelfett. Wir, also die ganze Putzkolonne, haben ihm dann immer ne Dankeskarte geschrieben, aber persönlich habe ich den nie getroffen. Leider!" „Wieso denn leider?", fragte Kathy. „Na man hat damals gemunkelte, dass der früher mal ne Angestellte geschwängert haben soll. Die bekommt wohl jeden Monat ganz schön Kohle von ihm. Also, wenn ich mir vorstelle, dass mein Kleiner ein von Hartmann wäre, dann würde mein Alltag anders aussehen. Ich hätte ne Kinderfrau, würde morgens die Kleinen wecken und mit ihnen frühstücken. Dann würde ich sie ihrer Nanny übergeben und mein Wohlfühlmorgen könnte beginnen mit Massage, Gesichtsmaske…" Sie hielt kurz inne und schaute verträumt in die Ferne bevor sie weiterfuhr: „Naja, ich kann dort nicht mehr putzen, denn nach Feierabend muss ich mich um die Kinder kümmern. Ich sitze jetzt dreimal in der Woche im Grossmarkt an der Kasse. Dann kann ich die Kleine in die Kita bringen. Aber ich kann ihnen sagen, das ist Stress pur. Halb sechs aufstehen, Frühstück machen, Brote schmieren für den Grossen, um sechse Kinder wecken, halb sieben Abmarsch in die Kita und um sieben beginnt meine Schicht. Mein Typ ist Fernkraftfahrer, der ist ja kaum zu Hause. Ich bin also mehr oder weniger alleinerziehend." Ein Klicken am Kinderwagen unterbrach ihren Redefluss. „So, Opa, nun kannste den Kleinen reinsetzen", wandte sie sich an Keller. „Ich habe das mit dem Hartmann gestern im Radio gehört. Echt scheisse gelaufen. Was nützt dem jetzt die ganze Kohle. Naja, tot ist tot. Warum kommen Sie überhaupt zu mir", fragte sie Süss. Kathy klärte sie über die Nummer auf. „Na, jetzt mach aber mal nen Punkt. Warum soll ich den ollen Hartmann denn über den Haufen erschlagen. Zudem hab ich ja ein Alibi. Dienstag, Mittwoch und Donnerstag sind meine Arbeitstage. Das können Sie gerne überprüfen", erwiderte sie, indem sie dem Kleinen den Schnuller in den Mund drückte. „Tut mir echt leid um den Hartmann." Damit liess sie die Kommissare einfach stehen. Gleichzeitig atmeten die beiden tief durch. „Na, du Kafka kennender Traumopa, du erstaunst mich doch immer wieder", lachte Kathy, „dem Gerücht um die geschwängerte Angestellte müssen wir noch nachgehen. Aber zuerst brauche ich jetzt einen Kaffee. Das waren eindeutig einige Informationen zuviel heute morgen. In einer halben Stunde kommt auch schon Paul von Hartman. Also lass uns zurückfahren."

Im Büro gab Kathy Samir einen kurzen Bericht. „Die ersten zwei Adressen waren schon mal nichts. Hast du noch was rausgefunden?" Samir informierte die beiden über zwei weitere Personen, die er erreicht hatte. Der erste war Lehrer und zur fraglichen Zeit bereits auf dem Weg in die Schule, die zweite, eine junge Studentin, die nach eigenen Aussagen noch tief geschlafen hatte, was ihr Bettgenosse bezeugen konnte." „Hab ich mir schon gedacht, dass wir so nicht weiterkommen", bemerkte Kathy, „ich habe jetzt gleich eine Unterredung mit dem Bruder des Toten." „Klar", entgegnete Samir, „der ist schon im Sitzungszimmer." Kathy stürzte den Rest ihres Kaffees herunter und schüttelte sich. „Ist es denn nicht möglich, dass wir mal eine vernünftige Kaffeemaschine bekommen. Wenn unser Chef mal ein einziges Geschäftsessen weglassen würde, könnten wir die uns locker leisten", rief sie mit angewidertem Blick aus und angelte sich eine Flasche Wasser mit zwei Gläsern. Mit Schwung ging sie in den Raum, in dem Paul von Hartmann wartete. Sie stellte das Wasser und die Gläser auf den Tisch und erklärte mit entschuldigender Miene: „Tut mir leid, aber unseren Kaffee kann man nicht trinken, Sie müssen also mit Wasser vorliebnehmen. Aber nun erstmal: guten Morgen, Kommissarin Süss mein Name. Schön, dass Sie es so schnell einrichten konnten." Sie fragte ihn zuerst nach einem Alibi. Er war um acht Uhr bei Grete mit frischen Brötchen, die er zuvor bei der Bäckerei Gilgen gekauft hatte. Die Verkäuferin konnte sich eventuell noch an ihn erinnern. Er war vor einer Woche in die Schweiz gekommen und wohnte seither im Hotel Krafft. Allerdings sei er nicht wegen seiner Familie hier, sondern wegen Grete. Sie wisse ja bereits, dass sie beide seit der Verlobungsfeier seiner Nichte ein Paar seien. Seinen Vater habe er in den letzten 30 Jahren nur einmal kurz bei der Beerdigung seiner Mutter vor 15 Jahren gesehen. „Wissen Sie", erklärte er Süss, „mit meinem Vater habe ich schon damals abgeschlossen. Mit meinem Bruder hatte ich in den letzten Jahren nur wenig Kontakt. Allerdings hat sich seine Frau immer wieder bei mir gemeldet. Wir haben uns jeweils zu Weihnachten und an Geburtstagen geschrieben. Wir kennen uns schon seit Kindertagen. Unsere Väter waren geschäftlich liiert.“ Er atmete tief durch, bevor er weitersprach: „Nun, Klaus hatte ja schon immer ein Auge auf sie geworfen und den beiden Vätern kam die Verbindung wohl sehr gelegen. Julia, meine Nichte, hat mich vor einigen Jahren in Berlin besucht. Sie wollte ihren Onkel kennenlernen, stand eines schönen Tages vor meiner Tür und ist eine Woche geblieben. Sie ist wirklich ein nettes Mädchen.“ Er atmete tief durch und schüttelte lächelnd den Kopf, bevor er weitersprach. „Vor zwei Tagen war ich bei meinem Bruder. Es hat mich wütend gemacht, wie er sich bei der Verlobungsfeier seiner Tochter gegenüber Grete verhalten hat. Zwar war seitdem schon einige Zeit vergangen, aber ich wollte die Angelegenheit mit ihm klären und ihn informieren, dass wir nun ein Paar sind. Grete hat ihnen ja auch schon erzählt, dass er bei dem Fest übergriffig wurde. Das ist nicht nur ihr gegenüber respektlos, sondern auch gegenüber seiner Frau und seiner Tochter. Zudem hat er seine eigene Ehefrau vollkommen ignoriert. Er hat nur gelacht, als ich ihn damit konfrontiert habe und so kam es zu einem lautstarken Streit. Er ist Vater in den letzten Jahren immer ähnlicher geworden. Leider.“ Er machte eine kurze Pause. „Wie meinen Sie das?“, fragte Kathy.

„Ach, wissen Sie, in meiner Kindheit waren wir eine ganz normale Familie. Unser Vater hat viel gearbeitet. Wir haben ihn nur selten gesehen. Mein Bruder war immer schon klein und schmächtig, obwohl er zwei Jahre älter ist als ich. Wir gingen zusammen durch dick und dünn. Was wir alles angestellt haben", er lachte. „Wir wohnten in einem schönen Haus auf dem Bruderholz. Um in die Schule zu gehen, mussten wir von unserem Goldhügel heruntersteigen. Unsere Schulkameraden kamen meist aus Arbeiterfamilien. Ich fühlte mich im Gegensatz zu Klaus in diesen Kreisen immer sehr wohl. Ich vermied es, meine Freunde mit unserem Reichtum zu konfrontieren. Ich brachte nie jemanden mit nach Hause, traf meine Kollegen auf dem Schulhof oder im Park. Klaus war da ganz anders. Er lud seine Kameraden zu uns nach Hause ein und konnte nicht genug mit unserem Reichtum protzen. Das machte bald die Runde und erzeugte Neid. In der Schule wurde Klaus anfangs, heute würde man sagen, gemobbt. In seiner Klasse gab es eine Bande mit einem lautstarken Wortführer, der Klaus immer vor allen Mitschülern und Mitschülerinnen auslachte, bis er eines Tages mit meinen Fäusten Bekanntschaft machte. Ja, auch wenn wir schon immer verschieden waren, so waren wir damals ein ganz gutes Team." Er trank einen Schluck Wasser. „Dann, als ich etwa 17, 18 Jahre alt war, kam der Bruch. Ich begann unseren

Reichtum und die Herkunft unserer Familie zu hinterfragen. Es kam zu häufigeren Wortgefechten mit meinem Vater. Er versuchte uns immer wieder mit irgendwelchen Luxusgütern zu beeinflussen und zu kaufen. Bei meinem Bruder ist es ihm gelungen. Bei mir hat es das Gegenteil bewirkt. Ich schloss mich einer Jugendbewegung an. Dann, eines Tages, kurz nach meinem Abitur, ein Streit mit meinem Bruder, der mit einer Prügelei endete. Ich war noch immer viel stärker als er, was bei ihm einen Nasenbeinbruch zur Folge hatte. Natürlich bin ich nicht mehr stolz darauf. Dass mich aber mein eigener Vater angezeigt hat, kann ich allerdings bis zum heutigen Tag nicht verstehen. Das alles hat mich dazu veranlasst, nach Berlin abzuhauen. Ich bekam eine Geldstrafe, die meine Mutter heimlich bezahlte. Das habe ich aber allerdings erst Jahre später erfahren. Meine Mutter hat mir auch immer wieder Geld geschickt, sodass ich in Berlin studieren und meinen Weg machen konnte. Irgendwann habe ich erfahren, dass mein Bruder die Firma übernommen und sich diese neue Luxusvilla gekauft hat. Nach dem Tod meiner Mutter hat er dann Vater in sein Haus geholt." Er machte eine längere Pause, bevor er leise anfügte: „Und trotz allem, es ist und bleibt meine Familie." „Wissen Sie, dass ihr Vater sie beschuldigt hat, ihren Bruder umgebracht zu haben?", fragte Kathy. Er lachte kurz und schmerzhaft auf, ging zum Fenster und schaute in die

Ferne. Als er sich wieder setzte, blickte er Kathy direkt in die Augen. „Ich war es nicht, ich habe ihn nicht umgebracht", leise fügte er hinzu, „er war mein Bruder, er war mein grosser Bruder." Kathy fragte ihn noch, ob er etwas über eine Angestellte wüsste, mit der sein Bruder eine Affäre gehabt hatte. „Nein", entgegnete er mit einem erstaunten Ausdruck, „aber wie gesagt, wir hatten so gut wie keinen Kontakt mehr." Sie sah die Trauer in seinen Augen und sie glaubte ihm. „Wie wäre es denn, wenn wir uns mal zu viert zum Essen treffen würden?", sagte sie in einem völlig anderen Ton. „Zu viert?", fragte Hartmann verwundert. „Ach, dann hat Ihnen Grete wohl verschwiegen, wer mein Lebenspartner ist. Frank Lauber." Hartmann sah sie erst ungläubig an. „Na das ist ja vielleicht eine Überraschung, aber ja, sehr gerne." Kathy wollte gerade den nächsten Samstag vorschlagen, als sie eine Regung hinter der Glaswand, die den Raum abgrenzte, bemerkte. Keller, dachte sie. Wie sagte er immer: „Keine privaten Treffen mit Verdächtigen." Aber Hartmann war ja wohl nicht verdächtig, ihrer Ansicht nach war er vollkommen unschuldig. „Sagen wir Samstag in einer Woche, wenn das Grete auch passen würde", fügte sie hinzu in der Hoffnung, dass der Fall bis dahin gelöst sein würde. „Sehr gerne", antwortete Hartmann, indem er sich erhob, „ich freue mich Frau äh." Er stockte und Kathy kam ihm zu Hilfe. „Süss.

Ich denke, das mit dem Du sparen wir uns für später auf."

Paul Hartmann kreuzte Keller beim Hinausgehen unter der Türe. Die beiden Männer nickten sich zu. Kathy ging zum Fenster und schaute dem gutaussehenden Mann versonnen hinterher. „Gratuliere, Grete, gut gemacht", murmelte sie. „Muss ich das verstehen?", fragte Keller und holte seine Kollegin zurück in die Realität. „Nö", antwortete Kathy, „musst du nicht, aber wenn du willst, bitte schön: ich denke, dass Paul von Hartmann ein feiner Kerl ist, und dass er und meine Freundin Grete ein schönes Paar sind. Zudem ist der Mann auch klug und hat schon einige Romane geschrieben, die meinem belesenen Kollegen Keller bestimmt bekannt sind." „Der Kollege Keller hat tatsächlich auch schon drei Bücher von Paul Mannhart gelesen, die ihm sehr gefallen haben. Trotzdem würde er allein von seiner Statur her dem Täterprofil entsprechen. Ich frage mich also, ob wir denn noch objektiv sind, oder muss ich Sie von dem Fall abziehen, Frau Süss?" An Kellers Stimme, mit der er eindeutig den Staatsanwalt imitierte, merkte Kathy, dass ihr Kollege es nicht wirklich ernst meinte, oder wenigstens nicht ganz so ernst. „Er hat doch ein Alibi. Zudem hat mir ein kluger, erfahrener Kommissar und sehr weiser Mann einmal den Rat gegeben, dass ich mich bei der Arbeit zu über 50% auf mein Bauchgefühl verlassen soll", konterte sie augenzwinkernd, was Keller mit einem lächelnden Kopfnicken quittierte. Samir unterbrach ihr kleines Geplänkel: „Eine Frau Meister wartet in Zimmer fünf." „Oh Gott, die habe ich ganz vergessen. Willst du?", fragte Süss ihren Partner. Keller nickte kommentarlos und betrat den Raum, in dem Frau Meister bereits Platz genommen hatte. Er war mehr als erstaunt. War das dieselbe Frau, die er bei der Familie Hartmann gesehen hatte. Diese unscheinbare Person von gestern? Vor ihm sass eine äusserst attraktive Frau, die mindestens 20 Jahre jünger schien. Das Gesicht war zart geschminkt. Die Haare, die sie am Tag zuvor hochgesteckt hatte, fielen nun in weichen Locken über ihre Schultern und ein zart geblümtes Kleid umspielte ihre Figur. Keller hüstelte leise, die Überraschung schien ihm ins Gesicht geschrieben, bevor er fragte: „Frau Meister?" „Ja, ich bins", sie strahlte ihn an, „ich sehe Sie überrascht." Nach nochmaligem Husten sagte Keller mit leicht belegter Stimme: „Nun, ich muss zugeben, ich hätte Sie beinahe nicht wieder erkannt." Frau Meister lachte kurz auf. „Schön!", der Kommissar schien sich wieder gefangen zu haben, „dann erzählen Sie mir doch einmal, wie lange sie schon bei der Familie von Hartmann arbeiten, wie Sie sich kennengelernt haben und welche dunklen Geheimnisse Sie mir verraten können!", fuhr er ungewohnt charmant fort, nachdem er ihre Personalien aufgenommen hatte. Keller erfuhr, dass Brigitte Meister aus einfachen Verhältnissen kam. Ihre Eltern ermöglichten es ihr, auf das Gymnasium zu gehen. Nach dem Abitur arbeitete sie in einer Hilfsorganisation und ging für einige Wochen nach Afrika. Kurze Zeit, nachdem sie wieder zu Hause war, bemerkte sie, dass sie schwanger war. Vom Kindsvater, einem One-Night-Stand an der Küste von Tansania, kannte sie weder Adresse noch Namen. Sie wollte das Kind behalten, konnte jedoch nicht mit der Unterstützung ihrer Eltern rechnen, die sich um ihre jüngeren Geschwister kümmern mussten. Sie lebte in einer winzigen Wohnung mit ihrem Baby und bezog Sozialhilfe. Eines Tages begegnete sie zufällig ihrer Schulfreundin Isabelle Stettler. Sie war frisch verlobt mit Klaus von Hartmann. „Das war mein grosses Glück“, gestand Brigitte Meister dem Kommissar, „da die Hartmanns viele Einladungen und Veranstaltungen hatten und Isabelle selbst in der Firma arbeitete, bot sie mir eine Halbtagesstelle als Hausangestellte an. Ich durfte meine Tochter sogar mitnehmen. Als Isabelle kurze Zeit später heiratete und schwanger wurde, hat sie mein Arbeitspensum auf 80% erhöht. Sie hat mich dafür fürstlich bezahlt, auch wenn das die Hartmänner nicht so gerne gesehen haben.“ „Was meinen Sie damit?“, fragte Keller. „Ich habe einmal einen Streit zwischen Isabelle, Klaus und dem alten Hartmann mitbekommen. Der Alte hat geschrien, was ihr eigentlich einfalle, das Hartmannsche Geld aus dem Fenster zu werfen und mich so gut zu bezahlen. Er sagte wörtlich, zehn Franken in der Stunde seien genug für eine Putze. Isabelle sagte mit ruhiger und fester Stimme, dass ein Stundenlohn von zehn Franken menschenunwürdig sei und dass ich ganz abgesehen davon keine Putze sei. Frau Meister, so sagte sie, bekommt weiterhin 30 Franken in der Stunde, ansonsten würde sie der Presse das kleine, das ganz kleine Geheimnis der Hartmanns verraten. Und bevor Sie mich nun fragen, lieber Kommissar Keller, was sie damit gemeint hat, ich weiss es nicht. Als ich sie später danach fragte, sagte sie mir, es sei besser, wenn ich nichts davon wisse. Ich habe allerdings einmal zufällig etwas von einer ungewollten Schwangerschaft von der Sekretärin gehört. Ich wollte Isabelle damit nicht weiter konfrontieren. Mein Lohn ist danach nie mehr angezweifelt worden. Und ich habe regelmässig eine kleine Erhöhung erhalten. Isabelle ist eine gute, eine anständige Frau. Wir haben uns immer gegenseitig respektiert und es kam nie zum Streit. Sie hat Klaus Hartmann auch wirklich einmal geliebt und hat es wohl auf ihre Art bis zu seinem Ende getan." „Nun", sagte Keller nach einer kleinen Pause, „Sie haben mir einiges über Frau von Hartmann erzählt. Aber was für ein Mensch war denn ihr Mann? Hat er seine Frau auch geliebt? Anscheinend war er ein Verehrer des weiblichen Geschlechts." Brigitte Meister lächelte. „Als ich bei ihnen angefangen habe zu arbeiten, war er ganz verrückt nach seiner Frau. Die beiden waren für mich ein Traumpaar, verliebt bis über beide Ohren. Sie haben alles gemeinsam gemacht, haben rauschende Feste gefeiert. Es änderte sich, als ihre Tochter geboren wurde. Isabelle hat aufgehört zu arbeiten und auch abends war sie am liebsten bei ihrem kleinen Mädchen. Klaus blieb am Anfang nach Julias Geburt auch einige Wochen zuhause. Er ist aber nicht der Typ Mann, der die Abende gerne zu Hause verbringt und mit der Zeit ging er vermehrt alleine weg. Die beiden haben sich auseinandergelebt. Der ganz grosse Bruch allerdings kam erst, als er seinen Vater nach dem Tod seiner Mutter in ihr Haus holte. Er war völlig abhängig von seinem alten Herrn, wagte ihm kaum zu widersprechen. Isabelle wehrte sich anfangs gegen ihren Schwiegervater, zog sich aber immer mehr zurück. Ich denke Klaus von Hartmann war ein Angeber und Schwerenöter, aber er war kein wirklich schlechter Mensch." Keller wollte noch wissen, wann der Streit mit dem alten Hartmann um ihren Lohn gewesen sei, denn er hoffte, dass er dadurch dem besagten Familiengeheimnis auf die Spur kommen würde. Brigitte Meister wusste es nicht mehr ganz genau, aber es war kurz nachdem der alte Hartmann bei ihnen eingezogen war, also vor etwa acht Jahren.

Sie konnte jedoch keine weiteren Angaben zu der schwangeren Angestellten machen und wusste auch nicht, ob es sich bei dem Familiengeheimnis überhaupt um diese Sache handelte. Keller wollte nicht weiter insistieren, denn er war überzeugt, dass sich alles aufklären würde. Die beiden redeten noch sehr lange, bevor sie sich voneinander verabschiedeten.

Die Türe des Aufenthaltsraumes stand offen und Kathy machte gerade Kaffee, als Keller seine Gesprächspartnerin nach beinahe zwei Stunden nach draussen begleitete. „War das wirklich Frau Meister?", fragte sie erstaunt, als Keller wieder zurückkam, „die ist ja kaum wiederzuerkennen." Süss glaubte ein Strahlen in Kellers Augen wahrzunehmen. „Das war ja eine relativ lange Befragung", sagte sie, indem sie ihren Kollegen beobachtete. Kurz und knapp informierte er Kathy über das Gespräch. „Was ist los Keller?", fragte sie ihn. „Was meinst du?" „Dieses seltsame Lächeln in deinem Gesicht." Der Kommissar wandte sich von seiner Kollegin ab und brummte irgendetwas Unverständliches. „Nun komm schon Keller, die Frau hat dich beeindruckt, stimmts?" „Naja", der Kommissar machte eine kleine Pause, bevor er weitersprach, „stell dir vor, sie hat mich heute abend zu einem Konzert eingeladen." „Rock, Pop, oder Heavy Metal?", fragte Kathy lachend, was Keller mit einer abweisenden Bewegung abtat und in sein Büro verschwand. Seine Kollegin nahm sogleich die Verfolgung auf. Im Türrahmen angelehnt sagte sie: „Du gehst da hoffentlich hin.“ „Das geht nicht, sie ist in den Fall involviert.“ „Mensch, Keller, nun sei doch nicht immer so überkorrekt. Frau Meister ist die Hausangestellte eines Opfers und in keinster Weise verdächtig. Sie gefällt dir doch, das sieht ein Blinder und du liebst Konzerte mit klassischer Musik, denn ich nehme an, das ist es.“ Er nickte bejahend. „Was wirst du anziehen?“ Der ältere Kollege zeigte auf sein Outfit. „Nicht dein Ernst. Verwaschener Pullover, abgewetzte Lederjacke? Damit kannst du auf Verbrecherjagd, aber nicht mit einer Dame zu einem Konzert gehen.“ „Siehst du“, brummte er, „es wird schon kompliziert. Ich werde mich nicht verbiegen.“ „Nur weil du mal ein Hemd mit einem Sakko anziehst, wirst du dich noch lange nicht verändern. In einer Stunde machen wir Schluss für heute und dann ist shoppen angesagt.“ Ehe der verdutzte Keller etwas erwidern konnte, fügte seine Chefin an: „Das ist eine dienstliche Anordnung. Und nun rufst du die Dame an und sagst ihr, dass du sie gerne begleiten würdest.“ Süss verzog sich in ihr Büro. Durch die Glasscheibe, die die beiden Räume voneinander trennte, sah sie, wie Keller gedankenvoll aus dem Fenster schaute. Plötzlich nahm er sein Telefon und Kathy sah ihren

Kollegen strahlen, wie sie ihn nur selten gesehen hatte. Es stand ihm gut.

Die Teamsitzung am nächsten Morgen war auf acht Uhr terminiert. Kurz davor sass Kathy zu ihrem Erstaunen alleine im Konferenzraum. Keller, der sonst immer überpünktlich erschien, war nirgends zu sehen. Sie musste lächeln, als sie an die Einkaufstour mit dem Kommissar am Vortag dachte. Auf dem kurzen Weg in die Innenstadt hatte Keller sie noch einmal ausführlich über das Gespräch mit Brigitte Meister informiert. In der Herrenabteilung des Edelwarenhauses Globus gerieten sie in die Fänge eines übereifrigen Verkäufers. Er lobte Kellers Figur, was Kathy dann doch etwas übertrieben fand, und brachte einen Anzug nach dem anderen. Als der Kommissar die Preise sah, wollte er sofort wieder türmen. Nach langem Zureden seitens Süss einigten sie sich auf eine leichte Stoffhose und ein Sakko, das im Preis reduziert war und Keller musste selbst zugeben, dass er darin recht stattlich aussah. Süss hoffte von ganzem Herzen, dass der Abend für ihren Kollegen ein Erfolg gewesen war.

Ob Carsten heute auch teilnehmen würde, fragte sich Kathy, nachdem sie weitere Minuten alleine in dem Sitzungszimmer sass. Aber er hatte wohl keinen Grund mehr zu kommen. Die Todesursache und die Tatwaffe waren bekannt. Was also sollte er hier noch. „Schade", murmelte sie leise. Bevor sie weiter über

Carsten nachdenken konnte und weshalb sie sich zu ihm so hingezogen fühlte, hörte sie auch schon Schritte. Es war jedoch nicht das leichte Schlurfen von Keller. Die Türe öffnete sich und herein kam der Staatsanwalt mit Samir im Schlepptau. „Wo ist Keller", flüsterte dieser Kathy zu, als er sich neben sie setzte. Nichtwissend zuckte sie mit den Schultern, als auch schon ein militärisches „Morgen" durch den Raum schallte. Staatsanwalt Steiner kam gleich zur Sache und erkundigte sich über den neusten Stand der Ermittlungen. Süss informierte ihn über die Ergebnisse des Vortags. Samir hatte noch weitere Nummern abgeklärt. Bis auf zwei der Abonnenten hatten alle ein stichfestes Alibi, die er bereits überprüft hatte. Den Besitzer der einen Telefonnummer hatte er noch nicht herausgefunden, die zweite Nummer war ein Prepaidhandy. „Ich befürchte", setzte Steiner an, „dieser Zettel hat nichts mit dem Fall zu tun. Jeder Spaziergänger der letzten Tage kann ihn dort verloren oder weggeworfen haben. Und ob es sich um eine Telefonnummer handelt, ist völlig ungewiss. Sie könnens ja weiter versuchen, junger Mann, wofür haben wir denn Praktikanten!", fügte er mit einem sarkastischen Lachen hinzu. „Und was gedenken Sie heute zu tun, meine Süsse?", fragte er mit spitzem Unterton, indem er sich zu Kathy wandte. „Nun", antwortete diese, ohne weiter auf seine idiotische Anrede einzugehen,

„wir werden in Hartmanns Firma und in seinem Umfeld weitere Befragungen durchführen." Sie vermied es, von dem Gerücht und dem Familiengeheimnis zu erzählen, das Frau Meister angedeutet hatte. „Na dann aber ein bisschen zackig. Ich brauche Ergebnisse. Morgen Vormittag ist eine Pressekonferenz. Schliesslich war unser Toter kein Unbekannter." Steiner war erst seit einem guten Jahr Oberstaatsanwalt und Kathy wünschte sich immer noch ihren alten Chef zurück, der damals in Pension gegangen war. Sie konnte es sich nicht verkneifen zu sagen: „Der Bekanntheitsgrad eines Toten spielt für mich keine Rolle. Wir klären Gewaltverbrechen jeweils mit derselben Ernsthaftigkeit und Sorgfalt auf, ungeachtet der Herkunft der Opfer." Warum zum Teufel war Keller nicht hier. Sie hätte seine Unterstützung jetzt gut gebrauchen können. „Sie haben gut reden Süss, Sie müssen nicht vor die gierigen Journalisten treten, die auf Sensationen aus sind." Er nahm seine Brille ab und versuchte sie mit einem Taschentuch zu reinigen, während er weitersprach. „Was soll ich denen denn sagen? Wir haben in der Nähe des Toten einen Teil eines Zettels gefunden, mit einer Nummer. Darauf konzentrieren sich nun unsere ganzen Ermittlungen. Wir vermuten, es sind die Endziffern einer Telefonnummer und sie könnte vielleicht", wobei er das Wort vielleicht betonte, „von dem Täter stammen. Vielleicht auch vom Opfer, vielleicht aber auch von einer völlig unbeteiligten Person. Vielleicht ist es auch eine Autonummer, vielleicht eine Versicherungsnummer. Vielleicht ist es einfach ein Zahlenspiel, vielleicht die Nummer einer Bankkarte, Sie ist mit leicht zittriger Hand geschrieben vielleicht von einem Kind, vielleicht von einem alten Menschen, vielleicht von jemandem, der keine Unterlage hatte, der im Zug sass, im Bus. Vielleicht, vielleicht, vielleicht." Er setzte sich seine Brille wieder auf, die jetzt weit schmutziger zu sein schien. Erstaunt nahm er sie wieder ab und zog erneut sein Taschentuch hervor, das wohl auch schon bessere Tage gehabt hatte. Kathy fragte sich in diesem Moment, ob Steiner wohl jemanden hatte, der seine Wäsche machte. Sie sah aus dem rechten Augenwinkel, wie sich Samirs Gesicht zu einem Grinsen verzog. Schnell nutzte sie die entstandene Pause. „Vielleicht", sagte sie ebenso dezidiert, „vielleicht können Sie den Journalisten auch sagen, dass die Ermittlungen noch nicht abgeschlossen sind, dass das Gewaltverbrechen erst vor zwei Tagen geschehen ist und sie sich etwas gedulden müssen. Vielleicht können Sie ihnen auch klar machen, dass bei uns jedes Delikt mit der gleichen Dringlichkeit und Seriosität behandelt wird und dass der tote Clochard vor drei Wochen kein Schwein interessiert hätte. Vielleicht können Sie den Journalisten erklären, dass der Tod und die

Sensationslust bei uns nicht Hand in Hand gehen." Erst als sie wahrnahm, wie Samir sie mit erstauntem Blick und offenem Mund anstarrte, merkte sie, dass sie sich in Rage geredet hatte. Steiner erhob sich: „Ach Süss, Sie haben ja überhaupt keine Ahnung. Wo ist eigentlich Keller?" Kathy, etwas überrumpelt von dem Themenwechsel, murmelte: „Arzttermin." „Etwa krank?", fragte Steiner, „das können wir nun gerade nicht gebrauchen." „Zahnarzt", warf Samir ein. „Kontrolltermin", ergänzte Kathy. Grusslos verliess der Oberstaatsanwalt den Raum. „So ein…", „Sag es nicht", unterbrach Kathy den jungen Praktikanten sofort. „Wo bleibt eigentlich Karl?" fragte sie, währenddem sie ihre Papiere zusammenpackte. Wie auf das Stichwort öffnete sich die Türe und der Mann von der KTU trat ein. „Sorry, bin heute mit dem Auto gekommen. Totaler Stau. Habe ich etwas verpasst?" Mit hochrotem Kopf und nach Luft japsend sah er aus, als ob er vom Parkhaus die vier Stockwerke zum Konferenzraum heraufgerannt wäre, was für seine Figur, so dachte Kathy, gar nicht mal so schlecht gewesen wäre. „Erstmal guten Morgen, lieber Karl. Ausser einem schlecht gelaunten Steiner hast du nichts verpasst. Aber ich hoffe, dass du uns etwas Neues berichten kannst. Und wenn ich dir noch einen Tipp geben darf: Fahrrad fahren. Damit ist man in Basel immer noch am schnellsten unterwegs. Ausserdem ist es auch noch gesund." Karl blitzte sie böse an. „Ich meine es nur gut", fügte sie leise hinzu, was dem kleinen rundlichen Mann wieder ein kleines Lächeln ins Gesicht zauberte. „Weiss ich doch, aber das ist so eine Sache." Kathy wollte vor Samir nicht weiter darauf eingehen und fragte schnell: „Also, wie stehts, hast du etwas Neues?" Verschmitzt zog er einen kleinen Plastiksack aus seiner Aktentasche. „Erstmal habe ich den Rest des Zettels mit der Nummer gefunden. Er lag zusammengeknüllt unter dem Laub. War zwar etwas verwittert, gehört jedoch eindeutig zu dem Stück Papier, das wir bei Hartmann gefunden haben. Die restlichen Zahlen sind noch lesbar. Die ganze Nummer lautet also 132258, was den Verdacht einer Telefonnummer schon mal zunichte macht. Es gibt eine ganze Menge Fingerabdrücke darauf, die ineinander übergehen und kaum zu identifizieren sind. Hartmanns Abdrücke sind ziemlich sicher dabei, was ich allerdings nicht zu 100 Prozent bestätigen kann. Andere sind nicht identifizierbar." „Wofür könnte die Nummer denn stehen?", fragte Kathy. „Keine Ahnung, aber wir lassen sie durch den Computer laufen, vielleicht kann der uns ja eine Antwort geben." „Was für ein Glück, dass du zu spät gekommen bist und Steiner diese Botschaft nicht auch noch gehört hat." Karl grinste: „Na siehst du, ist doch alles für etwas gut. Aber es kommt noch besser. Wir haben auch ein rotes Mountainbike am Waldrand sichergestellt und gestern Abend ein Handy gefunden. Es war in einem Abfalleimer in der Nähe des Tatorts zwischen den Hundekackbeuteln." Mit einer dramatischen Geste hielt er sich die Nase zu, bevor er weiterfuhr. „Ich konnte es noch nicht entsperren. Ich habe seine Ehefrau angerufen, aber sie konnte mir auch nicht weiterhelfen. Falls es Hartmanns Handy ist, lässt es sich vielleicht mit Fingerabdruck öffnen. Ich gehe nachher noch in die Gerichtsmedizin." „Lass nur", entgegnete Kathy schnell, „ich muss da sowieso noch hingehen. Ich kann es dann mitnehmen." Was sollte das nun wieder, warum hatte sie das bloss gesagt, fragte sie sich. Wollte sie Carsten wirklich sehen? Nein! Oder etwa doch. Sie wollte ihr Angebot wieder rückgängig machen, aber nun war es wohl zu spät. Karl kam ihr schon zuvor: „Da hast du etwas gut bei mir. Du weisst, es ist mir immer ein Gräuel in diese Katakomben zu steigen."

Eine halbe Stunde später stand Kathy in Carstens Vorzimmer in der Gerichtsmedizin. Die Sekretärin, die Carsten anscheinend neu eingestellt hatte und die von einer mädchenhaften Schönheit war, hatte sie mit flötenhafter Stimme und Fingernägel feilend darüber informiert, dass der Herr Professor in der Sezierhalle im Keller sei. Süss drehte sich um und wollte das Vorzimmer gerade verlassen, als die Flöte nun schon eher in Moll rief: „Sie können da nicht einfach so hin, wer sind Sie überhaupt?" Kathy zog schnell ihren Ausweis aus der Tasche: „Hauptkommissarin Süss. Und ich kann da immer hin." „Aber der Herr Professor ist da unten mit Studenten. Es geht um einen Myokardinfarkt bei einem juvenilen Menschen. Die StudentInnen müssen abklären, wodurch der Infarkt ausgelöst wurde. Es gibt natürlich verschiedene Möglichkeiten, etwa durch die Ruptur einer vulnerablen Plaque, seltener sind Spasmen bei Prinzmetal-Angina, das Kounins Syndrom, Embolien bei einer Endokarditis, oder einer disseminierten intravasalen Koagulopathie, oder auch eine Aortendissektion. Tja, so ein Herzinfarkt ist eine komplizierte Sache", sagte sie, indem sie ihre Nägel weiter feilte und dazwischen immer wieder leicht darauf pustete. Kathy verblüfft über das Fachwissen der jungen Frau schaute sie erstaunt an und bevor sie etwas antworten konnte, fuhr die Flöte bereits fort: „Aber der Herr Professor wird das schon herausfinden. Der sieht ja nicht nur fabelhaft aus, der ist auch ganz schön klug. Finden Sie nicht auch? Aber Sie kommen bestimmt wegen dem Fall von Hartmann. Ja, schlimme Sache. Tod durch Schädel-Hirn-Trauma. Da muss ja jemand ganz schön zugeschlagen haben. Das hat ja auch der Herr Professor gesagt." „Der Herr Professor", murmelte Kathy leise etwas ironisch und abschätzig als sie mit dem Fahrstuhl in den Keller fuhr und schon von weitem den Duft von Chloroform wahrnehmen konnte, der ihr jedes Mal eine leichte Übelkeit verursachte. Vor dem Seziersaal drückte sie auf den Knopf links neben der Türe. Diese öffnete sich mit einem surrenden Geräusch. Carsten stand umringt von acht jungen Menschen vor einem Tisch mit einer männlichen Leiche. Er hob kurz den Kopf und sprach unbeirrt weiter. Dann machte er eine Pause und kam zu ihr. „Ich würde ja gern, aber ich kann jetzt nicht", flüsterte er ihr leise zu. Kathy versuchte sich zu konzentrieren und sagte so sachlich wie möglich: „Ich muss nur schnell Hartmanns Handy entsperren." Carsten drehte sich um. „Claude", rief er, „zeigen Sie der bezaubernden Frau Kommissarin die Leiche von Hartmann. Sie benötigt seinen Finger." Zögernd löste sich ein junger Mann aus der Gruppe und kam mit fragendem Gesicht auf sie zu. Schnell hob Süss das Handy in die Luft. Claude schien erst jetzt zu begreifen. Tatsächlich liess sich das iPhone schnell entsperren und somit war klar, dass es sich tatsächlich um Hartmanns Telefon handelte. Süss dankte dem Studenten und wollte gerade den Raum verlassen, als ihr Carsten den Weg abschnitt. „Wenn du zehn Minuten wartest, könnten wir zusammen noch einen Kaffee trinken. Ich habe in meinem Büro eine grandiose Kaffeemaschine, die einen herrlichen Espresso zaubert. Wenn ich da an den Muckefuck bei euch denke." Er schnitt eine furchterregende

Grimasse. Süss sah aus ihren Augenwinkeln, wie acht Augenpaare sie leicht belustigt beobachteten. „Danke, aber ich habe zu tun", sagte sie kurz, drehte sich um und wäre beinahe in die Glastüre gelaufen. „Du musst den Knopf rechts drücken, Süss", tönte es dicht hinter ihr und trotz Chloroform konnte sie Chanel bleu riechen. Sie war sich nicht sicher, ob sie sich ein leises Gekicher, das aus der Ecke der Studenten kam, nur einbildete. Was für ein eingebildeter Schnösel, dachte sie, als sie draussen war. Sie atmete tief durch und bereute zutiefst, dass sie Karl den Gang zur Gerichtsmedizin abgenommen hatte.

Im Korridor vor dem Kommissariat kam ihr Samir mit Kaffee entgegen. „Keller ist da. Also ich glaube wenigstens, dass es Keller ist. Irgendwie sieht er ihm ähnlich", sagte er mit einem Augenzwinkern. Tatsächlich sass ein Typ im Büro, der Kathys Kollegen zum Verwechseln ähnlichsah. Der übliche Dreitagebart war rasiert, die Haare gekämmt und ein frisch gebügeltes Hemd hatte seine verwaschenen T-Shirts ersetzt. „Na", fragte Süss, indem sie auffällig und mit einem Augenzwinkern an Keller schnupperte, von dem ein herber Parfumduft ausging, „wie war dein Abend gestern?" Keller ging nicht auf die Frage ein. „Und du? Wo warst du so lange?" „Bei der Gerichtsmedizin. Karl hat gestern ein Handy gefunden. Wir konnten es tatsächlich mit dem

Fingerabdruck von Hartmann entsperren." „Wir?", fragte Keller, indem er eine Augenbraue nach oben zog. „Ja wir. Ein Student namens Claude und ich." „Das hätte doch auch Samir machen können." „Das hätte Samir bestimmt machen können, aber ich musste an die frische Luft, nachdem mich mein meist sehr geschätzter Kollege heute bei der morgendlichen Sitzung mit Steiner im Stich gelassen hat, weil er wohl etwas ausschlafen musste nach einer anstrengenden Nacht. Unser Oberstaatsanwalt war in der Besprechung ausgesprochen schlecht gelaunt und ich hatte das Bedürfnis nach etwas Abkühlung. Und wie hast du schon wieder gesagt, war dein gestriger Abend?" Samir war mit der Kaffeekanne stehengeblieben und schaute den beiden belustigt zu. „Hast du nichts zu tun", fragte ihn Keller rau. „Ihr kommt mir vor wie ein Ehepaar, das schon 20 Jahre verheiratet ist", antwortete Samir schmunzelnd. „Die Theorie mit der Telefonnummer hat sich erübrigt. Karl hat den abgerissenen Teil des Zettels gefunden. Die ganze Nummer lautet 132258", sagte Kathy, ohne auf Samirs Bemerkung einzugehen und fuhr weiter, „wir sollten uns jetzt mal in der Spedition umsehen". „Ich habe gestern noch vier stadtbekannte Hehler notiert. Du kannst dich bei denen schon mal umhören wegen der Rolex. Nimm aber einen Kollegen mit, denn mit denen ist nicht zu spassen", sagte Keller zu Samir und übergab ihm einen Zettel mit den Adressen.

Die Spedition hatte ihren Sitz am Stadtrand, auf dem Dreispitzareal. „Sie hat mich nach Italien eingeladen. Ihre Tochter hat dort ein kleines Hotel", sagte Keller plötzlich unverhofft, als sie in ihrem Dienstwagen sassen. Kathy wusste im ersten Moment nicht, wie sie auf diese ungefilterte Information reagieren sollte. „Na das ging aber schnell", sagte sie nach geraumer Zeit, „dann hattest du also einen schönen Abend." „Bestimmt hat sie das nicht sonderlich ernst gemeint und wollte einfach nur nett sein. Es ist nicht so, wie du gleich denkst." Es klang beinahe wie eine Rechtfertigung. „Was denke ich denn?", fragte sie scheinheilig. Mit einer abwertenden Bewegung ging er nicht weiter auf ihre Frage ein. Nach einer kurzen Pause sprudelte es plötzlich wasserfallartig aus Keller: „Die von Hartmanns werden ihr Anwesen verkaufen. Die Tochter und ihr Verlobter wollen sich etwas Eigenes aufbauen. Der Alte ist bereits in einer Seniorenresidenz angemeldet. Frau von Hartmann hat auch schon eine Eigentumswohnung in Aussicht, in der sie ein Gästezimmer für ihre Freundin bereithält. Sobald alles geregelt ist, will Brigitte zu ihrer Tochter in die Toskana ziehen und ihr in dem Hotel zur Hand gehen". Er atmete tief durch. „In Basel ist sie dann nur noch zu Besuch. Das hat doch alles keine Zukunft, wie du siehst." Pause. „Naja, sie ist eine wunderbare Frau." „Mensch Keller", sagte Kathy, „dann gib euch doch eine Chance. So schnell wird sie ja nicht nach Italien verschwinden und denk daran: in zwei, drei Jahren gehst du in Rente." Sie schaute ihn von der Seite an. „Du bist doch handwerklich sehr geschickt. Zwei helfende Hände kann man bestimmt auch in Italien brauchen. Ich kann es schon vor meinem geistigen Auge sehen. Tagsüber übernimmst du kleinere Reparaturen in Haus und Garten und abends sitzt du mit deiner Brigitte draussen bei einem Glas Rotwein und schaust über die Hügel der Toskana. Im Frühjahr und im Herbst kommt dann Süss mit ihrem Frank zu Besuch. Die Männer spielen Schach, die Frauen kümmern sich um die Gäste und gehen shoppen in Florenz." „Hör bloss auf", fuhr Keller lachend dazwischen. „Du könntest deinen Dienst ja theoretisch schon früher quittieren, was ich zwar ausserordentlich bedauern würde. Ich würde dich schon ein ganz kleines bisschen vermissen." Keller liess das Steuer mit der rechten Hand los und nahm Kathys Hand. „Ich dich auch meine Süsse, ich dich auch." Es war ein merkwürdig intimer Moment zwischen den beiden. Niemals hätte sich Kathy vor zwei Jahren vorstellen können, dass sie diesen knorrigen, alten Mann eines Tages so mögen würde. Beinahe wären ihr die Tränen gekommen, wenn der Wagen nicht abrupt gebremst hätte.

Das eiserne Tor der Speditionsfirma öffnete sich, nachdem Keller mit einem Metallkasten gesprochen hatte und ihm seinen Ausweis gezeigt hatte. Vor dem grossen Gebäude parkten um die 20 grosse Lastwagen, von denen zwei gerade beladen wurden. Man schien die beiden Kommissare bereits erwartet zu haben und ein Pförtner zeigte ihnen den Weg zum Arbeitszimmer von Klaus von Hartmann. Kathy schien einigermassen überrascht, als sie das Büro des verstorbenen Firmeninhabers betraten. Der Raum war sehr karg eingerichtet. Das Mobiliar bestand einzig aus einem immens grossen Sessel und einem Schreibtisch, auf dem ein Computer und ein kleiner Kaktus thronten. Im Vorzimmer, dem Büro der Chefsekretärin, war neben einem grossen Schreibtisch ein Regal mit mehreren Ordnern. Kathy hatte eine junge, hübsche Frau erwartet wie die Dame in Carstens Vorzimmer. Frau Zumstein, das Haar streng aus der Stirne gekämmt mit einer grauen Strickjacke, schien jedoch auf die 60 zuzugehen und wäre Kathy ihr auf der Strasse begegnet, hätte sie ihr wohl eher den Beruf einer Religionslehrerin zugedacht. Natürlich war sie bereits über Hartmanns Tod informiert, schien jedoch sehr gefasst zu sein. Auf Kellers Frage, was sie ihnen zu Klaus von Hartmann berichten könnte, nahm Frau Zumstein ihre Brille ab. „Was soll ich da schon sagen", antwortete sie, „Er war ein guter Geschäftsmann. Ich nehme an,

Sie wollen Abrechnungen sehen." Damit legte sie ihnen einen Ordner des laufenden Jahres auf den Tisch, den Keller sogleich an sich nahm. „Hier sind die Aufträge, die Einnahmen und Ausgaben abgelegt. Zwar ist alles im Geschäftscomputer gespeichert, aber Herr von Hartmann wollte alle Unterlagen auch in Papierform haben. Was noch auf Anordnung des Seniors geschah und weiterhin beibehalten wurde. Der junge Chef hatte den Laden hier im Griff. Er hatte immer einen genauen Überblick, obwohl er nicht täglich anwesend war. Bis vor einem Jahr hatte er mit Herrn Schuhmacher einen gewissenhaften Geschäftsführer und auch sein Nachfolger, Herr Kluge erledigt seine Arbeit ganz ordentlich." „Und wie war er als Mensch?", wollte Kathy wissen. „Naja, mein Typ war er nicht und ich wohl auch nicht seiner, aber wir haben uns in unseren jeweiligen Positionen geschätzt und mehr ist ja auch nicht nötig. Ich wurde vom alten Hartmann eingestellt und der hat wohl auch gewusst, warum er seinem Sohn nicht eine von diesen jungen Dingern zur Seite gestellt hat." „Wie meinen Sie...?", fragte Süss. Sie wurde jedoch von Keller unterbrochen, der bereits in den Unterlagen blätterte. „Wer ist Frau Brunner?", erkundigte er sich. „Meine Vorgängerin", entgegnete die Sekretärin knapp. „Können Sie mir erklären, warum diese Frau jeden Monat 800 Franken erhält?" Frau Zumstein hüstelte leicht. „Nun", sagte sie etwas verlegen, „können Sie sich das nicht denken?“ „Denken kann ich mir so einiges, aber Fakten sind mir doch lieber“, entgegnete der Kommissar. „Na schön. Tatsache ist, dass Frau Brunner, eine junge hübsche Frau, seit über zehn Jahren jeden Monat 800 Franken erhält. Nach ihrem Weggang hat der Seniorchef mich, also eine alte Jungfer, angestellt“, bemerkte sie mit einem ironischen Unterton, den ihr die beiden gar nicht zugetraut hätten. „Frau Brunner ist nach Zürich umgezogen. Wenn Sie nun noch die Gerüchte wissen wollen…“ „Will ich nicht“, unterbrach sie Keller, „die kann ich mir selber zusammenreimen. Haben Sie eine Adresse der Dame?“ „Nein, aber ich kann ihnen die Bankverbindung angeben.“ „Die wird uns nicht viel nützen. Schweizer Bankgeheimnis!“, warf Keller ein. „Die Unterlagen müssten wir dann mitnehmen. Wir werden sie Ihnen nach Überprüfung wieder fein säuberlich zurückbringen.“ Die beiden Kommissare gingen noch zu dem Geschäftsführer, der allerdings erst seit einem Jahr in der Firma war und von dem sie auch nichts Neues erfahren konnten. Auch er beschrieb Klaus von Hartmann als korrekten, aber strengen und konsequenten CEO. Auf die Frage, was denn jetzt mit der Firma geschehe, wusste er keine Antwort und zuckte nur mit den Achseln. Mit drei Ordnern und Hartmanns Computer fuhren die beiden zurück ins Kommissariat. Die Unterlagen brachte

Süss in die KTU, während Keller im Wagen auf sie wartete.

Draussen setzte sich Süss sofort mit Samir in Verbindung. „Versuch doch bitte eine Mirjam Brunner in Zürich ausfindig zu machen. Am besten setzt du dich mit dem Einwohnermeldeamt in Verbindung." „Corinna Karrer", unterbrach Keller. „Hast du unseren Kollegen gehört?", fragte Kathy. Was Samir bestätigte. „Irgendwelche Angaben?", fragte er. „Nein, leider nicht viel. Kommt aus Basel. Müsste vor etwa zehn Jahren nach Zürich gezogen sein. Ich nehme an Alter zwischen 30 und 50." Dann flüsterte sie Keller fragend zu: „Zürich?" Dieser nickte bejahend. „Wir fahren dann schon mal los. Ruf mich an, sobald du was hast." „Klar Chef", erwiderte er. „In, Chefin", rief sie in ihr Diensttelefon, was Keller mit einem Grinsen kommentierte.

Als sie kurz vor Zürich waren, klingelte das Handy. „Ich habe sieben Mirjam Brunner gefunden. Eine 83-jährige, eine 65- jährige und zwei junge Frauen um die 20 Jahre. Die restlichen drei sind zwischen 30 und 40, aber alles waschechte Zürcherinnen. Es gibt eine Mirjam Brunner, die aus Basel kommt, aber nicht direkt in Zürich wohnt. Sie ist 35 Jahre alt und besitzt in der Stadt einen Beautysalon. Sie wohnt in Meilen und ihr Geschäft liegt direkt hinter der Bahnhofstrasse." Samir gab Kathy die genaue Adresse durch, während sie Keller neben sich leise fluchen hörte. „Was hat der alte Brummbär?", fragte Samir, dem es anscheinend nicht entgangen war. „Stau", antwortete Kathy nur, „bestell doch bitte Frau von Hartmann für Montagvormittag noch ins Kommissariat. Warst du schon bei den Hehlern?" „Nein, steht noch an, muss noch auf den Kollegen warten", antwortete er kurz. „Gut! Danach kannst du nach Hause gehen. Gute Arbeit, Samir, Danke." „Gerne, immer wieder. Schönen Abend Chefin und Grüsse an den Brummbären auch von Corinna Karrer. Er soll ja in jungen Jahren ein echter Draufgänger gewesen sein." Kathy lächelte, als sie das Gespräch beendete. „Was gibt es zu grinsen", fragte Keller. „Unser Praktikant verliert langsam seine anfängliche Schüchternheit, das gefällt mir. Zudem macht er einen guten Job." „Wenn er bloss nicht zu frech…verdammt nochmal, nun fahr doch endlich." Keller war wieder ganz auf die Strasse konzentriert und Süss vermied jedes weitere Gespräch.

Nach einer weiteren halben Stunde im Stau erreichten sie endlich Zürich. „Kaffee?", fragte Süss ihren Kollegen, als sie von weitem die Confiserie erblickten, die über die Kantonsgrenze wohl bekannt war. „Lass uns erst zu der Schminktante gehen und überprüfen, ob es sich um unsere gesuchte Person handelt", brummte er. Beide waren höchst erstaunt, als sie das helle Entree des Beautysalons betraten. Der ganze Raum war in Pastelltönen gehalten und duftete herrlich nach ätherischen Ölen. Hinter einer Theke, auf der ein überdimensionaler Blumenstrauss stand, sass eine zarte Schönheit. Die dunkle, warme Stimme überraschte Keller und Süss in gleichen Massen. „Herzlich willkommen. Darf ich Sie fragen, bei wem sie eingetragen sind?" Keller stellte sie beide vor, zog seinen Ausweis aus der Tasche und sagte, dass sie gerne mit Mirjam Brunner reden möchten. Die Angesprochene drückte auf eine Taste des Telefons: „Mirj, zwei Kommissare aus Basel wollen sich mit dir unterhalten." Dann wandte sie sich wieder an die beiden. „Nehmen Sie doch bitte Platz. Was darf ich Ihnen anbieten. Wir haben einen wunderbaren ayurvedischen Eistee, aber natürlich können Sie auch frisch ionisiertes Wasser, Kaffee oder Tee haben." Sie mussten einige Minuten warten. Der besagte Eistee, die sphärischen Klängen und der Jasmin durchflutete Raum veranlasste Kathy dazu, die Augen zu schliessen. Beinahe wäre sie eingeschlafen, als plötzlich eine Türe aufsprang, aus der eine adrette Frau trat. „Bitte entschuldigen Sie, dass Sie warten mussten." Sie streckte ihnen ihre Hand entgegen. „Mirjam Brunner. Bitte kommen Sie doch in mein Büro." Keller fragte sie, ob sie Klaus von Hartmann kenne, was sie sogleich bejahte. Sie bestätigte, dass sie vor einigen Jahren für Hartmann gearbeitet hatte. Süss klärte Sie über den Tod ihres ehemaligen Chefs auf. Sie reagierte sehr gefasst auf die Nachricht. „Ich habe seit 10 Jahren keinen Kontakt mehr mit der Familie Hartmann." „Haben Sie ein Kind von Klaus von Hartmann?" Kellers Frage kam schnell und ungefiltert. Mirjam Brunner schaute ihn erstaunt an und zog dabei eine Augenbraue nach oben. „Wie kommen Sie darauf. Nein, ich habe keine Kinder." „Nun", mischte sich Kathy ein, „bei unseren Ermittlungen haben wir erfahren, dass Sie jeden Monat 600 Franken von ihrem ehemaligen Chef erhalten. Darf ich fragen wofür?" „Eigentlich dürfen Sie das nicht", antwortete sie lächelnd, „aber was solls. Die Kurzfassung: Es stimmt, ich hatte ein Verhältnis mit Klaus und ich wurde schwanger. Kurz nachdem ich es ihm mitgeteilt hatte, wurde ich fristlos gekündigt. Ich drohte mit dem Arbeitsgericht. Der alte Hartmann, der immer noch täglich in die Firma kam, verlangte von mir, dass ich das Kind abtreiben sollte. Ich weigerte mich, drohte mit der Öffentlichkeit. Nach einem riesigen Streit kamen wir überein, dass Klaus mir monatlich die Summe von 600 Franken überweisen sollte. Das war mehr, als ich erhofft hatte. Im Gegenzug verpflichtete ich mich, in eine andere Stadt zu ziehen und den Kontakt zu Klaus komplett abzubrechen. Auch das war die Forderung des alten Hartmann. Ich war unglaublich wütend, dass Klaus sich nicht für mich einsetzte und der Alte alles bestimmen konnte. Und war letzten Endes froh, einen

Schlussstrich zu ziehen und Basel zu verlassen." Ihr Blick schweifte in die Ferne. „Das Kind habe ich leider im dritten Monat verloren." Es folgte eine kurze Pause, bevor Keller das Gespräch wieder aufnahm. „Sie haben aber weiterhin das Geld erhalten." Mirjam Brunner sah Keller direkt in die Augen. „Klaus hat von dem Abort nie erfahren. Ich bin hierhergezogen. Ich habe erst als Sekretärin gearbeitet und war sehr sparsam. Das Geld der Hartmanns habe ich nicht angefasst und nach zwei Jahren konnte ich damit meinen Traum verwirklichen und einen kleinen Beautysalon eröffnen. Ich war ziemlich erfolgreich. Vor fünf Jahren habe ich dieses Geschäft gegründet. Ich habe mittlerweile acht Angestellte. Sieben alleinerziehende Mütter. Alle arbeiten Teilzeit und werden gut bezahlt. Klaus hat sich nie mehr gemeldet. Nun, da ich meinen Traum verwirklichen konnte und mittlerweile zusammen mit meinen Angestellten von meinem Geschäft gut leben kann, verwende ich sein Geld heute für mein Personal. Wir gehen zusammen essen, mal in die Oper, verabreden uns einmal im Jahr zu einem Beautywochenende." Mit einem spitzbübischen Lächeln schaute sie die beiden Kommissare an. „Ich denke, das Geld ist somit gut angelegt." Nach einer kurzen Pause räusperte sich Keller: „Das kann schon sein, aber es ist Betrug. Wir werden das melden müssen und Sie werden wahrscheinlich angezeigt werden." „Von wem?", fragte sie lächelnd. „Zum Beispiel von Frau Hartmann, wenn sie davon erfährt", entgegnete Kathy. „Das glaube ich kaum. Als ich das Kind verloren habe, wollte ich mit Klaus sprechen. In meiner Naivität hatte ich die Hoffnung, dass er mich wieder einstellen würde. In der Spedition liess man mich erst gar nicht zu ihm. Also ging ich zu ihm nach Hause. Seine Frau empfing mich. Sie ahnte schon, warum ich nicht mehr in der Firma arbeitete. Seien sie nicht dumm, sagte sie zu mir, schweigen sie und nehmen sie das Geld. Sie sind jung und hübsch. Bauen sie sich eine Zukunft auf." Die beiden Kommissare schauten sich erstaunt an. „Frau von Hartmann hat also davon gewusst?", fragte Kathy. „Sie war sich sicher, dass ihr Mann mich wieder eingestellt, ihr Schwiegervater mich jedoch wieder entlassen hätte. Was ich ihr sofort glaubte." „Nun", sagte Keller zögernd, „ich muss Sie das fragen: wo waren Sie vor zwei Tagen am Morgen zwischen halb acht und acht Uhr?" „Hier, wie jeden Morgen. Das können mehrere Leute bezeugen. Ich öffne mein Geschäft täglich um halb acht zusammen mit Cindy, der jungen Frau am Empfang. Um acht hatte ich bereits meine erste Kundin. Sie können das gerne überprüfen. Zudem hatte ich keinen Grund mehr, Klaus umzubringen, schon lange nicht mehr. Damals, ja damals hätte ich am liebsten den alten Hartmann umgebracht. Er war ein grauenhafter

Mann. Klaus hat alles gemacht, was er von ihm verlangte." „Er lebt noch," bemerkte Süss. Mirjam Brunner lachte kurz auf. „Klaus war sein Ein und Alles. Ich glaube, der Tod seines Sohnes ist für ihn schlimmer, wie wenn es ihn selbst getroffen hätte. Wäre er nicht ein solches Monster, er könnte mir fast leidtun." Die Frage, ob sie sich jemanden vorstellen könnte, der Klaus von Hartmann umgebracht hat, verneinte sie.

„Blickst du noch durch", fragte Kathy ihren Kollegen, als sie nach einem wunderbaren Cappuccino wieder im Auto sassen. „Kästner", antwortete er. „Wie bitte." „Es erinnert mich an Kästner: der eine tritt, damit ein anderer getreten werde. So kommt es mir vor. Immer schön nach unten treten. Klaus von Hartmann hat nach unten getreten, damit er nicht von seinem Vater getreten wurde. Er schien vollkommen abhängig zu sein von seinem alten Herrn. Geliebt hat er wohl nur seine Tochter und vielleicht seine Frau." „Die er immer wieder betrogen hat", warf Kathy ein. „Das hat damit nichts zu tun. Mit seinen Seitensprüngen musste er sein Selbstwertgefühl aufpäppeln, das ihm von seinem Vater immer wieder genommen wurde." „Aber musste er deswegen seine Frau betrügen? Diese Küchenpsychologie verstehe ich nicht. Wir werden uns nächste Woche ja nochmals mit der Dame des Hauses unterhalten. Wenigstens kennen wir jetzt das

Familiengeheimnis. Steiner wird begeistert sein von unseren Ergebnissen", fügte sie noch mit leicht ironischem Unterton hinzu. Den Rest der Fahrt verbrachten sie schweigend mit Meister Johannes Brahms.

Als Keller vor der Wohnung seiner Kollegin anhielt, stieg diese nicht gleich aus. „Ich wünsche dir einen schönen Abend", sagte sie mit einem leichten Unterton. „Ok, die Neugierde tropft dir ja schon aus der Nase. Bevor du fragst. Nein, ich treffe mich nicht mit Brigitte. Ich gehe heute noch in die Seniorenresidenz zu Christian Sieber. Du erinnerst dich?" Er hat es also nicht vergessen, er ist so unglaublich zuverlässig, dachte Süss. „Weisst du was, ich mag dich", sagte sie ganz spontan. „Mach endlich, dass du hier rauskommst", erwiderte er bärbeissig. „Komm doch am Montag zehn Minuten früher, dann können wir vor der Besprechung mit Steiner nochmals alles kurz durchgehen", sagte Kathy, bevor sie die Autotüre zuschlug.

Sie schloss die Wohnungstür auf und rief nach Frank. In der Küche fand sie einen Zettel: Du bist wieder mal spät. Bin schon weg, treffe mich mit Paul von Hartmann bei Giovanni. Kuss, Frank. Ein leicht schlechtes Gewissen beschlich sie. Sie hatte ganz vergessen, ihm Bescheid zu geben, dass es bei ihr später werden würde. Das hatte er nicht verdient. Was war bloss mit ihr los. Schnell hängte sie sich ans

Telefon. „Signora Dolce, was kann ich für Sie tun?" klang nach dreimaligem Klingeln Giovannis vertraute Stimme. „Könnten Sie mir eine Pizza liefern?", fragte sie ihn. „Soltante uno?" „Ja, mein Mann ist heute…", sie kam nicht weiter. „Alles klar. Er hat soeben mein Lokal betreten, mit einem anderen Signore." „Dann bringen Sie den beiden doch einen Aperitivo und mir eine Margarita und setzen Sie alles auf meine Rechnung." Eine halbe Stunde später sass sie in ihrer alten Jogginghose vor dem Fernseher und versalzte mit ihren Tränen, ausgelöst durch Rosamunde Pilcher, ihre Pizza.

Als Kathy am darauffolgenden Montag kurz vor acht Uhr das Büro betrat, sassen Keller und Samir bereits an ihren Schreibtischen. Der Praktikant berichtete den beiden Kommissaren über seine Besuche bei den Hehlern am vergangenen Freitagnachmittag. Noch hatte keiner die Rolex gesehen. Kurze Zeit später klopfte es. Auf das schallende „Herein“ von Keller öffnete sich zaghaft die Türe und das Erste, was die drei zu sehen bekamen, war ein überdimensionaler Streuselkuchen. Getragen wurde er von einer zierlichen, blonden Frau. „Entschuldigen Sie die Störung“, sagte sie, „Tina Gasser, ich bin die Sekretärin von Oberstaatsanwalt Steiner.“ Sie sah Kathy lächelnd an. „Wir haben ja schon einmal telefoniert. Und ich dachte mir, da mein Chef heute abwesend ist, mache ich von Ihrem charmanten Angebot Gebrauch, euren grässlichen Kaffee zu versuchen.“ Lachend stand Süss auf und streckte ihrem Besuch die Hand entgegen, nachdem sich diese vom Kuchen befreit hatte. „Kathy, willkommen im Team.“ „Und ich bin die Tina.“ Nachdem sie auch Keller und Samir begrüsst hatte, gesellte sich sogar noch Karl von der KTU dazu und es wurde eine gemütliche Stunde bei bitterem Kaffee und bestem Streuselkuchen. Tina informierte die Anwesenden, dass Steiner den ganzen Tag an einer Konferenz in Zürich sei, dass er aber, sollte es irgendwelche Neuigkeiten zum Fall Hartmann geben, umgehend zu kontaktieren sei. „So könnte der Tag doch immer beginnen", meinte Karl, als er sich genüsslich das zweite Stück genehmigte, nachdem sich Tina verabschiedet hatte. „Sag mal, was wolltest du eigentlich?", fragte ihn Keller. „Ach ja", sagte der Angesprochene immer noch kauend, „also erstmal haben wir das Handy von Hartmann ausgewertet und nichts Auffälliges darauf gefunden. Verschiedenste Telefonkontakte, jedoch keine Chatverläufe. Im Terminkalender sind Sitzungen, Geschäftsessen sportliche Aktivitäten und diverse öffentliche Veranstaltungen notiert. Es scheint fast so, dass er dieses Handy nur für seine geschäftlichen Angelegenheiten genutzt hat. Beim Durchsehen der Unterlagen ist mir jedoch aufgefallen, dass vor gut einem Jahr ein Fahrer und der Disponent und Firmenleiter fristlos entlassen wurden. Habt ihr was dagegen, wenn ich mir noch ein Stück für die Mittagspause mitnehme?" Süss und Keller sahen sich vielsagend an. „Nur wenn du uns sofort die Namen der beiden Herren weiterleitest und mir versprichst, dass das dann die letzte Süssigkeit für heute ist." Hocherfreut und mit roten Wangen, die einen Bluthochdruck vermuten liessen, packte sich Karl ein Stück Kuchen in eine Serviette und mit einem „Ok, mach ich", verliess er schnellen Schrittes das Kommissariat. Zehn Minuten später spuckte der Computer zwei Namen aus. „Ich denke, wir müssen

Frau Zumstein nochmals einen Besuch abstatten", sagte Kathy, „sie scheint uns etwas verschwiegen zu haben. Keller komm doch bitte mit, und du, Samir, hältst hier die Stellung. Du kannst ja schon mal schauen, was der Computer zu den beiden Namen hergibt." Keller fuhr aus seinem Stuhl hoch und salutierte, was Samir dazu verleitete, es ihm gleich nachzumachen. „Mensch seid ihr doof", sagte Süss, konnte sich das Grinsen jedoch nicht verkneifen. „Los Harry, fahr den Wagen vor", zitierte sie den bekannten Satz, der Fernsehkriminalgeschichte geschrieben hatte.

Nachdem die beiden Kommissare sich erneut bei dem Metallkasten vor der Import-/Exportfirma angemeldet hatten, öffnete sich geräuschvoll das eiserne Tor. Frau Zumstein erwartete sie bereits auf dem Korridor vor ihrem Büro. „Haben Sie etwas vergessen?", fragte sie erstaunt. „Ich denke eher, Sie haben etwas vergessen, gnädige Frau", antwortete Keller leicht überspitzt. „Ich weiss nicht, was Sie meinen", antwortete sie mit demselben Unterton, nachdem sie mit einer einladenden Handbewegung ihre beiden Besucher gebeten hatte, in das Vorzimmer der Geschäftsleitung einzutreten. Keller kam sofort auf den Punkt. „Was genau ist geschehen vor einem guten Jahr. Weshalb wurde der Fahrer Joachim Frei und der Geschäftsfüher Simon Schuhmacher vor einem Jahr fristlos entlassen und weshalb hat man zur gleichen Zeit den Vertrag mit der Elektrofirma Gutmann gekündigt?“ Frau Zumstein atmete tief aus und das Sprechen schien ihr Mühe zu bereiten. Die Grenzpolizei hatte damals in dem Transporter von Joachim Frei zehn Kilo Chrystal Meth gefunden, versteckt in Lautsprechern, die für die Firma Gutmann bestimmt waren. Der Fahrer hatte Waren geladen aus Polen und zum Teil auch aus dem asiatischen Raum, die in Polen umgeladen wurden. Er fuhr via Deutschland in die Schweiz und wurde an der Deutsch-Schweizer Grenze festgenommen. Frau Zumstein erzählte, dass sie Paul von Hartmann noch nie so wütend gesehen hatte. „Ich weiss nicht, wie er es angestellt hat, aber der Fall erschien nie in der Presse.“, sagte sie, „der Fahrer, Joachim Frei, der anscheinend bereits aktenkundig war, wurde zu einer Freiheitsstrafe von sechs Monaten verurteilt. Er müsste vor wenigen Wochen entlassen worden sein. Von Hartmann hat ihm damals natürlich zu Recht fristlos gekündigt. Der Geschäftsführer, Simon Schuhmacher, ist jedoch zu Unrecht entlassen worden. Er hat nichts von der ganzen Sache gewusst. Aber das war dem Chef egal. Er brauchte einfach noch einen zweiten Schuldigen, um sich reinzuwaschen, um zu beweisen, dass er mit der ganzen Sache nichts zu tun hatte. Herr Schuhmacher stand kurz vor seinem 60-sten Geburtstag. Er war seit beinahe 40 Jahren in der Firma, hat sich vom

Lageristen zum Geschäftsführer hochgearbeitet, war immer korrekt und freundlich. Er hat sich nie etwas zu Schulden kommen lassen. Der arme Mann ist seither arbeitslos. Sie können sich vorstellen, wie schwer es ist, in dem Alter und mit diesem Ruf einen Job zu finden." „Sie mochten ihn?", fragte Süss die unscheinbare Frau nach einer Pause. „Und ich mag ihn immer noch. Es ist eine Schande einen so feinfühligen, netten Menschen einfach auf die Strasse zu stellen, obwohl er unschuldig war." „Denken Sie denn, dass Hartmann etwas mit der Schmuggelware zu tun hatte, oder davon gewusst hat?", fragte Keller. Frau Zumstein zuckte mit den Achseln. „Was weiss denn ich. Anscheinend nicht. Aber Schuhmacher hatte genau so wenig damit zu tun und dieser arme Kerl wurde gnadenlos geopfert. Ich werde diesen ganzen Saustall aufräumen und ein Exempel statuieren, hat Hartmann geschrien. Nun hat er die Rechnung bekommen." Die beiden Kommissare schauten Frau Zumstein verwundert an. „Was wollen Sie damit ausdrücken? Denken Sie, dass Schuhmacher etwas mit dem Mord zu tun hat?", fragte Keller. „Um Gottes Willen nein. Niemals könnte dieser Mann auch nur einer Fliege etwas zuleide tun. Ich wollte damit nur sagen, dass es Gerechtigkeit gibt", antwortete sie erschrocken, indem sie mit der Hand zum Himmel zeigte. Auf die Frage von Keller, ob sie noch Kontakt zu Herrn

Schuhmacher hätte, antwortete Frau Zumstein: „Er kommt jeden ersten Montag im Monat zu mir zum Abendessen. Er muss ja von der Sozialhilfe leben. Eine Schande ist das." Keller fragte nach den Adressen der beiden Männer, die Zumstein nur unter leichtem Protest herausgab. „Na dann mal zuerst zu Joachim Frei", sagte Süss, als sie die Firma verliessen.

Die Haustüre des alten, etwas verkommenen Hauses stand offen und die Stimme von Gianna Nannini donnerte ihnen entgegen. Eine der drei Wohnungen im zweiten Stock, aus der lautes Kindergeschrei und eine kreischende Frauenstimme drangen, war mit Frei und Gasser beschriftet. Süss klingelte, doch es rührte sich nichts. Erst als Keller dreimal sturmläutete, wurde die Türe aufgerissen. Eine Frau in den Dreissigern mit hochrotem Kopf, wirrem Haar in einen zerrissenen Morgenmantel gehüllt bellte Keller an: „Ich will nichts kaufen. Hauen Sie ab." Keller, der wohlwissend bereits einen Fuss in die Wohnung gesetzt hatte, konnte gerade verhindern, dass die Türe wieder zugeschlagen wurde. „Verschwinden Sie oder ich rufe die Bullen", rief sie. Süss zückte ihren Ausweis. „Den Anruf können Sie sich sparen, wir sind schon hier." „Wunderbar, dann gehen Sie mal zu dem Spaghettifresser da unten und sagen Sie ihm, dass er endlich seine Musik leise machen soll. Meine Kleine kann nicht einschlafen bei dem dauernden

Lärm. Und dann können Sie wieder verschwinden."
„Wir möchten uns mit Joachim Frei unterhalten. Er wohnt doch hier?" „Schon lange nicht mehr", sagte die Angesprochene und ein weiteres Mal wurde die Tür von Kellers Fuss aufgehalten. „Vorschlag zur Güte", sagte Kathy, „wir beide unterhalten uns kurz und mein Kollege geht zu ihrem Nachbarn." In der Zwischenzeit war das Kind verstummt und Kathy hatte die Vermutung, dass nicht Gianna Nannini, sondern das Gezeter der Mutter der Auslöser für das Geschrei des Kleinen gewesen war. In der Wohnung sah es schrecklich aus. Die Frau ging sofort in die winzige Küche, öffnete das Fenster und zündete sich eine Zigarette an. Kathy, die sich kurz umgeschaut hatte, bemerkte, dass es sich um eine kleine 1-Zimmerwohnung handelte. Aus dem einen Zimmer kam ein leichtes Stöhnen. Süss ging hinein. Neben einem Bett, einem Stuhl und einem überdimensional grossen Fernseher war auf dem Boden ein Berg mit Wäsche und daneben eine kleine Matratze, auf der ein Kleinkind lag und ihr seine Ärmchen entgegenstreckte. Mit dem kleinen Mädchen auf dem Arm ging Kathy zurück in die Küche. „Ist Joachim Frei der Vater der Kleinen?", fragte sie die Frau. Diese nickte stumm. Mit einem Mal bekam die Kommissarin Mitleid mit der jungen Mutter, die ihr total überfordert schien. „Wann haben Sie ihn denn zuletzt gesehen?", fragte Süss. „Keine Ahnung. Vor

zwei, vielleicht drei, oder auch vier Wochen. Seit die Kleine hier ist, habe ich kein Zeitgefühl mehr. Jeder beschissene Tag sieht genauso aus wie der nächste. Er war hier, nachdem er aus dem Knast gekommen ist. Er wollte mir gleich an die Wäsche und wollte hier unterkommen. Aber nicht mit mir. Ich habe ihm gesagt, dass er mir erst Unterhalt bezahlen und eine grössere Wohnung besorgen soll. Seither habe ich ihn nicht mehr gesehen." Auf die Frage, ob sie wisse, wo man ihn finden könnte, schüttelte sie nur stumm den Kopf. „Haben Sie jemanden, der ihnen hilft?", fragte Kathy, „ich könnte das bei der Sozialhilfe in die Wege leiten." „Ich brauch niemanden, und jetzt ist genug Gequatsche", antwortete sie, nahm Süss das Kind aus den Armen und zeigte auf die Türe. Keller hatte Gianna in der Zwischenzeit anscheinend zum Schweigen gebracht. Er wartete bereits vor dem Haus an den Dienstwagen gelehnt. „Und?", fragte er nur. Kathy schüttelte mit einer abwehrenden Bewegung ihre braunen Locken und griff zum Handy. Samir hatte inzwischen die Adresse von Freis Mutter ausfindig gemacht. „Bruderholz", sagte Süss nur zu Keller, der bereits den Wagen startete. Die beiden Kommissare staunten nicht schlecht, als sie nach einer kurzen Mittagspause vor einem ansehnlichen Einfamilienhaus standen. Bevor Keller die Klingel drücken wollte, fuhr er wie aus dem Nichts erschrocken zurück. „Das glaub ich jetzt nicht", rief er und pfiff durch die Zähne. „Was denn?“, fragte ihn seine Kollegin. „Corinna Frei. Doktor Corinna Frei. Sag bloss, die kennst du nicht? Sie hat meines Wissens ein gut laufendes Anwaltsbüro. Das kann doch nicht sein, dass dieser schmuggelnde Lastwagenfahrer ihr Sohn ist.“ „Ach, jetzt schau mal einer an“, entgegnete Kathy, „mein geschätzter Kollege denkt plötzlich in spiessbürgerlichen Konventionen. Der Sohn einer Anwältin darf nicht dem Beruf eines Lastwagenfahrers nachgehen? Kann nicht auf die schiefe Bahn gelangen? Seit wann das denn? Kennst du die Dame etwa?“ „Wir hatten früher das eine oder andere Mal miteinander zu tun. Damals arbeitete sie bei der Staatsanwaltschaft“, antwortete Keller, ohne dabei auf Kathys Vorwurf einzugehen. Auf ihr Klingeln hin dröhnte eine blecherne Frauenstimme aus der Gegensprechanlage, welcher Keller sein Gesicht zugewandt hatte. „Kommissar Keller, wie nett, treten Sie doch ein.“ Das eiserne Tor sprang auf und an der Haustüre stand auch schon die Dame des Hauses gehüllt in einen seidenen Kimono, was die beiden Kommissare etwas verwunderte. Sie schenkte Keller ein zauberhaftes Lächeln und schien Kathy vollkommen zu ignorieren. „Was verschafft mir die Ehre Ihres Besuches, mein lieber Keller? Warten Sie“, Keller, der zum Antworten bereits eingeatmet hatte, wurde sogleich von ihr unterbrochen, „ich kann es mir schon denken. Mein

Sohn hat wieder etwas angestellt." Süss konnte unter dem süssen Parfum einen leichten Hauch von Alkohol wahrnehmen. Sie hatte das Gefühl, dass ihr sonst so abgebrühter Kollege von dieser Frau geflasht war. Deshalb war sie es, die an seiner Stelle antwortete. „Wir suchen Ihren Sohn vorerst nur als Zeugen. Wissen Sie, wo er sich aufhält?" Ohne den Blick von Keller abzuwenden, sagte Frau Frei: „Ich habe seit Jahren keinen Kontakt mehr zu meinem Sohn. Er ist damals kurz vor seinem Abitur verschwunden. Er wollte nichts mehr mit dieser Gesellschaft, die ihm die ganze Kindheit versaut hatte, wie er sich ausdrückte, zu tun haben." Sie lachte kurz auf, bevor sie weiterfuhr: „Es hat ihm nie etwas gefehlt. Ich habe ihm immer alles ermöglicht." Ohne Süss weiter zu beachten, nahm sie Keller am Arm und führte ihn zum Tisch. Sie griff nach einer Flasche und fragte Keller, indem sie Kathy immer noch vollkommen ignorierte: „Cognac?" Nachdem er verneinte, goss sie sich ein Glas ein, das anscheinend schon kurz zuvor benutzt worden war. „Ach Kellerchen, immer noch der korrekte Beamte. Wissen Sie, ich habe mir dieses Attribut schon lange abgewöhnt. Damals, als mein Sohn von zuhause abgehauen ist, habe ich meinen Dienst bei der Staatsanwaltschaft quittiert. Ich hatte die Befürchtung, dass es einmal einen Interessenskonflikt geben könnte. Wie Sie sehen, lag ich vollkommen richtig. Ich befasse mich heute nur noch mit zivilrechtlichen Fällen, eigentlich nur noch mit Scheidungen." Sie nahm einen grossen Schluck. „Und das ist ja so langweilig." Süss, der die ganze Situation langsam peinlich zu werden schien, fragte: „Sie können uns also zum Aufenthaltsort Ihres Sohnes keine Angaben machen?" „Was hast du bloss für eine einfältige Kollegin", sagte Frei zu Keller. Dann drehte sie sich zu Kathy und ihre Stimme bekam einen bösartigen Unterton: „Haben Sie nicht zugehört. Ich habe seit Jahren keinen Kontakt mehr. Und bevor Sie mich weiter löchern. Ja, ich habe gewusst, dass mein Sohn im Knast war und nein, ich habe ihn nie besucht." Keller schien endlich aus seiner Schockstarre zu erwachen. Er fragte mit fester Stimme: „Und was ist mit seinem Vater? Wäre es möglich, dass er bei ihm ist." „Wohl kaum. Wir haben uns damals an der Universität kennengelernt. Er studierte Medizin. Er ist heute ein berühmter Chirurg und arbeitet seit Jahren in England. Joachim hat seinen Vater nie kennengelernt. Vielleicht doch ein Cognäcchen?" „Nein, vielen Dank", antwortete Keller nun doch recht dezidiert. „Ich nehme an, es geht um den Fall von Hartmann. Ich weiss natürlich, dass Joachim vor seiner Haft da gearbeitet hat. Ich habe Klaus von Hartmann bei einigen Charity-Veranstaltungen kennengelernt. Schrecklich, wenn man so gehen muss. Was genau hat den Tod ausgelöst", fragte sie ihr Cognacglas schwenkend. „Tut mir leid, aber Sie wissen doch, dass wir über laufende Verfahren keine Auskunft geben dürfen", entgegnete Süss und die darauffolgende Stille unterbrach sie mit den Worten: „Nun gut, dann wars das auch schon. Sollte sich ihr Sohn doch bei Ihnen melden, geben Sie uns bitte Bescheid." Die beiden Kommissare verabschiedeten sich. An der Haustüre drehte sich Kathy noch einmal um. „Wissen Sie eigentlich, dass Sie Grossmutter sind?" Vor lauter Schreck hatte sich der letzte Schluck anscheinend in die Luftröhre von Corinna Frei verirrt, was bei ihr zu einem Hustenanfall führte. Mit einem kräftigen Schlag auf den Rücken versuchte Keller ihr zu helfen. „Was, das glaube ich nicht", schrie sie glucksend. Kathy, die in der Zwischenzeit etwas in ihr kleines Notizbuch geschrieben hatte, riss den Zettel heraus und gab ihn Corinna Frei. „Das ist die Adresse. Wenn Sie mal wirklich was Gutes tun wollen, dann lassen Sie doch mal eine dieser Charity-Veranstaltungen sausen und unterstützen Sie ihre Enkelin und deren Mutter. Die beiden könnten Ihre Hilfe gut gebrauchen", sagte sie und ging grusslos zum Wagen. „Das war nicht korrekt, dass du ihr die Adresse ihres Enkelkindes gegeben hast", murmelte Keller, als er in den Wagen stieg. „Dein Verhalten war auch nicht gerade kollegial", antwortete Süss. Sie war wütend. Corinna Frei hatte Kathy despektierlich behandelt und ihr Kollege hatte nichts dagegen unternommen. Er hatte seine Gelassenheit und Selbstsicherheit verloren, als er dieser Frau gegenüberstand. Corinna Frei hatte das gespürt und ihn noch kleiner gemacht. „Kellerchen", murmelte er plötzlich. Er spürte den Blick, den Süss ihm zuwarf, ohne die Strasse aus den Augen zu lassen. Er hoffte, dass sie irgendetwas antworten, die Stille durchbrechen würde, aber sie tat ihm den Gefallen nicht. Er räusperte sich, bevor ihm ein leise „Sorry" über die Lippen kam, das Kathy unkommentiert liess. Sie hatte bereits die Nummer des Kommissariats eingestellt. „Samir", sagte sie, „bitte gib Joachim Frei zur Fahndung raus und vielleicht kannst du etwas über seinen Aufenthaltsort herausfinden. Hat er Freunde, weitere Verwandte?" „Ich hätte da schon mal die Adresse seines Bewährungshelfers", entgegnete der junge Praktikant, „Fabian Köhler, arbeitet Teilzeit als Sozialarbeiter im…" „Ich weiss schon", fuhr Kathy dazwischen, „wir hatten schon einige Male mit ihm zu tun. Danke Samir, du bist ja unbezahlbar." „Im wahrsten Sinne des Wortes", antwortete er mit einem ironischen Unterton. Als sie das Gespräch beendet hatte, warf Keller ihr einen fragenden Blick zu. „Jugendzentrum Münchenstein zu Fabian Köhler. Er müsste um diese Uhrzeit dort sein", sagte sie ohne weiteren Kommentar. Beim nächsten Kreisel wendete Keller den Wagen und fuhr in Richtung

Münchenstein. „Nun sag schon was." Süss schaute ihn streng an und dann prustete sie plötzlich los. „Weiss nicht, was da jetzt so lustig sein soll", beschwerte sich Keller. „Na ja, du hast schon sehr bescheuert aus der Wäsche geschaut", entgegnete Kathy, „was hat dich an der Lady denn so fasziniert, Kellerchen?" Keller bremste abrupt. „Es ist jetzt aber auch einmal gut. Frau Doktor Frei war eine hervorragende Staatsanwältin. Gefürchtet, aber durchaus gerecht. Es stimmt schon, ich habe sie früher bewundert. Ich musste oft an den Verhandlungen, an denen sie beteiligt war, als ermittelnder Beamter aussagen. Man konnte von ihren Befragungen viel lernen. Sie hat ihren Beruf mit Leidenschaft ausgeführt. Und jetzt? Das Feuer ist aus ihren Augen gewichen, nachmittags bereits Cognac im Kimono. Ich gebe zu, dass mich das alles verwirrt hat." Süss, legte beruhigend ihre Hand auf den Arm ihres Kollegen. „Na, dann lass uns mal weiterfahren, alter Mann." Der böse Blick ihres Kollegen amüsierte sie, liess ihn jedoch unkommentiert.

Das Jugendzentrum befand sich auf einem ehemaligen Industriegelände. Schon von weitem hörten sie die Musik, die aus einem abbruchreifen, ehemaligen Bürohaus drang. Auf dem Hof spielten drei Jungs und zwei Mädchen Basketball. Auf die Frage, ob Fabian Köhler anwesend sei, zeigte einer der Jungs in das Hausinnere. Die Türe stand einen

Spalt weit offen und die beiden gingen hinein. In der Mitte des grossen, ebenerdigen Raumes stand ein überdimensionaler Tisch, an dem Fabian Köhler, ein attraktiver Mittdreissiger, vor einem Computer sass. Als er die beiden Kommissare erblickte, stand er sofort auf und kam ihnen entgegen. Kathy war jedes Mal erstaunt über die positive Ausstrahlung und das spitzbübische Lächeln dieses Mannes, der es doch immer wieder mit gestrauchelten Existenzen zu tun hatte. „So gern ich euch mag, euer Erscheinen hat leider immer einen negativen Beigeschmack. Trotzdem herzlich willkommen in unserem Jugendzentrum." Er streckte den beiden zur Begrüssung seine Hand entgegen. „Um was geht es denn heute?", fragte er ohne Umschweif. „Joachim Frei", antwortete Kathy sein Lächeln erwidernd. Fabian pfiff durch die Finger und rief laut: „Jo, komm doch mal runter, da will dich jemand sprechen." Das laute Getrampel auf der Treppe verriet, dass der junge Mann, der kurz darauf erschien, vom oberen Stockwerk kam. Süss schätzte ihn auf Ende 20. Er trug einen dunklen Overall, auf dem weisse Farbflecken zu sehen waren. „Darf ich vorstellen, Joachim Frei. Jo hilft mir bei der Renovation dieses Gebäudes", erklärte Fabian Köhler. Keller, der sich die Graffitis an den Wänden interessiert angeschaut hatte, drehte sich zu dem jungen Mann um und zeigte ihm seinen Ausweis. „Machen wir es kurz. Wo waren

Sie am Morgen des 23. August?", fragte er. „Hier", die Antwort kam wie aus der Pistole geschossen. „Und das wissen Sie so genau, weil?", entgegnete Keller. „Weil ich immer hier bin," erwiderte die Pistole. Nun war es Fabian Köhler, der sich in das Gespräch einmischte. „Jo wohnt seit gut zehn Tagen hier, im Jugendzentrum", sagte er. Er erklärte den beiden Kommissaren, dass er seinen Schützling vor zwei Wochen nachts auf einer Parkbank schlafend angetroffen hatte. Er lebte auf der Strasse, hatte ihm bis zu diesem Tag bei ihren wöchentlichen Treffen jedoch immer vorgegaukelt, dass er bei seiner Freundin und ihrer gemeinsamen Tochter wohnen würde. Er habe ihm angeboten, dass er ihm bei der Renovierung des Jugendzentrums helfen könnte. Dafür durfte er hier schlafen und essen. Köhler kam jeden Tag um halb acht hierher und sie frühstückten jeweils zuerst zusammen. „Ausser am Wochenende täglich, auch am 23. August. Das hier ist mein Büro", sagte er. „Geht es um den alten Hartmann?", fragte Frei, „ich habe davon gelesen und ihr kommt natürlich gleich zu mir." Keller winkte ab. „Egal", sagte er, „die Sache hat sich erledigt." Der Kommissar drehte sich um und wollte gehen. Joachim Frei jedoch stellte sich ihm mit geballter Faust in den Weg und kam ihm gefährlich nahe, so dass Kathy automatisch nach hinten zu ihrer Waffe griff. „Ich habe manche Scheisse gebaut und von

Hartmann war ein verdammtes Schwein, aber ich würde nie jemanden umbringen, merk dir das!" Keller liess sich nicht aus der Ruhe bringen, klopfte seinem Gegenüber auf die Schulter und sagte leise: „Mach ich, mein Junge, mach ich." Die Lage entspannte sich und man verabschiedete sich.

Als sie wieder draussen waren, stellte sich einer der Jungs Keller in den Weg. „Bist wohl ein Bulle", sagte er provozierend. „Richtig", mischte sich Süss ein, „er ist der Bulle und ich bin die Leitkuh." „Haeh", der Angesprochene schien überfordert zu sein und die anderen Kids fingen an zu grinsen. „Also, dass er ein Bulle ist, das ist richtig. Und ich bin seine Chefin, also bin ich die Leitkuh." Keller nickte und unter grossem Gelächter gingen die beiden Kommissare zu ihrem Wagen.

„Na, dann sollten wir Rindviecher doch gleich mal in die Kleinhüningerstrasse fahren. Dort wohnt Simon Schuhmacher, der ehemalige Geschäftsführer der Firma Hartmann", sagte Kathy lachend, nachdem sie Samir beauftragt hatte, die Fahndung nach Joachim Frei einzustellen. „Aber lass uns vorher noch eine Dosis Koffein zu uns nehmen, aber einen Kaffee ohne." Bei dem Stichwort Kaffee ohne, durfte während der ganzen Pause nicht über berufliche Dinge gesprochen werden, eine Vereinbarung, die die beiden gleich zu Beginn ihrer Zusammenarbeit getroffen hatten und an die sie sich strikte hielten.

Als sie eine halbe Stunde später an einem Mehrfamilienhaus bei Simon Schuhmacher klingelten, sprang die Haustüre sofort auf. Auf jeder Etage waren zwei Wohnungen und im dritten Stock stand bereits ein älterer Mann in einer der Türen. Keller und Süss zeigten ihm ihre Ausweise und Simon Schuhmacher forderte seine Besucher auf, einzutreten. Als der Mann sie in die „gute Stube" bat, überkam Kathy eine kurze Übelkeit. Die Luft, die ihnen aus dem Zimmer entgegenkam, roch nach Moder und Feuchtigkeit und erinnerte Kathy irgendwie an Carsten, respektive an die Pathologie. Chloroform, dachte sie und erschauderte gleichzeitig beim Anblick des Raumes. Er war voll mit präparierten Tieren. Gleich über der Türe begrüsste sie eine ausgestopfte Nacktkatze. Auf einem breiten Regal waren einige Vögel, Ratten und gar eine Echse zu sehen. Bei genauerem Hinschauen konnte Süss noch ein Eichhörnchen und einen Marder ausmachen. Keller begutachtete einen Frosch, der auf einem kleinen runden Tisch mit einem selbstgehäkelten Deckchen stand. „Es braucht besondere Fähigkeiten und Fertigkeiten einen Frosch auszustopfen. Das können nur sehr wenige Präparatoren. Auch mir ist es erst nach Jahren gelungen", erklärte Schuhmacher voller Stolz, „Sie müssen wissen, dass die Haut der Amphibien..." Keller, der sah, wie Kathy immer mehr erbleichte, fuhr dazwischen. „Wir möchten mit Ihnen über Klaus von Hartmann sprechen." Der Alte lachte auf: „Den habe ich noch nicht ausgestopft." „Er ist tot", fuhr Keller unbeirrt weiter. „Oh, dann hätte ich ja die Gelegenheit dazu! Aber wer will sich schon einen solchen Idioten in die Wohnung stellen. Er wäre etwas für Gunther Hagens Körperwelten. Homo pedisequus. Der Lakai, der seinem Vater immer an den Fersen klebte, wenn Sie verstehen, was ich meine." Er lachte unheimlich. Plötzlich schlug er wie aus dem Nichts mit seiner Hand auf den Tisch. „Dieser Mann hat mich ruiniert. Hat mich rausgeschmissen, obwohl ich völlig unschuldig war. Hat mir ein schlechtes Zeugnis geschrieben, so dass ich keinen neuen Job mehr finde. Ich habe mein ganzes Leben für die Firma geschuftet und habe mir nie etwas zu Schulden kommen lassen." Er griff ein Seziermesser und rammte es mit voller Wucht in den Holztisch. Süss griff automatisch zu ihrer Waffe. Wie hatte Frau Zumstein, die Sekretärin von Hartmann diesen Mann beschrieben? Ein feinfühliger, netter Mann. Keller blieb ganz ruhig, setzte sich zu Schuhmacher an den Tisch und stellte ihm einige Fragen. Sie erfuhren, dass er nie verheiratet gewesen war, keine Kinder hatte und bis vor drei Jahren seine Mutter, mit der er zeitlebens zusammenwohnte, versorgt und gepflegt hatte. Süss konnte sich des gruseligen Gedankens nicht erwehren, ob nicht hinter einer der geschlossenen

Türen die ausgestopfte Mutter lag. Sie schüttelte sich. Keller lobte Schuhmacher für seine Fürsorge und der Mann schien sich zu beruhigen. „Wo waren Sie denn am Mittwochmorgen, dem 23. August." Er lachte etwas hämisch. „Sie denken, ich habe Hartmann umgebracht? Da muss ich Sie enttäuschen. Ich gehe jeden Mittwoch um sieben Uhr in die Gassenküche. Erst frühstücke ich dort, dann helfe ich beim Rüsten für das Mittagessen. Dafür bekomme ich 10 Franken in der Stunde und kann mich kostenlos verpflegen. Tja, früher ging ich zum Essen in die besten Restaurants der Stadt, aber wissen Sie was, in der Gassenküche ist es gar nicht so schlecht. Die Typen da haben zwar alle einen an der Waffel, aber das macht mir nichts. Sie können das gerne überprüfen. Ne, den Hartmann habe ich nicht umgebracht, auch wenn ich dem keine Träne nachweine." Die beiden verabschiedeten sich und waren schon an der Türe, als er rief: „Warten Sie, Fräulein Süss, ich hab da etwas für Sie." Kathy drehte sich um und er hielt ihr einen ausgestopften Spatz entgegen. „Das kann ich unmöglich annehmen", stammelte sie. „Ach was", entgegnete Schuhmacher, „von denen habe ich genug." Beherzt griff Keller ein, nahm den kleinen Vogel an sich und bedankte sich mit den Worten: „Den stellen wir gerne ins Kommissariat."

Kathy atmete tief durch, als sie wieder auf der Strasse standen. „Wir sind ja einiges gewohnt, aber sowas finde ich richtig gruselig. Ich brauche jetzt dringend einen Schnaps", sagte sie. „Tut mir leid, Süss, aber ich habe um 17 Uhr einen Termin und wir müssen noch das Protokoll schreiben." „Dein Termin ist nicht zufällig meisterlich?", fragte sie und wollte damit, wie sie selbst fand, geschickt und witzig auf seine Beziehung mit Brigitte Meister anspielen. „Mein Gott, Süss, du warst nun wirklich auch schon geistreicher." „Sorry", antwortete sie, „vermutlich hast du recht. Es war auch wirklich ein anstrengender Tag und dieser mit Chloroform durchtränkte Raum hat mir anscheinend das Gehirn etwas vernebelt." Keller schaute sie von der Seite an und grinste. „Dann mach du schon einmal Feierabend, geh zu deinem Date und ich schreibe noch den Bericht", sagte Süss. Keller nahm das Angebot gerne an und fuhr Kathy noch ins Revier.

Im Kommissariat angekommen beauftragte sie Samir, das Alibi von Simon Schuhmacher zu überprüfen. „Du kannst das allerdings auch noch morgen erledigen und schon mal nach Hause gehen, ich muss nur noch den Bericht schreiben." Eine Stunde später, gerade als Süss ihren Computer herunterfuhr, informierte sie eine SMS auf ihrem Handy, dass Frank noch eine Besprechung hatte und es später werden würde. Da der leichte Chloroform

Geschmack immer noch ihren Rachen belagerte, beschloss sie, ihre Freundin Lisa zu besuchen und besagten Schnaps dort zu trinken.

Von weitem schon sah sie durch das Fenster der Galerie ihre Freundin wild gestikulierend. Ihr Gesprächspartner ein älterer, gutgekleideter Mann verliess die Galerie mit hochrotem Kopf und eilte an Kathy vorbei. Lisa entdeckte sie und machte ihr Zeichen einzutreten. „Du kommst gerade richtig, ich brauche jetzt unbedingt ein Glas Champagner", sagte sie und rief nach Grete. „Dieser Typ wollte das Gemälde, le trou vert, von Hans um 40% herunterhandeln. Wo gibt es denn sowas. Dabei ist der doch steinreich." Nach kurzem Einatmen fuhr sie fort: „Entschuldige, mein Schatz, ich habe dich noch gar nicht begrüsst." Ein dicker Kuss landete auf Kathys Wange. „Du trinkst doch auch ein Gläschen mit mir?" „Genau das, was ich jetzt brauche", antwortete Süss leicht erschöpft. Wie aufs Stichwort erschien auch schon Grete mit einer Flasche und drei Gläsern. Nachdem sie angestossen und das prickelnde Nass mit dem ersten Schluck der Kehle geschmeichelt hatte, sagte Lisa: „Du siehst auch nicht gerade frisch aus." Kathy erzählte den beiden Freundinnen, ohne Namen und Zusammenhang zu nennen, vom Besuch bei dem seltsamen, alten Mann mit seinen ausgestopften Tieren. Lisa leerte dabei ihr Glas mit angewidertem Blick auf Ex. „Nacktkatzen sind ja schon lebend ein Graus", ergänzte Grete, „Tom hat mir erzählt, dass die von Hartmanns ein solches Tier besassen. Allerdings ist es vor etwa einem Jahr spurlos verschwunden und wurde nie mehr gefunden. Die Tiere sind ja nicht gerade häufig. Hartmann soll damals laut ausgerufen und gar bei der Polizei eine Vermisstenanzeige aufgegeben haben." Lisa gluckste: „Nicht, dass du dieses Tier heute gesehen hast. Vielleicht ist es ja dem Alten zugelaufen." Kathys Stirne legte sich in Falten. Was wenn… Sie musste der Sache morgen unbedingt nachgehen, aber jetzt wollte sie nicht mehr daran denken. Das fiel ihr auch nicht sonderlich schwer, denn genau in diesem Moment ertönte die Klingel über der Eingangstüre und die Brüder Schneider betraten die Galerie. „Wo ist er", brüllte Hans. Kathy erfuhr, dass Grete während dem Besuch des Kunden den Künstler angerufen und ihn gefragt hatte, ob er mit dem Preis für le trou vert etwas heruntergehen würde. Die Brüder, die sich ganz in der Nähe in der Bar des Nobelhotels Trois Rois zum Aperitif getroffen hatten, waren sofort losgeeilt. Lisa informierte die beiden, dass der Interessent bereits gegangen sei und dass er das Bild um 40% herunterhandeln wollte, was bei Hans zu einer Schimpftirade führte. Carsten, der beim Eintreten geradewegs zu Süss ging und sie mit Küsschen links und rechts begrüsste, umfasste die ganze Zeit ihre

Taille und sie musste sich zusammennehmen, dass sie sich nicht in seinen Arm fallen liess. „Du siehst müde aus", flüsterte er ihr ins Ohr. „Es war ein anstrengender und gruseliger Tag heute." Etwas abseits von der Gruppe erzählte sie ihm in kurzen Sätzen von dem Besuch im Jugendzentrum und dem alten Mann sowie ihrem gerade aufgekommenen Verdacht, dass es sich dabei um von Hartmanns Katze handeln könnte. „Bring das Tier doch morgen zu mir. Ich hatte zwar noch nie eine Katze auf dem Seziertisch, aber vielleicht kann ich etwas zum Alter und zur Todesursache des Tieres herausfinden." Er strich ihr zärtlich über den Arm. Ein erneutes Klingeln und ein freudiges Ausrufen von Lisa, die den Namen Rita erwähnte, liess die beiden zu ihren Freunden zurückkehren. Eine stattliche Frau mit einem herben, aber sympathischen Gesicht betrat die Galerie. „Das ist Rita", erklärte Lisa, als sich alle gesetzt hatten, „sie ist die Künstlerin der nächsten Ausstellung und wollte sich mal die Räumlichkeiten anschauen. Rita ist Fotografin. Ihre Werke sind grossartig, von einer ausserordentlichen Klarheit und ziehen jeden sogleich in ihren Bann. Rita kommt aus Deutschland, wohnt auf dem Land auf einem kleinen Bauernhof in der Nähe einer Vollzugsanstalt und hat auch viele Portraits der Inhaftierten gemacht." Süss runzelte ihre Stirne. „Ist das denn legal?", fragte sie, „wurden die Betroffenen informiert, dass die Bilder für die Öffentlichkeit sind?" „Nimm es ihr nicht übel", unterbrach Lisa ihre Freundin, indem sie Rita anstupste, „sie ist von der Polizei, aber eine von den Guten." „Na, dann werde ich meine Hosen mal runterlassen", kommentierte Rita trocken. Die Anwesenden erfuhren, dass die Künstlerin selbst einmal im Gefängnis war, dass die Ausstellung der Bilder mit den Betroffenen zusammen mit der Gefängnisleitung und psychologischem Beirat ganz genau abgesprochen war. „Ich weiss genau, was ich tu, Frau Kommissarin", sagte sie leicht zynisch. Kathy entschuldigte sich. Wie gerne hätte sie gewusst, weshalb ihr Gegenüber inhaftiert gewesen war, wollte jedoch nicht die Kommissarin raushängen und verkniff sich die Frage. Die grosse Frau schien ihre Gedanken lesen zu können. „Wenn ihr mehr über meine Geschichte erfahren wollt, dann empfehle ich euch ein Buch: Drei Schritte hinterm Mond. Es ist zwar ein Roman, aber meine Vergangenheit wird darin in einem Nebenschauplatz eins zu eins erzählt." Sie zwinkerte Kathy zu. Die Frau wurde ihr immer sympathischer. „Mach ich", sagte sie und hielt ihr das Glas entgegen. „Ich bin Kathy. Ich freue mich auf deine Ausstellung." Alle erhoben ihr Glas und die kommende Stunde wurde wiederum von Hans dominiert, der die kleine Runde mit allerlei Anekdoten unterhielt. Es war genau das, was Kathy

nach diesem Tag brauchte, bevor sie sich auf den
Heimweg machte. Alleine.

Als Süss am nächsten Morgen um halb acht ihr Büro betrat, pfiff sie anerkennend durch die Zähne. Auf der grossen Pinnwand war die ganze Hartmann-Familie stammbaumartig aufgezeichnet. Keller wandte sich ihr zu und bevor sie etwas sagen konnte, begann er zu sprechen. „Guten Morgen, junge Frau! Ich habe das schon alles mal zusammengestellt. Die gesamte Familie von Hartmann hat ein Alibi für die Tatzeit. Das Familiengeheimnis, also die einstige Geliebte, ebenso. Die Angaben von Schuhmacher habe ich überprüft. Er arbeitet wirklich jeden Dienstagmorgen in der Gassenküche. Die Auswertung von Hartmanns Handy hat nichts ergeben. Die Rolex wurde bis jetzt nicht gefunden. Die Hehler sind informiert. Wir haben so gut wie nichts. Was also wollen wir Steiner berichten?" Kathy seufzte und zuckte nichtwissend die Schultern. Er streckte ihr ein Papier entgegen. „Das Protokoll von gestern habe ich gelesen und unterschrieben." „Guten Morgen, lieber Keller, seit wann bist du eigentlich hier?", fragte sie erstaunt. „Seit einer halben Stunde, meine liebe Süss. Samir war auch schon hier. Gar nicht schlecht, der Kleine, und sehr fleissig." Aufs Stichwort betrat der Praktikant mit drei dampfenden Bechern und drei frischen Croissants das Zimmer. „Frisch vom Türken gegenüber", rief er. „Du bist wirklich goldwert, Samir, kannst sofort bei uns die Ausbildung machen." Sie genossen alle drei den ersten Schluck, als auch schon das Telefon klingelte. Keller und Süss schauten ihren Praktikanten mit vollem Mund an. Dieser verstand sogleich und nahm das Gespräch entgegen. „Wir kommen sofort, versuchen Sie ihn aufzuhalten und nehmen Sie auf alle Fälle seine Adresse auf." Triumphierend blickte er auf die beiden kaffeetrinkenden Kommissare. „Das war Ruedi Maurer, Hehler in der Grundstrasse. Jemand hat ihm die Rolex angeboten." Keller griff sogleich nach seiner Jacke. „Na los, mein Junge. Gehen wir. Steiner muss wohl mit Kathy allein vorliebnehmen, der Arme", bemerkte er augenzwinkernd und leicht ironisch. Bevor diese antworten konnte, waren die beiden Männer schon verschwunden. „Das könnt ihr nicht machen", rief sie ihnen hinterher. Dann stellte sie die Nummer von KTU-Karl ein. „Du kommst doch um acht zur Sitzung", sagte sie grusslos ins Telefon, als sie nur ein heftiges Atmen vernahm. „Stehe schon wieder im Stau, tut mir leid, aber ich habe sowieso keine Neuigkeiten." Sie überlegte sich noch kurz, ob sie Carsten an ihre Seite holen sollte, was sie aber gleich wieder verwarf. Sie setzte sich noch einmal ans Telefon. „Steiner", erklang es grusslos auf der anderen Seite. „Süss hier. Wir müssen die morgendliche Sitzung verschieben. Leider. Wir haben eine neue Spur, der wir nachgehen müssen. Die Rolex ist wahrscheinlich aufgetaucht." „Und was sage ich heute morgen den Leuten von der

Presse?" Lautlos äffte Kathy ihren Chef nach. Sie fragte sich, wofür er eigentlich seinen Lohn bezog, sagte dann bestimmt: „Genau das können Sie ihnen sagen, dass es eine neue Spur gibt, wir aber zu einem laufenden Verfahren im Moment keine Auskunft geben können. Aber ich muss jetzt zum Einsatz, sorry!" Sie war froh, dass sie die Ergebnisse vom Vortag und den Besuch in Zürich nicht erwähnt hatte. Genervt legte sie auf. Gewiss hätte er die Journalisten darüber informiert und gewisse Zeitungen hätten einen Skandal daraus gemacht. Eine Stunde später kamen ihre beiden Kollegen mit einem Mann mittleren Alters zurück. Sein Hemd war schmutzig und er roch nach Alkohol und Zigaretten. „Der Kerl war schon weg. Unser Herr Maurer war jedoch ziemlich geistesgegenwärtig." „Na, wenn ich unserem Freund und Helfer schon mal behilflich sein kann", mischte sich der Angesprochene ein, „könnte ich vielleicht einen Kaffee haben, junge Frau", fügte er hinzu. „Mein Name ist Süss", erwiderte Kathy, was ihr auch gleich leidtat, als sie sein Grinsen sah. „Hauptkommissarin Süss. Also, dann erzählen Sie mal", sagte sie sachlich. „Na Sie haben sich ja auch den richtigen Namen ausgesucht, Frau Hauptkommissarin, wenn ich das mal so sagen darf." Er zwinkerte ihr zu und als von ihr keine Reaktion kam, zeigte er auf Samir. „Also der Kleine war ja gestern bei mir und hat mich nach einer Rolex gefragt. Als heute morgen so ein Typ bei mir auf der Matte stand und mir die Uhr angeboten hat, machte es gleich klick. Ich hab dem gesagt, dass ich erst überprüfen muss, ob die auch echt ist. Bin ich schlau, oder bin ich schlau? Ich habe ihm verklickert, dass er morgen wiederkommen soll. Aber dass das mal klar ist, da geht mir gerade ein Riesengeschäft durch die Latten, da hab ich dann mal was gut bei euch, da machen wir auch mal einen fetten Deal, Frau Hauptkommissarin Süss." Er grinste Kathy lüstern an, so dass diese sich angewidert abwandte. Keller schlug mit der Hand heftig auf den Tisch. „Deinen Deal kannst du haben", schrie er den Hehler an, „wir können auf der Stelle deinen Laden auseinandernehmen. Dass wir das heute nicht tun, das ist dein Deal, aber nimm dich in Acht, es gibt auch ein Morgen." „Schon gut mein Freund, war ja nicht so gemeint", sagte Maurer kleinlaut. „Haben Sie denn seine Adresse aufgenommen?", fragte Kathy. „Wollte er mir nicht sagen, aber der kommt wieder, da leg ich meine Hand ins Feuer. Ich kenne die Typen. Und schliesslich habe ich ja seine Uhr. Die hat bestimmt son Wert von 1000 Franken. Bei einer Beteiligung von zwanzig Prozent sind das für den Typen 200 Mäuse. Das lässt sich einer wie der nicht entgehen." „Sie wissen doch ganz genau, dass dieses gute Stück mindestens das 10-fache kostet", entgegnete Keller. Der Hehler starrte ihn mit offenem

Mund an und es dauerte eine ganze Weile, bis er weitersprach. „Ne, Kollege, das habe ich nicht gewusst. Ich kenn mich mit Uhren nicht so aus. Wenn ich das geahnt hätte…" Er unterbrach sich selbst und alle Anwesenden konnten vermuten, was er sagen wollte. „Sie geben uns jetzt eine genaue Beschreibung von dem Mann. Morgen schicke ich zwei Kollegen vor ihren Laden. Falls er heute nochmals auftaucht, sagen Sie ihm, dass die Uhr immer noch bei einem Experten ist und dass er morgen wieder kommen soll. Die Rolex bleibt natürlich hier." Maurer wollte protestieren, verstummte jedoch sogleich, als er Kellers Blick sah. Als Samir mit dem Hehler das Büro verliess, um bei einem weiteren Kollegen ein Phantombild zu erstellen, riss Keller das Fenster auf. Dann fiel sein Blick auf den Kaffee, den Samir am frühen Morgen gebracht hatte. „Der ist jetzt auch kalt, schade", murmelte er. „Weisst du was, uns bleibt noch Zeit, bis Frau Hartmann kommt. Lass uns zu Malik gehen, einen Kaffee trinken. Samir bringen wir dann einen mit. Das sind wir ihm schuldig. Und überhaupt sollten wir für den Jungen endlich einmal einen Praktikantenlohn beantragen", schlug Kathy vor. „Willst du damit etwa sagen, dass Samir unentgeltlich hier arbeitet?", fragte Keller mit einem ungläubigen Gesichtsausdruck. „Ich habe das auch nicht gewusst, aber nachdem er gestern diese Bemerkung gemacht hat, dass seine Arbeit im wahrsten Sinne des Wortes unbezahlbar sei, habe ich ihn am Abend noch darauf angesprochen. Es ist tatsächlich so." Wortlos setzte sich Keller an den Computer. „So", sagte er drei Minuten später, „der Antrag ist abgeschickt, lass uns gehen."

Der Kaffee bei dem netten Türken in der Nähe des Kommissariats war für die beiden immer wieder eine Rettungsinsel. Der kleine Raum war zwar nicht sehr einladend und bestand nur aus einer Theke und zwei kleinen Tischen. Trotzdem verbrachten Keller und Süss immer wieder dort ihre Zwischenpausen und genossen in Ruhe ihren Kaffee ohne.

„Wie war dein gestriger Besuch bei Sieber?", fragte Kathy ihren Kollegen, nachdem sie sich den ersten Schluck des herrlichen Gebräus gegönnt hatte. Sie schauten beide durch die frisch geputzte Fensterscheibe nach draussen. Keller nahm einen grossen Schluck aus seinem Becher. „Wunderbar. Er weiss so viel, ist kultiviert, witzig und liebenswert zugleich. Wir haben bei Kafka angefangen und bei Goethe aufgehört. Er war Jurist. Vor sieben Jahren hat er seine Frau verloren. Sein Sohn kam vor fünf Jahren durch einen Autounfall ums Leben. Trotz dieser Schicksalsschläge steht er heute dem Leben positiv gegenüber. Er hält grosse Stücke von seiner Schwiegertochter Grete und liebt seinen Enkel Tom, der ja mit der Hartmann-Tochter verlobt ist." „Kennt er die Familie?", fragte Süss. „Nicht wirklich. Tom hat ihm seine Braut wohl mal vorgestellt, aber er verlässt das Heim nur noch ganz selten. Sein Freund, dieser Manu Gruber, geht mit ihm hin und wieder bis ins nächste Cafe. Die beiden verbindet eine eigenartige Freundschaft. Sie kennen sich seit ihrer Kindheit, haben sich aber jahrelang aus den Augen verloren. Gruber wurde Matrose und ging zur See." Keller schwieg einige Minuten, bevor er weitersprach. „Er ist immer mit dabei, spricht kaum ein Wort, scheint aber alles aufzusaugen, was sein Freund von sich gibt." „Eigenartig ist wohl auch, dass die Familien Sieber und Hartmann sich doppelt verweben. Zuerst Tom, der sich mit Hartmanns Tochter verlobt und nun Grete, die mit Paul eine Beziehung hat und über allen sitzen zwei alte Männer, beide Witwer", bemerkte Kathy. „Die wohl unterschiedlicher nicht sein können", ging Keller dazwischen, „auf der einen Seite ein gelehrter Feingeist und auf der anderen Seite ein brutaler Patriarch." Ein fernes Donnergrollen liess die beiden aufhorchen. Süss bestellte noch einen Kaffee to go für Samir und als die ersten Regentropfen fielen, gingen sie zurück ins Kommissariat. Auf dem Rückweg erzählte Süss Keller von ihrem Verdacht betreffend der Nacktkatze. „Du scheinst ja gar nicht überrascht zu sein", sagte sie abschliessend. Ihr Kollege hüstelte etwas verlegen. „Nun", begann er, „ich habe gestern noch mit Brigitte telefoniert und habe den seltsamen alten Mann mit seinen Tieren erwähnt. Sie hat mir auch von der Nacktkatze der Familie Hartmann erzählt. Willst du die Dame des Hauses nachher dazu befragen?" „Ich denke schon. Aber vor allem müssen wir uns Simon Schuhmacher nochmals vornehmen." Im Eingangsbereich trafen sie auf Isabelle von Hartmann. „Ich bin etwas zu früh", sagte sie entschuldigend, „aber in Anbetracht des aufkommenden Gewitters, wollte ich nicht noch länger draussen bleiben. Ich dachte, ich kann hier drinnen warten." „Kein Problem", sagte Süss, „Sie können schon mal mitkommen. Gehen Sie doch mit Kommissar Keller vor. Ich komme gleich nach." Sie brachte Samir den Kaffee, was der Hehler missmutig mit „und wo bleibt mein süsses Getränk" kommentierte. Kathy schaute ihn böse an, vermied eine Antwort und ging in ihr Büro, in dem Frau von Hartmann bereits Platz genommen hatte. Sie hatte ihren Kapuzenmantel abgenommen und Kathy bemerkte, dass sie ihre Haare geschnitten hatte. Die streng zurückgesteckte Langhaarfrisur war einem jugendlichen Kurzhaarschnitt gewichen. Dazu trug sie einen schnittigen Hosenanzug. „Steht ihnen gut", sagte Kathy lächelnd, was die Angesprochene mit einer schüchternen Abwehrbewegung beantwortete. „Wie geht es Ihnen?", begann Süss die Befragung. „Mal so, mal so", antwortete Frau von Hartmann,

„irgendwie fühle ich mich befreit. Und trotzdem. Meine grosse Liebe ist tot, endgültig! Ich habe sie zwar schon vor Jahren verloren und heute frage ich mich, ob ich nicht mehr um unsere Liebe hätte kämpfen sollen. Aber seit der Vater von Klaus damals bei uns eingezogen ist, war ich wie gelähmt. Er hat alles kaputt gemacht." Sie lächelte, bevor sie weitersprach. „Er wird heute schon in ein Pflegeheim eingewiesen. Ich suche mir eine kleine Wohnung. Das Haus und die Firma werden verkauft, da meine Tochter und ihr Verlobter kein Interesse daran haben. Ein Makler kümmert sich um das Haus und der Direktor der Spedition kümmert sich um den Firmenverkauf. Mein Schwiegersohn in spe, der soeben sein Studium der Juristerei beendet hat, wird die Abläufe überwachen." „Wie hat Ihr Schwiegervater darauf reagiert?", fragte Kathy. „Keine Ahnung. Er spricht ja nicht mit mir. Er spricht mit keinem mehr, hat sich völlig in sich selbst zurückgezogen. Manchmal höre ich ein Schreien aus seinem Zimmer. Es ist richtig gruselig. Ich bin froh, wenn er heute auszieht. Meine Tochter und ihr Verlobter sind frühzeitig aus dem Urlaub zurückgekommen und wohnen derzeit bei mir. Mein Schwager hat mir auch seine Hilfe bei der Haushaltauflösung angeboten. Ich suche mir hier eine Wohnung, werde jedoch voraussichtlich die Sommer jeweils in Italien verbringen. Die Tochter meiner

Freundin Brigitte, die ja seit Jahren die gute Seele in unserem Haus war, betreibt dort mit ihrem Mann ein Hotel und ich werde zusammen mit meiner Freundin den jungen Leuten etwas unter die Arme greifen." Süss schaute Keller an, auf dessen Gesicht sich bei der Erwähnung von Brigitte Meister ein kleines Lächeln zeigte. „Ich bin traurig, dass das hier alles so enden musste und freue mich gleichzeitig auf einen neuen Lebensabschnitt." „Das ist gut so", bemerkte Kathy. Sie machte eine kleine Pause, dann sagte sie: „Wir waren gestern in Zürich bei Mirjam Brunner. Sie haben von ihr gewusst?" Isabelle von Hartmann lächelte „Natürlich, eine nette Person!" „Sie hatten auch davon Kenntnis, dass ihr Mann Alimente bezahlte, obwohl sie das Kind von ihm verloren hatte?" Die Angesprochene nickte. „Haben Sie ihren Mann nie darüber informiert?" „Nein, es war das Hartmannsche Familiengeheimnis, dass Frau Brunner von meinem Mann schwanger war und es war mein eigenes kleines Geheimnis, dass sie das Kind nie bekommen hat. Aber gut, dass Sie es erwähnen. Ich werde in den Firmenverkauf eine Klausel einbauen, damit sie das Geld noch weitere zehn Jahre bekommt." „Nun", mischte sich Keller ein, „ich denke nicht, dass das noch nötig sein wird. Frau Baumann hat ein gut gehendes Geschäft." Isabelle von Hartmann schaute ihn verwundert an: „Na hören sie mal, das ist ja wohl meine Sache.

Zudem weiss ich, dass sich Mirjam sehr engagiert um ihre Angestellten kümmert. Die meisten sind alleinerziehende Mütter, die gut bei ihr verdienen." Keller räusperte sich etwas verlegen: „Sie haben natürlich recht, entschuldigen Sie. Ist Ihnen denn noch irgend jemand eingefallen, der die Tat hätte begehen können?" „Natürlich hatte mein Mann nicht nur Freund. Aber ein Mord. Nein. Aber das herauszufinden ist wohl ihre Aufgabe. Ich kenne wirklich niemanden, der zu einem Mord fähig wäre. Haben Sie denn noch gar keine Spur?" Es war Kathy, die nun das Gespräch wieder aufnahm. „Es gibt einige Hinweise, aber wir können zu einem laufenden Verfahren keine Auskunft geben. Haben Sie die Angestellten ihres Mannes gut gekannt?", fragte sie. „Nun", antwortete Mirjam Brunner, „bis wenige Monate vor der Geburt meiner Tochter habe ich in der Firma meines Mannes gearbeitet. Seither hatte ich keinen Kontakt mehr zu dem Personal. Ich glaube auch, dass keiner der damaligen Mitarbeiter noch in der Spedition arbeitet. Simon Schuhmacher war wohl der Letzte, den ich noch gekannt habe und den hat mein Mann wohl vor einiger Zeit entlassen. Aber auch ihn habe ich seit Jahren, wenn nicht Jahrzehnten nicht mehr gesehen." Keller zeigte ihr die Rolex, die der Hehler gebracht hatte und Frau Hartmann bestätigte, dass es sich um die Uhr ihres verstorbenen Mannes handeln müsste. „Wir konnten auch ein

Mountainbike sicherstellen“, sagte Kathy und zeigte ihr ein Foto davon. Frau von Hartmann bestätigte, dass es sich um das Fahrrad ihres Mannes handeln müsste. Die Kommissare vereinbarten mit ihr, dass ein Kollege das Bike in den nächsten Tagen zu ihr nach Hause liefern werde, dass sie die Uhr allerdings als Beweismittel vorläufig noch behalten müssten. Sobald die Ermittlungen abgeschlossen seien, werde sie die Rolex zurückbekommen. „Vielen Dank. Falls wir noch Fragen haben, oder wenn es Neuigkeiten gibt, werden wir uns bei Ihnen melden.“ Süss erhob sich und streckte Frau Hartmann zum Abschied die Hand entgegen. „Ach, eine Frage hätte ich noch. Ich habe vernommen, dass sie einmal eine Nacktkatze hatten. Wissen Sie etwas über ihren Verbleib?“ „Leider nein. Sie ist plötzlich vor circa einem Jahr verschwunden. Sie war der Liebling meines Mannes. Er hatte ein Bild von ihr auf seinem Nachttisch.“ Sie lachte. „Da war kein Foto von mir, sondern von dieser schrecklichen Katze. Ich fand sie ja immer etwas gruselig. Sie war sehr teuer, wie alles, was er sich in den letzten Jahren angeschafft hat. Warum fragen sie danach?“ Da Süss die Frage nicht gleich zu beantworten wusste, kam ihr Keller schnell zu Hilfe. „Nun“, sagte er, „Frau Meister hat sie gestern erwähnt, es ist jedoch nicht so wichtig.“ Isabelle von Hartmann bedankte sich für das Gespräch und zwinkerte Keller zu. „Wir sehen uns ja vielleicht in Italien.“

„Du bist ja tatsächlich rot geworden“, lachte Kathy Keller an, als Frau Hartmann den Raum verlassen hatte und ausser Hörweite war. „So ein Unsinn“, murmelte er. Bevor sie beide das Gespräch weiterführen konnten, stürmte Oberstaatsanwalt Steiner in das Büro. „Also“, begann er dezidiert, „nun aber mal Klartext: Was ist mit der Rolex?“ Kathy informierte ihn darüber, dass sie die Uhr bei einem Hehler gefunden hätten. „Er hat erstaunlicherweise klug reagiert und zeigt sich sehr kooperativ. Er hat den Kunden auf morgen vertröstet mit der Ausrede, dass er die Uhr erst auf ihre Echtheit untersuchen müsste. Wir werden den Laden bewachen und den Mann einvernehmen, sobald er dort wieder auftaucht.“ „Na also, das war aber höchste Zeit, dass die Angelegenheit endlich zum Abschluss kommt. Diesen Kerl werde ich morgen selbst vernehmen. Gebt mir unverzüglich Bescheid, wenn er hier ist.“ Keller hob die Hand und wollte protestieren, was Steiner sofort mit einem „Das ist eine dienstliche Anordnung“ unterband. Ein militärisches Rechtsum seinerseits führte dazu, dass er mit Samir zusammenstiess, der mit einem Becher Wasser den Raum betrat. „Können Sie nicht aufpassen, Sie Idiot“, entfuhr es Steiner, „wer sind Sie überhaupt.“ Süss sah, wie sich Kellers Kopf rötete. Das war kein gutes

Zeichen. Schnell wandte sie sich mit zuckersüsser Stimme an Steiner: „Das ist Samir, unser Praktikant. Eigentlich müssten Sie ihn kennen. Er ist nun schon seit gut zwei Monaten hier. Er hat auch verdankenswerterweise den Hehler gefunden." Der Staatsanwalt murmelte etwas Unverständliches und verliess das Büro. „Was für ein...", begann Keller. „Sag es nicht, es hat keinen Sinn", unterbrach ihn Kathy sogleich. „Wenn der länger hierbleibt, dann überlege ich mir das mit der Frühpensionierung doch tatsächlich. Du machst echt einen guten Job, Samir. Mach dir nichts draus, Steiner ist der Idiot in diesem Laden", brummte Keller. Kameradschaftlich klopfte er dem Praktikanten, der mit seinem Wasserbecher immer noch in der Türe stand, auf die Schulter. „Wisst ihr was, ich lade euch zum Mittagessen ein, so richtig, beim Thailänder, mit Nachspeise, Wein und allem Drum und Dran. Auf meine Verantwortung."

Als Süss tags darauf kurz vor acht Uhr das Büro betrat, klingelte das Telefon. Tina, Steiners Sekretärin, liess ausrichten, dass die morgendliche Sitzung ausfalle und die Kommissare sich unverzüglich melden sollten, wenn der Mann mit der Rolex gebracht werde. Keller und Süss könnten dann schon mal die Personalien aufnehmen, das Verhör allerdings würde Steiner persönlich durchführen. Süss wollte noch den Bericht über die Vernehmung von zwei Kleinkriminellen zu Ende schreiben, als es an der Türe klopfte. Auf ihr: „Ja, bitte" trat Carsten ein. Er trug einen grossen Karton, den er auf ihren Tisch hievte. „Ich dachte, wenn du bei mir keinen Kaffee trinken willst, dann komme ich eben zu dir", sagte er mit ernstem Blick, entnahm dem Karton eine Kaffeemaschine und fügte hinzu, „zu meinem Einstand. Ein Geschenk für euch, auf gute Zusammenarbeit." Kathy war sprachlos und bevor sie sich äussern konnte, stand auch schon Keller im Büro. „Gibt's noch was zur Hartmann-Leiche", fragte er Carsten grusslos und leicht mürrisch, ohne den Blick von Kathy abzuwenden. „Nö", antwortete der Angesprochene lachend, „ich wollte nur ein kleines Einstandsgeschenk vorbeibringen." „Das können wir unmöglich annehmen", fuhr Süss dazwischen. Keller hatte unterdessen den Inhalt des Kartons mit seinem detektivischen Blick unter die Lupe genommen und sein Gesicht hellte sich auf. „Können wir wohl", brummte er, „na dann, willkommen im Team“ bemerkte er mit spitzbübischem Lachen. „Thomas, Thomas Keller, aber alle sagen nur Keller.“ Charmant lächelnd griff Carsten nach seiner ausgestreckten Hand. „Carsten, aber das weisst du vermutlich schon.“ Aus seiner linken Jackentasche zauberte er eine Packung Kaffee hervor. „Dann wollen wir das Schätzchen doch mal ausprobieren.“ „Guter Mann“, kam es Keller über die schmalen Lippen. Er hatte die Maschine bereits an die Steckdose angeschlossen und Samir kam mit dem vollen Wassertank. Nach einer kurzen Spülung der Maschine sassen die vier 20 Minuten später vor ihrem herrlich dampfenden Kaffee und unterhielten sich über den Hartmann-Fall, über Steiner und den ganzen Polizeibetrieb. Gerade als sich Carsten verabschieden wollte, kamen zwei Streifenpolizisten mit einem Mann ins Büro. „Karl Flügge, er wollte gerade die besagte Rolex abholen“, berichtete einer der Uniformierten in zackigem Ton. „Bringt ihn in den Untersuchungsraum“, gab Keller in demselben Ton zurück. „Darf ich das Corpus delicti mal sehen“, fragte Carsten. Keller öffnete seinen Schreibtisch, entnahm ihm die Uhr und gab sie dem Gerichtsmediziner. „Das glaube ich nicht, das ist eine Vacheron Constantin. Die ist über 40000 Franken wert,“ bemerkte Carsten mit einem erstaunten Unterton. Keller pfiff durch die Zähne. „Nicht dein Ernst. Ich habe sie auf etwa 10000

Franken geschätzt", sagte er, „der Hartmann ging mit einer solchen Uhr im Wald joggen? Wie blöd kann man denn sein." „An eurer Stelle würde ich das Goldstück im Polizeitresor aufbewahren", sagte der Schneider und verliess achselzuckend das Kommissariat. „Ist ja ganz nett, dein Carsten", murmelte Keller. „Wie oft noch, er ist nicht mein Carsten", entgegnete Kathy leicht erzürnt. Sie schaute in Kellers grinsendes Gesicht, was sie dazu veranlasste einen Bleistift nach ihm zu werfen. Samir, der gerade das Büro betrat, sah den beiden belustigt zu und schüttelte den Kopf. Um schnell von sich abzulenken, gab Süss ihm den Auftrag, im System nachzuschauen, ob es von einem Mann namens Karl Flügge einen polizeilichen Eintrag geben würde. Bereits fünf Minuten später kam Samir einen Papierbündel in der Luft schwenkend zurück. „Erledigt, Chefin! Flügge ist tatsächlich aktenkundig. Mehrfacher Diebstahl und ein Tankstellenraub in Zürich mit einem Verletzten vor circa 5 Jahren." Schnell griff Süss nach ihrem Telefon und stellte die Nummer von Oberstaatsanwalt Steiner ein. Die Sekretärin meldete sich. „Hallo Tina, du kannst deinem Chef sagen, dass der Mann mit der Uhr gerade gebracht wurde. Und übrigens, wenn du mal Lust auf einen wirklich guten Kaffee hast, den gibt's jetzt tatsächlich auch bei uns." An der Wortkargheit der jungen Frau merkte sie, dass Steiner wohl gerade in ihrem Büro stand. „Danke, werde ich ausrichten“, sagte sie nur. Aus ihren Augenwinkeln sah Kathy gerade noch, wie Keller und Samir das Büro verliessen und in Richtung Untersuchungsraum gingen. „Aber nur Personalien überprüfen“, rief sie ihnen hinterher und nahm genüsslich den letzten Schluck ihres Kaffees. Kurze Zeit später stand Steiner in ihrer Tür. „Was riecht denn hier so köstlich?“, fragte er grusslos. Kathy zeigte auf die Kaffeemaschine und fügte sachlich hinzu: „Einstandsgeschenk von Carsten Schneider von der Gerichtsmedizin.“ „Das ist ja nett“, bemerkte Steiner, „ich nehme sie dann nach dem Verhör gleich mit, oder besser noch, dein Praktikant, dieser Ismir, soll sie hochbringen.“ Kathy bemühte sich ruhig zu bleiben. „Unser Praktikant heisst Samir, und die Maschine ist ein Geschenk von Doktor Schneider an das Kommissariat. Aber Sie können gerne mal runterkommen und bei uns einen Kaffee trinken. Dabei könnten Sie auch gleich einen Kuchen mitbringen, denn soviel ich weiss, gab es zu Ihrem Einstand vor einem halben Jahr bisher noch nichts.“ „Wo sind die Personalien des Beschuldigten?“, sagte Steiner schnell, ohne auf Kathys Anspielung einzugehen. „Keller und Samir sind gerade bei ihm.“ „Aber nicht, dass die beiden ihn verhören.“ Kathy wollte gerade zu einem Nein ansetzen, als Schneider auch schon weiterfuhr. „Ich habe für heute

Nachmittag bereits eine Pressekonferenz einberufen. Ich denke, bis dahin habe ich den Kerl längst so weit, dass er gesteht." „Aber wir haben doch noch überhaupt keine Beweise", konterte Süss. „Na, immerhin war er im Besitz besagter Uhr. Darauf kann man aufbauen. Gut, dann bringen Sie mir jetzt einen Kaffee in den Verhörraum." Damit verliess er den Raum. „Mach ich doch gerne, Chef", rief ihm Kathy mit Engelszungen hinterher und fügte ein leises „Arschloch" hinzu. Missmutig wollte sie sich eine Tasse greifen, als ihr Blick auf die benutzte Tasse von Carsten fiel. Sie stellte sie, ohne sie vorher abzuwaschen unter die Maschine und drückte genüsslich auf Start. Dann brachte sie das herrlich riechende Gebräu zum Untersuchungsraum. Steiner hatte bereits Platz genommen ihm gegenüber sass Karl Flügge und ein Polizeibeamter in Uniform stand neben der Türe. „Sie können dann gehen", bemerkte Steiner kurz. Kathy verzog sich in den Nebenraum, in dem bereits Keller und Samir hinter dem Spionspiegel warteten. „Und? Was denkst du?", fragte sie Keller. „Mein Bauchgefühl sagt nein. Was meinst du, wie alt der ist?" Kathy sah sich den abgemagerten Mann mit dem verlebten Gesicht genauer an. „Schätze so um die 50." „Er ist gerade mal 37 Jahre alt." „Drogen?", fragte Kathy. „Glaube ich nicht", antwortete Keller Sie vernahmen nun ein leises Husten im Untersuchungsraum. Steiner war immer noch über das Aufnahmeprotokoll gebeugt. „Könnte ich vielleicht auch einen Kaffee haben?", fragte Flügge. „Erst die Arbeit und dann das Vergnügen", antwortete Steiner, „in der Untersuchungshaft gibt es einen vorzüglichen Muckefuck", fügte er grinsend hinzu. „Warum hast du dem überhaupt einen Kaffee gebracht?", fragte Keller Süss leise, „ich hoffe, du hast wenigstens reingespuckt." „Ich nicht, aber Carsten", flüsterte sie. Ohne ihren Kollegen anzusehen, konnte sie sein Grinsen wahrnehmen. Er wollte gerade antworten, bemerkte jedoch, dass Steiner sein Verhör begonnen hatte. „Name?" „Karl Flügge." „Wohnhaft?" „Nun", Flügge räusperte sich, „also im Moment unter der Rheinbrücke. Allerdings werden die Nächte bereits etwas kühler." „Antworten sie auf meine Fragen. Der Rest interessiert mich nicht", bellte Steiner ihn an. Er schaute wieder in die Akten. „Sie waren schon vor fünf Jahren im Gefängnis. Tankstellenraub mit einem Verletzten in Zürich." „Wofür ich nichts kann, Chef, das habe ich damals der Zürcher Polizei schon gesagt. Ich bin abgehauen, der Angestellte wollte mir hinterher, ist gestolpert und es hat ihn umgehauen. Ich habe dem nichts getan. Ich hab ja auch nicht viel mitgehen lassen. Ne Cola und ein Sandwich, eines zu 50%, das am selben Tag abgelaufen war." „Hier steht aber, dass sie ihn umgeworfen und das ganze Bargeld mitgenommen haben." Flügge blickte zu Boden, bis

Steiner mit der Hand auf den Tisch schlug. „Ich warte“, schrie er. „Ne Chef, wirklich nicht. Heutzutage bezahlen doch alle mit Kreditkarte, da lohnt es sich gar nicht mehr in die Kassen zu greifen.“ Als Steiner nicht darauf einging, fügte er leise hinzu: „Ich möchte jetzt einen Anwalt.“ „Sie müssen jetzt nur meine Fragen beantworten, dazu brauchen sie keinen Anwalt.“ „Das kann er nicht machen“, rief Keller hinter dem Spiegel und bevor ihn Kathy zurückhalten konnte, war er bereits im Untersuchungszimmer. Steiner drehte sich kurz zu ihm um und schrie ihn an: „Raus hier, das ist mein Verhör“, dann legte er die Rolex auf den Tisch. Er schaute Keller grimmig an, worauf dieser achselzuckend den Raum wieder verliess. „Woher haben Sie die Uhr“, fragte Steiner dann sein Gegenüber. „Gefunden.“ „Wo haben Sie sie gefunden?“ „Im Wald.“ „Ach und die lag da einfach so rum, im Wald?“ „Kann man so sagen.“ Steiner zog ein Foto von Hartmann aus seinen Unterlagen. „Kennen Sie diesen Mann?“ Flügge beugte sich tief über das Foto und tropfte aus der Nase genau auf Hartmannns Bild. „Kann sein.“ „Was heisst, kann sein.“ Steiners Stimme wurde scharf: „Kennen Sie diesen Mann, ja oder nein.“ „Also gesehen hab ich den schon mal. Aber mir fällt nu nicht gerade ein, wo das war.“ „Vielleicht im Wald?“, fragte Steiner. „Ne, im Wald war das nicht.“ Wiederum schlug Steiner mit der flachen Hand auf den Tisch. „Klar, Chef, jetzt fällt es mir wieder ein. Ich hab mal Zeitungen ausgetragen. Is nu zwar auch schon ne Weile her. Der hat sich mal ordentlich beschwert, weil ich die Zeitung immer zu spät gebracht habe, wie er behauptet hat. Als ich dann mal ein oder zwei Tage krank war und am Morgen nich aufstehen konnte, da hat der bei meinem Boss son Zoff gemacht, dass die mich rausgeschmissen haben. Genau, der war das." „Na also", sagte Steiner, „und dann sehen Sie den Mann im Wald. Sie denken, der ist schuld an meiner Arbeitslosigkeit, schlagen ihn nieder und nehmen seine Uhr." „Moment mal Chef, das ist der Tote aus dem Wald?", fragte Flügge. „Nun tun Sie doch nicht so überrascht." Steiner war aufgestanden und lief nun bedrohlich hinter Flügge hin und her. „Ne, Chef, ich bring doch keinen um. Das können Sie mir jetzt nicht anhängen." „Ach ja und woher haben Sie die Uhr?" „Ich möchte jetzt wirklich einen Anwalt und ein Glas Wasser." Steiner blieb hinter ihm stehen und schrie ihn an: „Woher habe ich gefragt." Flügge fing an zu zittern. „Ja, da lag einer im Wald, aber der war schon tot. Ich habe die Uhr gesehen, habe sie ihm weggenommen und bin abgehauen." „Und du hast den nicht erkannt?" „Nein, Chef." „Du konntest den Mann vorher auf einem Foto identifizieren, aber als er da im Wald lag, da hast du dich nicht an ihn erinnert?" „Nein, Chef, wirklich nicht. Es ging ja alles so schnell und er lag doch auf dem Bauch." „Das stimmt", entfuhr es Samir im Nebenzimmer. Flügge fuhr mit zitternder Stimme fort: „Ich hab ihn noch angestupst und als er sich nicht bewegt hat, hab ich ihm die Uhr abgenommen und bin abgehauen." „Das stimmt", entfuhr es Samir hinter dem Spionspiegel. Die Kommissare sahen, wie sich Steiners Kopf rötete. „Ich sage dir jetzt, wie es war. Du hast von Hartmann im Wald getroffen, den Mann, der in deinen Augen schuld war, dass du deine Arbeit verloren hast. Du hast die teure Uhr an seinem Arm gesehen, hast einen Ast genommen, ihn niedergeschlagen und bist mit der Uhr und seinem Handy verschwunden." „Nein, Chef, wirklich nicht!", rief Flügge. Steiner blieb hinter ihm stehen und packte ihn am Kragen. „Das Handy hast du dann weggeworfen, weil du es nicht entsperren konntest. Gib zu, dass du es warst." Flügge schluchzte nur noch. Keller stürmte in das Untersuchungszimmer, worauf der Staatsanwalt Flügge sofort losliess. „Na also. Abführen!", sagte er zu dem Polizisten, stellte das Aufnahmegerät ab und verliess den Raum. Er streckte den Kopf in das Nebenzimmer und sagte zu den beiden verblüfften Kommissaren und Samir. „Das war doch ganz einfach. Der Fall ist abgeschlossen." Keller erhob sich von seinem Stuhl. „Ich denke", sagte er mit leiser und bedächtiger Stimme, „als Staatsanwalt sollten Sie etwas an ihrem Aggressionspotenzial arbeiten." Mit ausgestrecktem rechtem Zeigefinger ging Steiner auf Keller zu. „Was massen Sie sich an. Ja glauben Sie denn ihre Kuschelmethoden hätten zu einem Ergebnis geführt? Ich werde den Kerl anklagen und der Richter wird ja dann entscheiden, wer von uns beiden recht hatte." Er übergab Kathy die Tonaufnahme mit den Worten: „Das Protokoll bis zum Mittag auf meinen Schreibtisch." Als die drei wieder in ihrem Büro waren, fragte Kathy Keller: „Glaubst du, dass er es war?" „Genau so wenig, wie ich es war." „Und was machen wir jetzt?", fragte Samir. Die beiden Kommissare zuckten mit den Schultern. „Ihr wollt nichts tun? Das glaub ich jetzt nicht. Ihr seid beide überzeugt, dass er unschuldig ist und wollt einfach nichts tun?", fragte Samir mit leiser Stimme. „Steiner hält ihn für schuldig. Schön, es wird ein Gerichtsverfahren geben, aber die Indizien werden für eine Verurteilung wohl kaum ausreichen, da es keine Zeugen und keine weiteren Beweise für die Tat gibt. Er wird also höchstens für Diebstahl verurteilt werden." „Und wenn nicht?", fragte Samir mit erschöpfter Stimme, „was, wenn sie einfach nur einen Schuldigen brauchen? Wie könnt ihr das zulassen? Ihr müsst doch den Täter suchen." „Du hast Steiner doch gehört. Der Fall ist für ihn abgeschlossen. Er ist der Chef, er trägt die Verantwortung. Wir können, nein wir dürfen gar nicht weiter ermitteln." „Er trägt die Verantwortung? Und ihr? Tragt ihr denn keine

Verantwortung? Eine menschliche? Eine soziale? Was für ein Scheissberuf", schrie Samir und verliess den Raum, indem er die Türe hinter sich zuschlug. Nach einigen Minuten des Schweigens erhob sich Keller mühsam von seinem Stuhl. „Er hat recht, es ist ein Scheissberuf und auch wir tragen eine Verantwortung", murmelte er. „Lass es, Keller", erwiderte Kathy, „das ist das zweite Tötungsdelikt in Steiners Karriere. Dazu kommt, dass es sich um eine bekannte Persönlichkeit handelt. Er ist nervös und will Resultate. Er ist in Zugzwang." „Das ist doch kein Grund gleich den erst besten armen Kerl zu verurteilen." „Wissen wir denn, ob er es nicht war? Das Gericht wird das letztlich beurteilen", sagte Süss. „Nun fang du nicht auch noch an. Das war kein richtiges Verhör, das weisst du so gut wie ich. Für Steiner stand doch von Anfang an fest, dass dieser kleine Gauner ein Mörder ist. Und das nur, damit er sich bei der Pressekonferenz wichtig machen kann." „Vergiss nicht, dass er schon mal für Raub mit Körperverletzung verurteilt wurde", entgegnete Kathy. Sie bemerkte, wie sich Kellers Kopf leicht rötete. Sie sah ihm kurze Zeit beim Denken zu, bevor dieser wieder zu sprechen anfing. „Und was, wenn die Zürcher Kollegen damals genauso geschlampt haben? Vielleicht war es wirklich so, wie er gesagt hat und nun hat er für immer den Stempel eines Gewaltverbrechers." Keller knallte die Akte Flügge auf seinen Schreibtisch, zog seine Jacke an und nahm ein Aufnahmegerät von seinem Regal. „Ich bin dann mal weg", sagte er. „Was hast du vor?", fragte Kathy, doch sie bekam keine Antwort mehr. Auf dem Weg zu seinem Wagen wählte Keller auf seinem alten Nokia, mit dem man gerade mal telefonieren konnte eine Nummer mit Zürcher Vorwahl. „Na, Günther, altes Haus, immer noch im Dienst?", begrüsste er seinen Gesprächspartner, mit dem er vor bald 40 Jahren die Polizeischule absolviert hatte. Nach einem kurzen Geplänkel fuhr Keller fort: „Ich brauche deine Hilfe. Bin auf dem Weg zu dir. Suche mir doch mal die Akte Karl Flügge raus. Circa fünf Jahre alt. Vielleicht kannst du auch gleich die aktuelle Adresse des damaligen Opfers ausfindig machen."

Eine gute Stunde später parkierte Keller vor dem Polizeihauptgebäude der Stadt Zürich. Am Empfang zeigte er seinen Ausweis mit den Worten: „Zu Hauptkommissar Günther Gartmann", als aus der Gegensprechanlage auch schon eine sonore Stimme drang, „Schon gut, Roman, lass ihn rauf, den alten Halunken." Mit offenen Armen kam Gartmann seinem alten Kollegen entgegen. Eine für Keller ungewohnte Geste. Im Büro des Zürcher Kommissars dampften bereits zwei Tassen Kaffee begleitet von einer Flasche Cognac mit zwei Gläsern. „Mensch Keller", sagte Gartmann, indem er grosszügig den Schnaps einschenkte, „dass sich deine alten Knochen noch einmal zu mir bewegen, hätte ich mir nicht mehr träumen lassen. Was um aller Welt hat dich dazu bewogen?" „Ein ungerechtes Verhör unseres neuen Staatsanwaltes." „Hab schon gehört, dass ihr in Basel nun so ein ambitioniertes Greenhorn habt. Aber an Ungerechtigkeiten sollten wir uns in unserem Alter nach so vielen Dienstjahren doch langsam gewöhnt haben." „Da hast du wohl leider nicht ganz unrecht", entgegnete Keller, „aber Gottseidank haben wir einen jungen Praktikanten, der mir den verbalen Tritt in meinen Allerwertesten versetzt hat." „Na dann, auf die Jugend", Gartmann hob sein Glas. Dann schob er Keller eine Akte zu, auf der ein Zettel klebte. Die Adresse des Opfers. Keller staunte: „Auf dich ist ja wirklich nach wie vor Verlass. Vielen Dank." „Nun, ich dachte mir, je schneller du die Akte hast, umso rascher sind wir beim gemütlichen Teil. Und nun ab in die Kronenhalle. Ich habe einen Tisch bestellt. Dort kannst du mir dann alles erzählen." „In die Kronenhalle? Bist du wahnsinnig?", fragte Keller, „ich weiss ja nicht, was man bei der Zürcher Polizei verdient, aber ich kann mir das definitiv nicht leisten." „Du bist eingeladen. Es wird wohl das letzte Mal sein, dass du mich hier besuchst", antwortete sein Kollege, „ich habe mich früh pensionieren lassen. Ende Monat ist hier Schluss für mich und ich gehe mit meiner Frau Erika auf Reisen."

Kurz vor Feierabend kam Keller zurück ins Basler Kommissariat. Triumphierend hielt er seinen Recorder in die Höhe. „Es stimmt alles, was Flügge erzählt hat", rief er, „ich habe den ehemaligen Tankstellenangestellten ausfindig gemacht und mit ihm gesprochen. Er hat zugegeben, dass er damals an seiner Verletzung selbst schuld war. Er hatte beobachtet, wie Flügge das Sandwich gestohlen hat, wollte ihm nachstellen und ist dabei ausgerutscht. Ganz ohne Fremdeinwirkung. In der Kasse waren 30 Franken, die der Angestellte selbst genommen hat, quasi als Schmerzensgeld" „Das hat er einfach so gestanden?", fragte Kathy mit strengem Unterton, „was hast du mit dem armen Kerl gemacht?" „Nun, ich habe ihn über Falschaussagen aufgeklärt und habe ihm jedoch Straffreiheit zugesichert, wenn er jetzt die Wahrheit sagen würde. Er hatte damals noch einen anderen Chef, der wohl mit seinen Angestellten keinen netten Umgang hatte und ihn ausgenutzt hat. Er hatte Angst, dass er seinen Job verlieren könnte, wenn er Selbstverschulden angeben würde." „Was ist", fragte Keller nach geraumer Zeit „du könntest mich wenigstens loben. Toll gemacht Keller, wirklich. Du hattest wieder mal ein goldenes Näschen." „Ja, Keller", entgegnete Kathy, „toll gemacht. Nur leider kommst du zu spät." „Was meinst du?", fragte der Kommissar tonlos. Kathy drehte den Bildschirm ihres Computers in Richtung ihres Kollegen. Darauf war die online- Version der Basler Zeitung zu sehen. Von Hartmann-Fall aufgeklärt stand da in grossen Lettern und als Subtitel: K.F. ein 37-jähriger Junkie tötete den Geschäftsmann aus lauter Habgier. Eine Rolex (Wert 40000 Franken) war seine Beute. Die darauffolgende Stille im Kommissariat war schon beinahe ohrenbetäubend und endete kurz darauf, indem die Tasse, die Keller gegen die Wand schleuderte, mit einem lauten Klirren zerschellte. „Damit wird er nicht durchkommen", schrie er, indem er den Raum verliess und die Türe hinter sich zuschmetterte. Süss sprang auf. „Mach jetzt bloss keinen Unsinn", rief sie ihm hinterher. Sie eilte zum Fenster und sah nach kurzer Zeit, wie Keller das Polizeigebäude verliess. Sie war erleichtert, dass er nicht zwei Stockwerke höher zu Steiner's Bureau gegangen war. Sie wusste, wo sie ihren Kollegen nun finden konnte. Schnell kehrte sie die Scherben zusammen, schnappte sich ihre Jacke und ging Keller hinterher. Als sie in dem kleinen Bistrot am Rhein ankam, sass er bereits draussen an einem der kleinen, wackligen Tische vor einem Glas Weisswein. Sie bestellte sich einen Aperol und dann hockten beide stumm nebeneinander und schauten einem Tankerschiff zu, das sich mühsam den Rhein aufwärts schleppte. Als ein kleiner Junge genau vor ihrem Tisch vom Fahrrad fiel, sprang Keller auf, ging zu ihm, setzte ihn wieder aufs Rad und schubste ihn etwas an, so dass der Kleine laut lachend wieder von dannen radelte. „Nicht viel Wasser heute", murmelte er, als er sich wieder setzte und bemerkte, wie Süss ihn anschaute. „Immer für die Kleinen und Schwachen. Mensch Keller, dass du dir deinen Gerechtigkeitssinn in all den Jahren deiner Polizeilaufbahn bewahren konntest, grenzt schon beinahe an ein Wunder." Als er nicht darauf reagierte, stupste sie ihn von der Seite an. „So ein grosses Herz in dem alten Brummbären", sagte sie lachend. Keller nahm regungslos einen grossen Schluck von seinem Wein. „Steiner wird bei Gericht nicht durchkommen", versuchte Kathy nach einer kleinen Pause ihren Kollegen zu beruhigen, „und jetzt schon gar nicht mit der Aussage des Tankstellenangestellten." „Aber dass dieser Wichtigtuer sich gleich an die Presse wenden muss, ist doch haarsträubend. Ich werde ihm morgen einen Besuch abstatten. Er muss den armen Kerl aus der Untersuchungshaft entlassen." „Mach das", entgegnete Süss, „gut, dass du in deiner ersten Wut nicht gleich zu ihm gelaufen bist." Keller schaute Süss lächelnd an: „Ich habe da so eine Kollegin, die hat mir mal gesagt, ich muss meine - sagen wir mal - Spontanität besser zügeln." „Weisst du was, heute Abend ist ein kleines Fest in der Galerie meiner Freundin. Alle Bilder der aktuellen Ausstellung sind verkauft. Der Künstler ist übrigens der Bruder von

Carsten, unserem neuen Gerichtsmediziner. Komm doch mit. Frank, mein Mann wird auch da sein und ich könnte dir Grete, die Schwiegertochter deines neuen Freundes Sieber, vorstellen. Du siehst, du wirst beinahe alle Leute kennen und es wird dich ablenken." „Na, dann gehe ich lieber gleich zu Sieber. Eine Runde Schach und ein gutes Gespräch werden mich genauso ablenken", antwortete Keller. Süss zuckte vielsagend mit der Schulter. Zehn Minuten später, als die Sonne langsam unterzugehen drohte, verabschiedete sie sich von ihrem Kollegen und ging schnellen Schrittes über die Mittlere Rheinbrücke in Richtung Basler Altstadt.

Die Party hatte bereits angefangen und sie plagte ein schlechtes Gewissen. Hatte sie doch Frank dazu überredet, sie zu begleiten. Er hasste solche Veranstaltungen und nur dank dem Argument, dass wohl auch sein Freund Paul von Hartmann anwesend sein würde, war er bereit gewesen mitzukommen. Und nun war sie schon 15 Minuten zu spät.

Leicht ausser Atem betrat sie die Galerie und stellte sogleich erleichtert fest, dass ihre Angst unbegründet gewesen war. Frank und Paul standen mit dem Künstler zusammen, der die beiden Männer bestens zu unterhalten schien. Er war es auch, der Kathy als Erster entdeckte. Er winkte ihr zu und rief quer durch die Galerie: „Ici, ma chere Süss." Einige Anwesende, die meisten waren vermutlich Käufer der Bilder, drehten sich kurz nach ihr um. Schnell gesellte sie sich zu dem Trio. Grete brachte ihr ein Glas Champagner, als die Klingel an der Türe erneut ertönte. Das laute Gerede wurde von einem leisen Gemurmel abgelöst und Kathy folgte den Blicken der Männer, mit denen sie zusammenstand. Eine unglaubliche Schönheit hatte den Raum betreten. Die langen Beine, die eine wohlgeformte Figur trugen, endeten im Nirgendwo, das madonnenhafte Gesicht war nur ganz zart geschminkt und ihr Lächeln zauberte den Anwesenden ein ebensolches ins Gesicht. Dieses Wunder der Natur kam Kathy irgendwie bekannt vor, doch sie konnte es in diesem Moment nicht einordnen. Süss wollte sich gerade mit einem leisen „Nicht schlecht" die Aufmerksamkeit der beiden Männer, mit denen sie zusammenstand, wieder zurückholen, als sie den Begleiter der jungen Frau wahrnahm. Es war Carsten. Als er strahlend seinen Arm um die Hüften der Schönheit legte, empfand Kathy dies nicht nur als erotisch, sondern gleichzeitig auch provozierend. Schlagartig wurde ihr klar, wo sie die Dame schon gesehen hatte. Es war die Flöte aus Carstens Büro. Frederic winkte dem Paar zu und rief erneut durch die Galerie: „Viens ici, mon cher frère." Carsten stellte sich und seine Begleitung der kleinen Runde vor. Während die Männer ihrer Freude Ausdruck gaben, die junge Dame kennenzulernen, brachte Süss ein knappes „Hallo" über die Lippen. Warum nur verspürte sie diese unbegründete Eifersucht? Carsten nahm sie plötzlich am Arm: „Entschuldigt bitte, ich muss mich kurz mit Kathy unterhalten", sagte er und fügte augenzwinkernd hinzu, „rein geschäftlich". Er zog sie in die kleine Teeküche. „Ich habe eben den Artikel online gelesen. Ihr habt den Mörder von Hartmann?", fragte er, als sie alleine waren. „Steiner glaubt ihn zu haben", antwortete Süss, „Keller ist von seiner Unschuld überzeugt." „Kann ich irgendetwas zur Aufklärung beifügen?" „Ich wüsste nicht was", antwortete Süss, „aber das müssen wir ja nicht heute Abend besprechen." „Gloria ist nur meine Begleitung, nicht mehr und nicht weniger ", sagte Carsten plötzlich unvermittelt. „Das geht mich nichts an", erwiderte Kathy. „Warum bist du dann eifersüchtig?" „Ich bin nicht…" Weiter kam Kathy nicht, denn Carsten küsste sie leidenschaftlich. „Noch bin ich frei für dich", flüsterte er. „Aber ich nicht für dich", stammelte Kathy, die sich der erotischen Ausstrahlung dieses Mannes kaum entziehen konnte. Er strich ihr eine Strähne aus dem Gesicht. Die Zärtlichkeit, mit der er dies tat, überraschte Kathy. „Es geht nicht", sagte sie, verliess eiligst die kleine Küche und gesellte sich wieder zu ihrem Mann, der immer noch mit Paul von Hartmann zusammenstand. Er lachte sie an. „Du hast gerötete Wangen. Hast du dich gestritten oder aufgeregt?", fragte er sie. „Es ging um den Mord an deinem Bruder", antwortete sie mit Blick auf Paul. Die beiden Männer blickten sie fragend an. „Nun, anscheinend habt ihr die online News noch nicht gelesen. Steiner hat heute einen Mann festgenommen. Er konnte es kaum abwarten, die Presse zu informieren. Allerdings sind wir, das heisst vor allem mein Kollege Keller, davon überzeugt, dass er den Falschen beschuldigt. Mehr kann ich euch dazu nicht sagen. Es ist immer noch ein laufendes Verfahren." Die beiden Männer stellten keine weiteren Fragen und sprachen über den Literaturclub der vergangenen Woche. Kathy folgte ihrem Gespräch nicht weiter. Sie war damit beschäftigt, möglichst unauffällig aus ihren Augenwinkeln Carsten und seine Sekretärin zu beobachten. Die junge Dame, allzu jung, wie Kathy fand, strahlte den Gerichtsmediziner mit ihren rehbraunen Augen an. Kathy bemerkte, dass sich die beiden mit einem Kunsthistoriker unterhielten, den sie von den zahlreichen Vernissagen bei ihrer Freundin Lisa kannte. Carstens Sekretärin schien heftig mit ihm zu diskutieren und an ihren Gesten bemerkte Süss, dass sie nicht nur etwas von Anatomie, sondern auch von darstellender Kunst zu verstehen schien, was ihre Laune um einige Stockwerke nach unten katapultierte. Es gab zwei, drei Momente, in denen Carsten den Blickkontakt zu Kathy suchte. Sie wandte sich dabei jedes Mal schnell ab und tat so, als ob sie sich mit den beiden Männern bestens unterhalten würde. „Hallo! Frank an Kathy, wo bist du bloss mit deinen Gedanken?" hörte sie ihren Mann plötzlich sagen, indem er ihr freundschaftlich seinen Arm um ihre Taille legte. „Tut mir leid! Es war wirklich ein sehr emotionaler und anstrengender Tag", antwortete sie. „Es ist sehr laut hier. Paul und ich gehen noch auf einen Wein zu Giovanni. Kommst du mit?", fragte Frank. Sie nickte und die drei verliessen die Galerie. Als sie draussen waren, sagte Kathy allerdings, dass sie doch zu müde sei. Sie wünschte den beiden Freunden einen schönen Abend und machte sich auf den Heimweg, nicht ohne nochmals einen Blick zurück zur Galerie zu werfen.

Als Kathy am nächsten Morgen ins Kommissariat kam, war Samir schon anwesend. „Soeben hat mich der Sozialarbeiter der Gassenküche angerufen. Er hat die Aussage seines Kollegen revidiert. Er hatte die Aufsicht am letzten Mittwoch und hat mir mitgeteilt, dass Schuhmacher sich an diesem Tag wegen Krankheit abgemeldet hat." Süss griff sogleich zum Telefon. Werner Stettler, ein älterer Polizist, den sie seit Dienstbeginn in Basel kannte, nahm den Anruf entgegen. Nach einem kurzen, freundlichen Geplänkel beauftragte sie ihn, eine Streife zu Schuhmacher zu schicken und ihn ins Kommissariat zur Vernehmung zu bringen. „Er ist ein sehr sonderlicher Mann, der allerlei Tiere ausstopft", erklärte sie ihm, „unter anderem hat er eine Nacktkatze. Die soll doch einer deiner Jungs in die Gerichtsmedizin bringen." Wenig später, Kathy betätigte gerade die neue Kaffeemaschine, polterte Keller grusslos ins Büro. Er warf eine Akte auf seinen Schreibtisch und sagte bloss: „Ich bin jetzt bei Steiner." „Ich wünsche dir auch einen guten Tag", bemerkte Kathy. Als ihr Kollege keine Reaktion zeigte, berichtete sie ihm von dem geplatzten Alibi von Schuhmacher. „Dann ist Flügge also erwiesenermassen nicht der einzige Verdächtige. Die Ermittlungen sind noch lange nicht abgeschlossen." „Das haben leider nicht wir zu entscheiden, das weisst du", erwiderte Kathy. Sie bemerkte, wie die

Halsschlagader bei Keller immer grösser und sein Gesicht immer röter wurde und fuhr sogleich fort: „Aber du kannst dich beruhigen, ich stehe natürlich auf deiner Seite. Ich habe eine Streife zu Schuhmacher geschickt, die ihn uns zum Verhör bringen soll. Die Nacktkatze soll auch gleich in die Gerichtsmedizin geliefert werden." Keller schaute sie erstaunt an. „Es war Carstens Idee. Er meinte, er könne vielleicht beweisen, dass es sich um Hartmanns Katze handelte. So, du siehst, es ist alles schon in die Wege geleitet. Du nimmst jetzt einen Kaffee, bevor du zu Steiner gehst und beruhigst dich erst mal." „Nicht nötig", entgegnete er, „ich bin gerade so richtig in Stimmung, um diesem ambitionierten Herrn die Meinung zu geigen." „Vielleicht wäre es besser, wenn ich mitkomme", sagte Süss. „Das ist meine Sache", brummte Keller, „zudem musst du hierbleiben. Schuhmacher wird ja in Bälde hier auftauchen. Du solltest ihn nicht alleine vernehmen. Nimm Samir oder einen diensthabenden Beamten mit zum Verhör. Schliesslich ist er nun auch verdächtig. Kein Alibi und ein Motiv. Der Mann ist unberechenbar." Ohne weiteren Kommentar verliess er das Kommissariat. „Fahr du doch mal schnell in die Gassenküche und nimm die Aussage des Sozialarbeiters zu Protokoll", sagte Kathy zu Samir und warf ihm den Schlüssel ihres Dienstwagens zu. „Mit deinem Wagen?", erkundigte sich dieser erstaunt. „Du hast doch einen Fahrausweis?" „Ja, seit einer Woche", sagte Samir und verliess grinsend das Büro. Kathy fragte sich, warum sie das bis zu diesem Zeitpunkt nicht gewusst hatte und ob der Entscheid, ihm unter diesen Umständen ihr privates Auto zu überlassen, wohl richtig gewesen sei. Sie schämte sich beinahe ein wenig, dass sie keine Ahnung gehabt hatte, dass ihr Praktikant erst vor einer Woche seine Fahrprüfung gemacht hatte und nahm sich fest vor, sich etwas mehr mit dem jungen Mann zu beschäftigen. Weil sie sich alleine wähnte, fläzte sie sich in ihren Sessel, die Beine auf den Tisch und schlürfte genüsslich ihren Kaffee, den sie dem Gerichtsmediziner zu verdanken hatte. Carsten, dachte sie und ihre Gedanken kehrten zurück zum vergangenen Abend und den Begegnungen in der Galerie. „Der Kerl kann mich mal", murmelte sie leise und schüttelte entschlossen ihre braunen Locken. Es dauerte nicht lange, bis sie vor der Türe laute Stimmen hörte. Nach kurzem Klopfen trat Werner Stettler ein. Durch das Öffnen der Türe wurden die Stimmen von draussen sehr laut und Kathy vernahm ein Schimpfen und Fluchen. „Ich bring dir diesen Schuhmacher", sagte Werner, „kein einfacher Mann. Wir mussten ihn in Handschellen legen. Die Katze bringt ein Kollege gerade zur Gerichtsmedizin. Was es nicht alles gibt." „Danke Werner, ich möchte dich bitten, beim Verhör dabei zu bleiben." „Keine Angst, Süss, ich werde dich beschützen", antwortete er mit einem Augenzwinkern und winkte seinen Kollegen mit Schuhmacher in den Raum. Der Polizist, ein junger Mann, salutierte kurz, was Kathy so gar nicht mochte. Sie gab ihm zur Begrüssung die Hand und bedankte sich bei ihm. Das Ganze wurde von Schuhmachers Schimpftiraden untermalt. „Was fällt Ihnen eigentlich ein, mich so vorzuführen, das ist Freiheitsberaubung, das wird ihnen noch leidtun." Kathy versuchte das Gebrüll zweimal zu unterbrechen. Doch erst, als Stettler Schuhmacher etwas unsanft in den Stuhl drückte und „Schnauze" schrie, hielt dieser inne. „Wenn Sie sich beruhigen, dann können wir Ihnen die Handschellen abnehmen", sagte Kathy. „Ich will mich erst gar nicht beruhigen", entgegnete der Angesprochene, „wo ist mein Spatz, den ich Ihnen geschenkt habe? Ich will ihn sofort zurück", schrie er und fegte trotz der Handschellen die Akten auf Kathys Schreibtisch auf den Boden. „Er hat Ihnen wohl nicht gereicht. Nun haben sie meine Minou gestohlen? Das ist Entwendung von fremdem Eigentum. Damit werden sie nicht durchkommen." Stettler stellte sich neben Schuhmacher, der sogleich eingeschüchtert schwieg. Kathy war froh, dass sie ihn gebeten hatte, dem Verhör beizuwohnen, denn alleine durch seine Grösse und seine Ausstrahlung gelang es ihm, sich Respekt zu verschaffen. „Minou ist die ausgestopfte

Katze von Simon Schuhmacher", erklärte Stettler ruhig, was Kathy schon vermutet hatte. „Sie ist nach Orlando meine beste Arbeit", sagte Schuhmacher etwas kleinlaut, blitzte die Kommissarin jedoch böse an. Kathy schauderte. Wer oder was war bloss Orlando. Vielleicht ein Hund? Oder welche Tiere hatten sie in seiner Wohnung übersehen? Sie räusperte sich: „Wer ist Orlando?", fragte sie. „Sie haben ihn gesehen. Orlando, mein Frosch. Ihr Chef hat sich sehr dafür interessiert. Wo ist er eigentlich? Ich möchte mit ihm reden." Kathy, die sich von dem Anfall ihres Gegenübers erholt hatte, sagte mit gefestigter Stimme, dass sie die Hauptkommissarin sei und er wohl mit ihr Vorlieb nehmen müsste. Schuhmacher lachte schrill auf: „Dann wundert mich ja gar nichts mehr." Süss liess sich jedoch nicht mehr verunsichern und fragte ihn, woher er seine Minou habe. Nach erneuten verbalen Verirrungen, die wiederum erst Stettler unterbinden konnte, gab Schuhmacher endlich zu, dass es sich um die Katze von Klaus Hartmann handelte. „Der Juniorchef hat mich immer wie den letzten Lakaien behandelt. Obwohl ich in all den Jahren durch meinen ungeheuren Arbeitseinsatz und meine Treue zur Firma vom einfachen Fahrer zum Direktor aufgestiegen bin, benutzte er mich auch immer wieder für seine privaten Dienste. So wollte er jeden Montag, dass ich ihm bestes Rindsfilet für seine

Minou besorgen sollte. Er prahlte immer mit seiner Katze, wie teuer sie gewesen war, und dass nur das Beste gut genug für sie war. Dann wurde ich eines Tages vollkommen unschuldig wegen Drogenschmuggels gekündigt. Lächerlich! Ich hatte damit nichts, aber auch gar nichts zu tun. Stellen sie sich vor, er hat mir meine Entlassungspapiere überreicht und gesagt, dass ich auf dem Nachhauseweg beim Metzger vorbeifahren und das vorbestellte Fleisch für seine Katze noch in seiner Villa abgeben sollte. Das war reinste Demütigung. Als ich die Villa verliess, kam mir das Tier entgegen. Ich habe es kurzerhand geschnappt und mit nach Hause genommen. Den Rest können sie sich ja wohl denken.“ „Sie werden sich dafür verantworten müssen. Das ist Diebstahl und Tötung eines Tieres. Ich muss das der Staatsanwaltschaft melden“, sagte Süss, „allerdings sind sie nicht nur deswegen hier. Ihr Alibi für den letzten Mittwoch ist geplatzt. Sie waren nicht in der Gassenküche.“ „Was wollen sie damit andeuten“, fragte Schuhmacher gefährlich und zog sich den Speichel durch die Zähne, so dass Kathy sich angeekelt abwandte. „Das heisst, dass sie verdächtig sind im Mordfall Hartmann. Sie haben ein Motiv und kein Alibi.“ Bevor Stettler reagieren konnte, sprang Schuhmacher auf und beugte sich über den Tisch zu Kathy. Sie spürte, wie das Adrenalin durch ihren Körper sauste. „Ich habe dieses Schwein nicht umgebracht, das habe ich schon einmal gesagt. Ich hätte es gerne getan, merk dir das, du Polizistenschlampe", schrie er und spuckte nach ihr. Kathy brachte nur noch ein kraftloses „Abführen" über ihre Lippen. Bevor Stettler reagieren konnte, schlug Schuhmacher mit seinem Kopf dreimal so heftig auf den Tisch, bis er an seiner Stirn eine grosse Platzwunde hatte. Der Polizist drückte ihn sofort auf den Boden und Kathy telefonierte nach einem Krankenwagen. Schuhmacher murmelte immer wieder: „Ich war das nicht, ich war ja krank an dem Tag." Er packte Kathy, die sich mit einem nassen Tuch über ihn beugte, um sein Gesicht von dem Blut etwas zu reinigen, an ihrer Bluse und sagte mit ermatteter Stimme: „Ich war krank, hören Sie, sie können Frau Zumstein fragen." Als kurze Zeit später die Sanitäter mit Schuhmacher und Stettler das Kommissariat verlassen hatten, ging Kathy zu den Toiletten, wusch ihre Hände und wischte angeekelt den Speichel weg, der sich mitten auf ihrem Tshirt plaziert hatte. Zurück in ihrem Büro nahm sie etwas kraftlos ihr Handy und wählte die Nummer von Carstens Büro. „Gerichtsmedizin Virginia Hofer, guten Morgen, was kann ich für Sie tun", vernahm sie die Stimme der Flöte. Das hatte Kathy an diesem Morgen gerade noch gefehlt. Sie sagte ihr kurz und knapp, dass sie Herrn Schneider zu sprechen wünsche. „Oh, Frau Kommissarin Süss, wie nett! Wir haben uns doch gestern in der Galerie getroffen. Sie erinnern sich?" Kathy brummte ein ja und fragte sich, warum sie sich nicht erinnern sollte. Frau Hofer fuhr jedoch gleich fort: „Ein herrlich bunter Vogel, dieser Künstler. Er hat so gar nichts gemein mit unserem Herrn Professor Schneider." Da Kathy nicht antwortete, folgte eine kurze Pause, die Frau Hofer wiederum beendete. „Wussten Sie, dass die beiden Brüder sind?" „Das ist mir bekannt", erwiderte Süss genervt, was ihr Gegenüber jedoch nicht zu bemerken schien, denn mit ihrer zuckersüssen Stimme fuhr sie gleich fort: „Ich durfte ja auch Ihren Partner kennenlernen. Wirklich sehr sympathisch, Ihr Herr Professor." Als Süss darauf nicht reagierte, sagte sie plötzlich in einem völlig anderen Ton: „Tut mir leid, Professor Schneider möchte heute morgen nicht gestört werden, aber ich kann ihm etwas ausrichten." „Nicht nötig", antwortete Süss, „in dem Fall versuche ich es auf seinem privaten Handy. Ich wünsche Ihnen noch einen schönen Tag!" Sie stellte sich das Gesicht der Flöte vor und unterbrach das Gespräch genussvoll. Dann wählte sie die Nummer von Carsten. „Wie schön deine Stimme zu hören. Was kann ich für dich tun, meine Süsse?", meldete er sich sogleich. „Erstens wäre ich wirklich sehr froh, wenn du mich in Zukunft mit meinem Vornamen ansprechen würdest. Und zweitens wollte ich dir sagen, dass du die Katze nicht weiter untersuchen musst. Schuhmacher hat gestanden, dass es sich um das Tier von Hartmann handelt." „Und was soll ich jetzt damit machen?" „Asservatenkammer. Ich schick dir einen Beamten, der die Katze abholt", entgegnete sie kurz. „Was ist denn mit dir los?", fragte er, „du klingst sehr gestresst." „Das Verhör mit Schuhmacher war sehr anstrengend. Er hat mich beschimpft, angeschrien, angespuckt und sich selbst verletzt." „Weisst du was, meine...", er stockte, fuhr aber gleich weiter, „meine liebe Kathy, in einer Stunde habe ich an der Uni eine Vorlesung. Wir könnten vorher noch einen Kaffee zusammen trinken. Ich kann in zehn Minuten bei euch sein." „Dann lass uns zum Türken bei uns ums Eck gehen. Aber bitte einen Kaffee ohne." „Was ist denn ein Kaffee ohne? Ohne Milch und ohne Zucker?", fragte er erstaunt. „Das ist eine Abmachung zwischen Keller und mir. Ausserhalb des Kommissariats trinken wir nur Kaffee ohne...ohne über die Arbeit zu sprechen." „Ok, in zehn Minuten Kaffee ohne mit Süss!" „Wie bitte?", fragte Kathy spitz. „Eben: KAFFEE OHNE MIT SÜSS. Sorry, aber das musste jetzt sein", sagte er und lachte.

Als Kathy eine Stunde später das Polizeigebäude betrat, war ihre gute Laune zurückgekehrt. Die Unterhaltung mit Carsten hatte ihr gut getan. Sie hatten die gemeinsame Leidenschaft für die Natur entdeckt. Carsten plante, aufs Land zu ziehen, am liebsten in einen alten Bauernhof. Er erzählte ihr, dass er seit dem Leichenfund im Allschwiler Wald beinahe täglich vor oder nach der Arbeit dort seine Runden drehe. Kathy gab ihm einige Tipps für weitere Ausflüge. Es fühlte sich alles sehr vertraut an und sie hatte das Gefühl einen neuen Freund gefunden zu haben. Sie kaufte für ihre Kollegen noch zwei Schokocroissants und verabschiedete sich herzlich von Carsten. Keller und Samir sassen bereits wieder vor ihren Schreibtischen, als sie das gemeinsame Büro betrat. „Wie ist es bei unserem Staatsanwalt gelaufen?", wollte Kathy sogleich wissen, obwohl sie ihrem Kollegen bereits ansah, dass er keine guten Neuigkeiten hatte. „Na wie wohl? Er bleibt bei seiner Meinung, dass Flügge Hartmann umgebracht hat. Er habe die Presse diesbezüglich ja bereits informiert und er werde sein Statement aufrechterhalten. Ich habe ihm gesagt, dass ich bei der Verhandlung für Flügge aussagen werde. Er wollte es mir ausreden und mich umstimmen, aber ich habe mich nicht darauf eingelassen." „Du bist und bleibst eben einer von den Guten," sagte Kathy und fügte hinzu, „ich habe euch Nervennahrung mitgebracht." „Du warst beim Türken?", fragte Keller und zog eine Augenbraue nach oben, „alleine?" Süss wollte erst gar nicht auf die Frage eingehen und berichtete ihren Kollegen von Schuhmachers Vernehmung. Keller sprang auf. „Na also", rief er, „damit haben wir doch einen weiteren Verdächtigen." „Was hast du vor?", fragte Süss, obwohl sie die Antwort bereits kannte. „Steiner informieren." „Warte! Ich werde erst meinen Bericht schreiben. Den werde ich Steiner schicken und dann kannst du zu ihm. Du solltest den Ablauf nach all den Jahren doch nun kennen." „Steiner kennt ihn auch nicht, oder seit wann informiert man die Presse, bevor man handfeste Beweise hat?", antwortete Keller stur und wollte den Raum verlassen. An der Türe stiess er beinahe mit Frau Zumstein zusammen. „Ich möchte eine Aussage machen", sagte sie in gehetztem Ton zu ihm, was ihn dazu veranlasste zurückzukehren. Die wilde Frisur, das gerötete Gesicht und die hektischen Bewegungen zeigten, dass die gute Frau es eilig zu haben schien. „Sie haben Herrn Schuhmacher heute verhaftet", begann sie sogleich und liess sich unaufgefordert auf dem Stuhl gegenüber Kathy nieder. „Guten Tag Frau Zumstein. Woher haben sie diese Information?", fragte Süss. „Er hat mich angerufen. Sie haben ihn vernommen und nun liegt er verletzt im Spital. Was glauben sie eigentlich, wer sie sind? Geht die Polizei so mit Menschen um? Sie haben ihn verdächtigt, Klaus von Hartmann umgebracht zu haben. Herr Schuhmacher ist ein äusserst liebenswerter, diskreter Mann. Ich werde ihm einen Anwalt besorgen und er wird sich über sie beschweren." Sie schneutzte sich ihre Nase und Kathy nutzte die so entstandene Pause, um die aufgebrachte Frau darüber aufzuklären, dass ihr Freund sich selbst verletzt hatte. „Er hatte ein Motiv und er hat uns ein falsches Alibi gegeben." „Sie haben ja keine Ahnung. Der gute Mann hat keine Arbeit mehr. Seine Tage sind strukturlos. Da kann man schon mal was durcheinanderbringen. Ich habe ihn am Mittwochmorgen letzte Woche gesehen, das kann ich bezeugen." „Wo und wann haben sie ihn gesehen?", wollte Keller wissen. Er stellte ihr ein Glas Wasser auf den Tisch. Sie lächelte ihn dankbar an und schien sich etwas zu beruhigen. „Er kommt jeden Sonntagabend zu mir. Ich koche dann immer etwas Gutes. Wissen Sie", sie sprach nun nur noch mit dem Kommissar, „ich mache jeweils eine grosse Portion, so dass er sich noch etwas nach Hause mitnehmen kann." „Das ist sehr nett von Ihnen", sagte Keller freundlich. „Letzte Woche war er krank und hat sich am Sonntag bei mir abgemeldet. Ich habe ihn am Dienstag angerufen und gefragt, ob es ihm denn besser gehe. Ich weiss, dass er immer mittwochs in der Gassenküche ist, dort frühstückt und dann mitarbeitet. Er hat sich immer noch krank gefühlt. Also bin ich an dem besagten Morgen vor meiner Arbeit bei ihm vorbei. Ich habe ihm frische Brötchen und etwas Wurst und Käse gebracht." „Wissen sie vielleicht, wann genau sie bei ihm waren?", fragte Keller. „Nun, das muss so zwischen halb acht und acht gewesen sein. Ich habe ihn vorher angerufen. Er hat vor dem Haus auf mich gewartet. Er ist ja so ein liebenswerter, netter Mann." Die Frage, ob sie schon einmal bei ihm in der Wohnung gewesen sei, verneinte sie, indem sie Kathy einen bösen Blick zuwarf. „Was geht sie das überhaupt an?", fragte sie. „Wissen sie, dass der nette Mann Tiere ausstopft? Dass er Hartmanns Katze entführt und getötet hat?" Frau Zumstein lachte hysterisch auf. „Sie sind ja verrückt. Wer hat ihnen denn diesen Blödsinn erzählt." Süss schaute Keller kurz an. Er verstand und bestätigte ihre Aussage, indem er Frau Zumstein von dem Besuch in Schuhmachers Wohnung erzählte und davon, dass der Angeklagte den Diebstahl der Katze selbst zugegeben habe. Die Angesprochene schüttelte verständnislos den Kopf und murmelte immer wieder: „Aber er ist doch ein so netter Mensch." Sie bekräftigte jedoch nochmals, dass sie Schuhmacher an dem besagten Mittwochmorgen gesehen hatte. Süss schickte sie mit Samir in einen Nebenraum, in dem er das Protokoll aufnehmen sollte. „Das war wohl nichts", begann Kathy, als die beiden ausser Hörweite waren, „damit ist Flügge wieder der einzige Verdächtige. Nur gut, dass du nicht nochmals bei Steiner warst." „Und trotzdem bin ich überzeugt, dass er unschuldig ist. Steiner kann es nicht schnell genug gehen. Er hat den Prozess bereits auf Ende Oktober terminiert. Aber ich werde, wie gesagt, zu Gunsten von Flügge aussagen." Es folgte eine kurze Pause, bevor Keller weitersprach. „Mit wem warst du eigentlich Kaffee trinken?" Auf den Namen Schneider hin zog er wortlos die linke Augenbraue nach oben. „Nun guck nicht so. Ich sage es zum letzten Mal. Carsten ist bloss ein Freund. Nicht mehr und nicht weniger."

November, 2020 eine Woche vor dem angekündigten Prozess gegen Flügge

Als Süss an diesem Morgen ins Büro kam, fand sie zwei Kaffee schlürfende Männer, die sich anscheinend bestens unterhielten. Was sie sich vor ein paar wenigen Wochen noch nicht hatte vorstellen können, war eingetroffen. Die beiden waren Kollegen geworden. Kellers Antrag für einen Praktikantenlohn war stattgegeben worden und Samir war dem Kommissar sehr dankbar. Der alte Brummbär war in den letzten Wochen aufgeblüht, woran Brigitte Meister nicht unschuldig war. Vor einigen Tagen war Kathy den beiden in der Innenstadt begegnet, als diese wie ein jungverliebtes Paar Hand in Hand durch die Freienstrasse schlenderten. Schnell hatte sie sich diskret umgedreht und die Auslage eines Lingeriegeschäftes studiert. Allerdings konnte sie es sich am nächsten Tag nicht verkneifen, Keller zu sagen, was für ein schönes und verliebtes Paar sie doch seien. „Find ich auch", war seine Antwort, „ich wusste übrigens nicht, dass du dich so verbissen für Unterwäsche interessierst." Süss musste lachen. Sie hätte sich ja denken können, dass der alten Spürnase nichts verborgen blieb, dass seine Augen und Ohren immer offen waren.

„Ich war gestern bei Christian Sieber. Wir haben noch lange über den bevorstehenden Prozess im Fall Hartmann gesprochen", sagte Keller an diesem kühlen Oktobermorgen zu Kathy, „er möchte, dass wir beide heute Nachmittag zu ihm kommen." Erstaunt schaute Süss ihren Kollegen an. Sie wusste zwar, dass er immer noch regelmässigen Kontakt zu dem alten Mann pflegte, sie selbst hatte ihn jedoch seit dem Kurzbesuch im Altersheim am Morgen nach dem Verbrechen an Klaus von Hartmann nicht mehr gesehen. Umso mehr überraschte es sie, dass Sieber mit ihr nun plötzlich in Kontakt treten wollte. „Nun schau mich nicht so deppert an", sagte Keller, „ich weiss auch nichts Weiteres, aber es schien ihm wichtig zu sein. Wir sollen um 16 Uhr dort sein." „Hat es denn etwas mit dem Hartmann-Prozess zu tun?", fragte Süss. „Kann ich mir nicht vorstellen", brummte ihr Kollege. Kathy wusste, dass der Kommissar nicht gut auf den Fall zu sprechen war. Obwohl Oberstaatsanwalt Steiner damals die Untersuchungen abgeschlossen hatte, konnte sich Keller mit den Ergebnissen nicht zufriedengeben. Er führte weitere Befragungen und Untersuchungen im geschäftlichen und privaten Umfeld des Mordopfers durch. Kathy hätte ihm das als seine direkte Vorgesetzte eigentlich untersagen müssen. Aus Respekt vor ihrem älteren Kollegen liess sie ihn jedoch gewähren. Leider führten all seine Bemühungen zu keinen weiteren Erkenntnissen.

Am frühen Nachmittag brachten zwei Streifenpolizisten einen jungen Mann, den sie in der

Innenstadt bei einem Taschendiebstahl erwischt hatten. Der Delinquent war eindeutig auf Entzug und auch sehr schnell geständig, sodass sich die beiden Kommissare kurz vor 16 Uhr auf den Weg ins Altersheim machen konnten. Die Leiterin war anscheinend über ihren Besuch informiert und verwies die Ankommenden in die Bibliothek. Der Raum war etwas kühl und schien erst kurz vor ihrem Eintreffen gelüftet worden zu sein. In der Mitte war ein Tisch, an dem vier Stühle standen. Süss blieb vor dem riesigen, überfüllten Bücherregal stehen und wollte gerade zu Keller etwas sagen, als sich die Türe öffnete und Grete mit Paul von Hartmann den Raum betraten. „Was macht ihr denn hier“, rief Grete erstaunt, ging aber sogleich zu Kathy und umarmte sie herzlich. „Wenn wir das wüssten. Ihr Schwiegervater hat uns eingeladen“, sagte Keller, indem er sich Grete gleich vorstellte. „Nun wir zwei hatten ja schon mal das Vergnügen“, bemerkte er zu Hartmann, indem er ihm jovial auf die Schulter klopfte. Süss begrüsste Paul herzlich. Sie standen eine kurze Weile alle etwas unbeholfen beieinander. „Vielleicht sollten wir uns mal setzen“, sagte Kathy in die Stille. Durch das allgemeine Stühlerücken wäre fast unbemerkt geblieben, wie sich die Türe erneut öffnete und Christian Sieber in einem Rollstuhl von einer Pflegefachfrau hereingefahren wurde. Die vier Anwesenden standen schnell wieder auf und begrüssten den alten Mann. Er schien Kathy in den letzten Wochen sehr gealtert zu sein. Seine Haut war pergamentdünn, das Gesicht blass und faltig, einzig die Augen blitzten wach. Er begrüsste zuerst Keller mit „mein guter Freund", danach seine Schwiegertochter mit einem Kuss auf die Wange. Süss streckte er lächelnd die Hand entgegen. Hartmann nickte er bloss zu mit den Worten: „Sie sind also der neue Partner meiner Schwiegertochter." Kathy bemerkte dabei einen strengen Unterton, was sie etwas verwunderte. Es konnte doch nicht sein, dass er Grete die neue Beziehung nicht gönnte, dachte sie. Immerhin war sein Sohn doch schon vor über zehn Jahren ums Leben gekommen. „Setzt euch doch alle bitte wieder", sagte Sieber. Keller rückte erst den Rollstuhl an den Tisch. Sieber nahm aus einer alten, ledernen Mappe ein vergilbtes Papier und legte es auf den Tisch. Es war eine Liste von Namen, die mit alter kaum mehr lesbarer Schrift geschrieben waren und dahinter standen Nummern. Ein Name und die dazugehörige Nummer waren wahrscheinlich vor Jahren mit einem roten Stift unterstrichen worden. Kathy, die neben Sieber sass, stockte der Atem 132285. Das war doch die Zahl, die damals auf dem Zettel geschrieben stand, den man neben dem toten von Hartmann gefunden hatte. Entsetzt hob sie den Blick und schaute zu Keller. Sie bemerkte jedoch, dass er die Liste nicht wahrgenommen hatte. „Wer ist

Rebecca Stern?", fragte sie Christian Sieber tonlos, nachdem sie den dazugehörenden Namen entziffert hatte. Sieber schaute sie lächelnd an. „Haben Sie etwas Geduld, Frau Kommissarin. Ich werde Ihnen die Geschichte erzählen. Sie begann vor langer Zeit."

Mai 1941

Nach dem zwölften Schlag der Liebfrauenkirche in Frankfurt am Main nahm Rebecca Stern die Kartoffeln vom Herd. Schnell eilte sie in die gute Stube und kroch lächelnd unter den Tisch. Ihr Sohn Elias würde in Kürze aus dem Kindergarten kommen. Es war ihr alltägliches Spiel, dass er seine Mutter suchen musste, wenn er nach Hause kam. Als es kurz nach 12 Uhr an der Haustüre klingelte, war Frau Stern etwas verwundert. Sollte etwas passiert sein? Leicht beunruhigt kroch sie aus dem Versteck und öffnete die Haustüre. Vor ihr standen Elias zusammen mit Fräulein Braun, seiner Kindergartenlehrerin. „Guten Tag, Frau Stern, bitte entschuldigen Sie die Störung, könnte ich vielleicht kurz mit Ihnen sprechen?" Sie machte ein Handzeichen, woraus Rebecca Stern schloss, dass das Gespräch unter vier Augen stattfinden sollte. „Aber natürlich, bitte kommen Sie doch herein. Und du Elias gehst schon mal auf dein Zimmer." Der Junge wollte etwas erwidern, sah aber sogleich, dass seine Mutter es ernst meinte und stieg mit enttäuschter Miene die Treppe hoch. Die beiden Frauen gingen in die Küche. „Was gibt es denn?", fragte Rebecca, nachdem sie Fräulein Braun einen Tee angeboten hatte, was diese jedoch ablehnte, „ich hoffe doch, Elias hat nichts angestellt." „Nein, Ihr Junge ist wirklich ein äusserst folgsames und pflegeleichtes Kind. Was ich Ihnen nun sagen muss, fällt mir sehr schwer." Es schien ihr grosse Mühe zu bereiten, weiterzusprechen. „Elias darf nicht mehr in unseren Kindergarten. Wie Sie vielleicht schon gehört haben, sind die öffentlichen Schulen ab sofort für jüdische Kinder verboten." Rebecca Stern schaute ihr Gegenüber entsetzt an. Fräulein Braun nahm ihre Hand und sagte: „Es tut mir so leid. Bitte glauben Sie mir. Eigentlich sollte ich Ihnen einfach nur dieses Schreiben zuschicken, aber ich wollte Sie persönlich informieren." Damit zog sie ein Papier mit dem Reichsstempel aus der Tasche. Wie in Trance nahm Rebecca den Brief entgegen. Tränen traten ihr in die Augen. „Das alles ist so ungerecht. Wir sind doch deutsche Staatsbürger. Wir sind nicht einmal praktizierende Juden", sagte sie leise. Eine ganze Weile sassen die beiden Frauen schweigend nebeneinander, bevor sich die Kindergärtnerin von Rebecca verabschiedete. „Ich hoffe, dieser Irrsinn hat bald ein Ende", flüsterte sie kaum hörbar. „Weshalb können Sie das nicht laut sagen? Weshalb könnt ihr das alle nicht in die ganze Welt hinausschreien?" Die Kindergartenlehrerin zuckte mit den Schultern und erwiderte in gestrengem Ton: „Ich hätte nicht persönlich vorbeikommen müssen. Ich habe es nur gut gemeint." Kopfschüttelnd verliess sie das Haus. Als die Türe ins Schloss fiel, hörte Rebecca, wie ihr Sohn die Treppe herunterkam. Schnell wischte sie sich die Tränen ab. Elias stürmte in die Küche und landete auf dem Schoss seiner Mutter. Er schlang seine Arme um ihren Hals. „Wo ist denn Fräulein Braun geblieben?", fragte er und ohne die Antwort abzuwarten fuhr er fort, „schau mal Mama, was ich dir mitgebracht habe." Er hielt ihr einen buntbemalten Stein vors Gesicht. Seine Mutter gab sich alle erdenkliche Mühe, freudig überrascht zu klingen. „Ach, der ist aber schön", rief sie und drückte ihren Jungen fest an sich, „weisst du was, den legen wir jetzt zu Fräulein Weiss." „Au ja." Mit einem Satz sprang Elias auf, lief in die gute Stube und blieb vor einem Bild stehen. Darauf war ein Mädchen in einem weissen Kleid zu sehen. Elias wusste, dass es das Lieblingsbild seiner Mutter war. Sie hatten es sich schon so oft zusammen angeschaut und Elias hatte ihm den Namen Fräulein Weiss gegeben. Seine Eltern hatten es zur Hochzeit von seinem Opa bekommen, der in Berlin ein Restaurant hatte. „Der Maler hat es mir selbst geschenkt", hatte ihm sein Grossvater einmal voller Stolz erzählt, „er kam hoch aus dem Norden, aber immer, wenn er in Berlin war, besuchte er mich mit seinen Freunden in meiner Kneipe. Er hat auch für unser Theater gearbeitet und hatte viele grosse Ausstellungen in ganz Europa. Er ist ein grosser Künstler. Allerdings habe ich ihn nun schon seit einigen Jahren nicht mehr gesehen. Er ist wohl in seine Heimat zurückgekehrt." Bei seinem Besuch vor einem Jahr hatte sein Grossvater auch Elias ein Bild

von demselben Maler mitgebracht. Auf dem Gemälde
war ein bunter Garten zu sehen, in dem ein blühender
Apfelbaum stand. „Das Bild soll dir Glück bringen
und dich immer an mich erinnern. Pass also gut
darauf auf", hatte er mit belegter Stimme gesagt. Elias
gefiel das Bild noch besser als das Mädchen im
weissen Kleid, das auf einer Brücke stand und ihn
irgendwie immer etwas traurig stimmte. Man konnte
ihr Gesicht nicht erkennen, aber sie hatte schöne
lange Haare, fast so, wie seine Kindergartenlehrerin
Fräulein Braun. Deshalb und wegen dem strahlend
weissen Kleid nannte er sie Fräulein Weiss. Unter
dem Bild stand ein kleines Kästchen. Seine Mutter
legte nun den Stein darauf. Dass sein bunter Stein
diesen Ehrenplatz erhielt, erfüllte Elias mit Stolz.
Glücklich schaute er seine Mutter an und sah Tränen
in ihren Augen. Entsetzt fragte er: „Warum weinst du
jetzt, Mama?" „Weil der Stein so schön ist und weil
er so gut zu Fräulein Weiss passt", entgegnete sie,
indem sie das Schluchzen zu unterdrücken versuchte.
„Da brauchst du doch nicht zu weinen. Ich bemale dir
morgen im Kindergarten nochmals einen Stein",
sagte Elias strahlend. Rebecca Stern richtete sich auf,
atmete tief durch, schnäuzte sich ihre Nase und sagte
nun mit fester Stimme zu ihrem Sohn: „Weisst du
was, das machen wir morgen gemeinsam. Wir gehen
zusammen an den Main, suchen die allerschönsten
Steine und malen sie an." „Aber ich muss doch

morgen in den Kindergarten", antwortete ihr Sohn. „Musst du nicht, musst du nie mehr. Wir machen nun alles zusammen, wir zwei." Erneut kamen ihr die Tränen. „Warum weinst du denn schon wieder, Mama?", fragte Elias erschrocken. Rebecca drückte ihn fest an sich. „Weil ich mich so freue, dass du jetzt immer bei mir bist", antwortete sie.

Es sollten noch viele Steine werden, die sie zusammen anmalten. Oft machten sie auch ausgedehnte Spaziergänge. Seine Mutter erzählte ihm dabei die spannendsten Geschichten von guten Waldfeen, lustigen Kobolden und fleissigen Zwergen. Sie gingen oft in den Wald und machten ein kleines Feuer, über dem sie mitgebrachtes Brot und manchmal sogar ein kleines Stück Wurst brieten. Sein Vater konnte nicht oft dabei sein, da er immer mehr arbeiten musste. Er kam oft spät abends vollkommen müde nach Hause. Dann hörte Elias, wie sich seine Eltern in der Küche noch leise unterhielten. Als die Tage im September 1941 langsam kürzer und kühler wurden, nähten seine Eltern gelbe Sterne auf ihre Kleidung. „Das sieht aber schön aus", sagte Elias, „ich will auch einen." „Das geht nicht", bekam er zur Antwort. „Aber ich will, das ist ungerecht, du hast doch ganz viele." Völlig unerwartet schrie ihn seine Mutter an: „Das kommt überhaupt nicht in Frage!" „Aber ich heisse doch auch Stern. Du bist so gemein", schrie er unter Tränen und stürzte aus der Küche. Als seine Mutter eine halbe Stunde später in sein Zimmer kam, sagte er trotzig: „Ich will wieder in den Kindergarten." Er schaute sie an und sah, dass auch sie geweint hatte. Er erwartete, dass sie ihn in ihre Arme nehmen würde, was sie jeweils tat, wenn sie sich mal gestritten hatten. Sie setzte sich jedoch mit ernstem Gesicht auf einen Stuhl. „Dieser Stern hat nichts mit unserem Namen zu tun", begann sie zögerlich, „Du kannst, nein, du musst ihn noch nicht tragen." Elias regte sich nicht. Er sass immer noch trotzig auf seinem Kinderbett, den Blick stur auf den Boden gerichtet. „Den Stern", fuhr seine Mutter fort, „müssen alle Juden, die älter als sechs Jahre alt sind, auf ihre Kleidung nähen, damit man sie in der Öffentlichkeit erkennen kann." Es folgte eine kurze Pause. Elias hob langsam seinen Kopf und schaute seine Mutter an. „Was ist eigentlich ein Jude?", fragte er. Wie sollte Rebecca Stern das ihrem Jungen nur erklären. Sie, die ihren Glauben nicht wirklich pflegte. „Kannst du dich erinnern, dass dein Opa, dein Berliner Opa, als er das letzte Mal hier war, dir Bilder und ein Buch über eine Synagoge mitgebracht hat?" Der Junge runzelte die Stirne, was ein Zeichen dafür war, dass er scharf nachdachte. Rebecca ging in das elterliche Schlafzimmer. Ganz unten in ihrem Kleiderschrank fand sie das Buch ihres Schwiegervaters. Schon lange hatte sie sich vorgenommen es zu vernichten, aus Angst, dass die

Nazis es bei einer Razia irgendwann entdecken könnten. Aus Respekt gegenüber ihren Vorfahren hatte sie es bisher nicht übers Herz gebracht. Mit dem Buch unter dem Arm eilte sie zurück zu Elias und zusammen schauten sie sich die Bilder an. Elias stellte hin und wieder eine Frage und Rebecca bemühte sich, sie so gut wie möglich zu beantworten. „Was haben denn die Leute gegen die Juden?“, fragte er seine Mutter, nachdem sie das Buch zugeschlagen hatte. „Das weiss ich auch nicht, aber weil wir Juden sind, darfst du auch nicht mehr in den Kindergarten. Die Nazis haben Papa schon vor fünf Monaten die Praxis weggenommen. Ihm wurde ein kleiner Raum zugeteilt, in dem er nur noch Juden behandeln darf. Deshalb kommt er oft so spät nach Hause, denn immer mehr werden krank vor Kummer, weil sie keine richtige Wohnung mehr haben und nicht mehr genug zu essen bekommen. Dein Vater hat kaum Medikamente und seine Patienten haben kein Geld mehr, um ihn zu bezahlen. Es ist alles…“ Was erst aus seiner Mutter heraussprudelte, endete in einem Weinkrampf und hinderte Rebecca Stern am Weitersprechen. Elias ging zu ihr und legte tröstend die Arme um sie. Da wurde es seiner Mutter bewusst, was sie ihrem Sohn gerade zugemutet hatte. Sie drückte ihn fest an sich. „Tut mir leid, mein Junge, ich hätte dir das nicht alles erzählen dürfen.“ „Ach was, Mama“, entgegnete dieser selbstbewusst, „ich bin doch schon soo gross. Du musst dir keine Sorgen machen, wenn Papa kein Geld mehr verdient. Ich habe genug für uns drei." Damit holte er seine kleine Sparbüchse unter dem Bett hervor und legte sie seiner Mutter auf den Schoss. Noch einmal traten Rebecca die Tränen in die Augen. Dann stand sie entschlossen auf und sagte mit fester Stimme: „Du bist wunderbar. Weisst du, ich glaube, diese Leute haben nur Angst vor uns Juden, weil wir so klug, so tapfer und so lustig sind. Solange wir drei zusammenhalten, kann uns gar nichts passieren. Und nun lass uns in die Küche gehen. Eine Patientin hat deinem Papa gestern zwei Eier gebracht. Das gibt wunderbare Pfannkuchen."

Frühling 1942

Elias erwachte von den Sonnenstrahlen, die durch sein Fenster drangen. In diesem Moment erinnerte er sich, wie ihn seine Mutter früher immer mit den Worten „guten Morgen, liebe Sonne, wach auf, mein kleiner Stern" geweckt hatte. Schnell stand er auf. Im Haus war es still. Kein Laut war zu hören, kein Geschirrklappern aus der Küche. In den letzten Monaten blieb seine Mutter oft den ganzen Vormittag im Bett liegen. Er schlich sich in das elterliche Schlafzimmer. Die Bettseite seines Vaters war bereits leer. Er betrachtete seine Mutter. Sie war blass und kam ihm plötzlich so klein vor. Mit einem Satz landete er auf dem Bett. Rebecca Stern zuckte zusammen und fuhr ihn an: „Was fällt dir ein, mich so zu erschrecken." Elias liess sich jedoch nicht beirren und mit den Worten: „Nun lach doch mal wieder, Mama", fing er an, sie zu kitzeln. Und tatsächlich, zehn Minuten später liefen beide lachend in die Küche. „Was darf ich dem jungen Mann denn zum Frühstück servieren?", fragte Rebecca ihren Sohn mit einer Verbeugung. „Eine ganze Schüssel mit Schokoladenpudding, Schinken, Eier und etwas Speck." „Kommt sofort, mein Herr", antwortete seine Mutter und legte ihm ein trockenes Stück Brot auf seinen Teller. Plötzlich juckte sie auf und sagte mit erhabener Stimme: „Nun raten Sie mal, junger Mann, was ihr Herr Vater gestern nach Hause gebracht hat."

Sie öffnete den Küchenschrank und entnahm ihm ein Glas. „Feinste Erdbeermarmelade. Eigentlich ist sie für sonntags gedacht, aber wer weiss schon, was morgen ist." Da seine Patienten Emmanuel Stern kaum mehr bezahlen konnten, brachten sie ihm hin und wieder Naturalien mit. Mal war es etwas Mehl, mal ein Ei, eine kleine Tüte Zucker, oder ein paar Früchte aus dem Garten, ein Apfel, zwei Birnen, mal war es aber auch ein Buch. Sein Vater hatte noch eine Handvoll nicht jüdische Patienten, die er alle schon seit Jahren betreute. Sie brachten auch manchmal ein Stück Schokolade, Butter, oder etwas Wurst mit und nun eben auch Erdbeermarmelade. „Du musst aber auch davon nehmen." Seine Mutter zögerte. „Ich befehle es dir", sagte Elias in gestrengem Ton. Nachdem sie beide genüsslich ihr Erdbeerbrot verzehrt hatten und die letzte Süsse der Marmelade von den Lippen leckten, fragte Rebecca ihren Sohn, was er denn machen wolle. „Die Sonne scheint so schön. Es ist auch schon ganz warm. Ich würde gerne einen Spaziergang machen", antwortete er etwas kleinlaut. „Ich habe eine viel bessere Idee. Wir werden für Papa ein Bild malen mit vielen Blumen, ein Frühlingsbild, das er mit in seine Praxis nehmen kann. Das wird dann nicht nur ihn, sondern auch seine Patienten erfreuen. Was meinst du?" Elias willigte ein. Er wäre zwar lieber nach draussen gegangen. Er vermisste die selten gewordenen Ausflüge mit seiner

Mutter. Aber seitdem sie den Stern tragen musste, ging sie nicht mehr gerne aus dem Haus. Sie hatten beide schon erlebt, dass jemand vor ihnen ausspuckte. „Schau einfach nicht hin und geh weiter", hatte ihm seine Mutter damals zugeflüstert. Drei Uniformierte drängten sie sogar einmal von dem Gehsteig mit den Worten „In die Gosse mit dem Judenpack". Auch wurden ihnen immer öfter Schimpfwörter hinterhergerufen. „Beachtet es nicht. Es werden wieder andere Zeiten kommen", versuchte Elias Vater sie immer wieder zu beruhigen.

Sie kamen schon bald, die anderen Zeiten, aber sie kamen noch schlimmer. Eines Nachts erwachte Elias. Er hörte, wie seine Mutter bitterlich weinte. Der Junge erschrak, denn es war nicht das leise Weinen, das er mittlerweile von seiner Mutter gewohnt war, es hörte sich an, als ob ein verletztes Tier schreien würde. Schnell rannte er in die Küche. Sein Vater hielt die Mutter in den Armen und redete beschwichtigend auf sie ein. „Was ist passiert", rief er angstvoll. Seine Eltern fuhren auseinander. „Sag du es ihm", sagte Rebecca zu ihrem Mann unter Tränen, bevor sie die Küche verliess, „ich kann das nicht." Emmanuel Stern setzte sich auf den Küchenstuhl und forderte Elias auf, sich auf seinen Schoss zu setzen. Elias betrachtete seinen Vater. Sein Haar war grau geworden und sein Hemd schien Elias viel zu gross zu sein. Er hatte seinen Papa schon lange nicht mehr so genau angeschaut und flüsterte nun angstvoll: „Was ist denn los?" „Nun, mein Junge", Emmanuel Stern seufzte, „wir müssen unser Haus verlassen. Wir dürfen hier nicht mehr wohnen bleiben." Elias konnte es nicht fassen. „Was?", fragte er, „aber warum?" „Weil es Herr Hitler so will", sagte sein Vater nun auch um Fassung bemüht. „Ist das der gleiche Mann, der auch gesagt hat, dass ich nicht mehr in den Kindergarten gehen kann?" „Ja, er und seine Leute." „Aber warum darf der so etwas bestimmen und wo sollen wir denn hin?" Emmanuel Stern atmete tief durch, bevor er weitersprach. „Also", sagte er dann mit behutsamer Stimme und lächelte sogar ein wenig, „eigentlich haben wir ja Glück. Du kennst doch die alte Frau Baumann aus der Langstrasse." Ja, die kannte Elias. Sie wohnte zwei Strassen weiter. Wenn er ihr begegnete, steckte sie ihm meistens etwas zu: ein kleines Stück Schokolade, ein Bonbon, ein Stück Zucker. Als er sie einmal auf einem der seltenen Spaziergänge mit seiner Mutter angetroffen hatte, bat sie die beiden zu sich nach Hause. Es duftete herrlich in ihrer Küche. Sie machte seiner Mutter einen Kaffee und er bekam ein grosses Stück Kuchen. Sie war schon seit Jahren eine Patientin seines Vaters. „Er hat mir einmal das Leben gerettet", hatte sie ihm schon einige Male erzählt, „das werde ich nie vergessen. Er ist ein guter Mann, dein Vater, und er ist ein guter Arzt. Ich werde auch weiterhin zu ihm gehen, obwohl ich keine Jüdin bin, da können die Nazis sagen, was sie wollen." Einmal hatte sie sogar leise hinzugefügt: „Die Nazis, dieses Pack." „Frau Baumann", fuhr sein Vater fort, „hat uns ein Mansardenzimmer in ihrem Haus angeboten. Es ist zwar klein, aber wir müssen nichts bezahlen. Und das Beste ist, du darfst bei uns mit im Bett schlafen." Elias schaute seinen Vater ungläubig an. Wie oft hatten seine Eltern gesagt, dass er lernen müsse, alleine zu schlafen, wenn er sich in ihr Bett kuscheln wollte. „Na, was sagst du dazu?" Elias zögerte. Dann murmelte er: „Aber was ist mit unserem Garten? Mit meiner Schaukel? Kann ich die mitnehmen?" Eine tiefe Falte zeigte sich auf der Stirne seines Vaters. „Das geht nicht, das verstehst du doch, aber eines Tages werden wir bestimmt wieder zurückkommen. Das Wichtigste ist doch, dass wir zusammenbleiben können und ein Dach über dem Kopf haben." Elias nickte stumm. „Und was ist mit Wuschel?", fragte er nach einer Weile. „Deinen Kuschelhasen darfst du natürlich mitnehmen", antwortete sein Vater, der seine Tränen plötzlich nicht mehr zurückhalten konnte. Er nahm seinen Sohn fest in die Arme. „Ich werde in nächster Zeit viel arbeiten müssen. Versprich mir, dass du auf deine Mutter aufpassen wirst." „Aber klar doch, Papa, du kannst dich auf mich verlassen", antwortete Elias, der plötzlich einen dicken Kloss in seinem Hals verspürte.

Der Umzug fand drei Tage später statt. Elias durfte zwei Paar Hosen, zwei Hemden einen Pullover, eine warme Jacke, ein Buch, einige Buntstifte und natürlich Wuschel einpacken. Als er das schöne Bild, das er von seinem Grossvater geschenkt bekommen hatte, von der Wand nehmen wollte, sagte sein Vater: „Wir müssen es hierlassen unser Zimmer ist zu klein und wenn die Nazis es bei uns entdecken würden, bekämen wir grossen Ärger." „Aber das Bild mit Fräulein Weiss dürfen wir doch mitnehmen?", fragte er seine Mutter. Traurig und stumm schüttelte sie den Kopf. Elias konnte das alles nicht verstehen. Schnell kletterte er auf einen Stuhl und nahm das Bild von der Wand. „Ich will es aber mitnehmen", schrie er, „es ist unser Fräulein Weiss. Wir haben es von Opa geschenkt bekommen und ich habe ihm versprochen, darauf aufzupassen." Seine Mutter hob ihn sanft auf den Arm. „Du musst jetzt vernünftig sein, mein kleiner Stern. Eines Tages wirst du Fräulein Weiss wieder zurückbekommen, das verspreche ich dir." Sie küsste ihn innig auf die Stirne. Sein Vater nahm ihm das Bild ab und hängte es wieder an die Wand. Elias liess es schluchzend geschehen.

Frau Baumann empfing sie alle sehr herzlich. Es gab Kaffee mit einem kleinen Likörchen, wie sie sagte, für die Erwachsenen und ein Stück Kuchen für Elias. In dem Haus gab es zwei Wohnungen. In der oberen war die alte Frau zuhause und darunter ihr Sohn mit seiner Familie. „Wir sind so dankbar", begann Emmanuel Stern, „dass Sie uns hier aufnehmen. Wir hätten nicht gewusst, wo wir sonst hingehen können. Ich hoffe, es macht keine Umstände und ihre Familie ist damit einverstanden." „Nun", antwortete die alte Frau, „das ist immer noch mein Haus und ich bestimme darüber, wer hier wohnt." Elias Eltern schauten sich vielsagend an. Sie schienen zu ahnen, dass die Familie mit ihrer Anwesenheit nicht einverstanden war. „Aber keine Angst", fuhr Frau Baumann weiter, „mein Sohn und seine Frau arbeiten tagsüber. Die beiden werdet ihr kaum zu Gesicht bekommen. Meine Enkelin Sabine geht in die erste Klasse und sie freut sich schon, dass sie nach der Schule hin und wieder mit Elias spielen kann." Sie wandte sich an den Jungen: „Du kannst übrigens Oma Lisel zu mir sagen." Mit einem Ächzen erhob sie sich mühsam von ihrem Stuhl. „So, und nun zeige ich euch mal eure Dachstube."

Dass das Zimmer sehr klein war, schien Elias erst gar nicht zu stören. Er genoss es, wenn er sich nachts zwischen seine Eltern kuscheln konnte und ihre Wärme spürte. Tagsüber war er oft bei Oma Lisel. Er durfte mit ihr kochen und konnte ihr gut bei den Hausarbeiten zur Hand gehen. Dafür bekam er manchmal eine Portion vom Essen, die er dann abends mit seinen Eltern an dem kleinen Tisch, den Oma Lisel ihnen in die Kammer gestellt hatte, teilte.

Wenn Sabine nach der Schule nach Hause kam, durfte er mit ihr Schularbeiten machen und es dauerte gar nicht lange, bis Elias auch lesen und schreiben konnte.

Rebecca Stern wurde immer blasser. Sie ass kaum noch, obwohl ihr Mann sie jeweils dazu aufforderte. Oft blieb sie den ganzen Tag im Bett und schaute starr durch das kleine milchige Fenster in den Himmel. Emmanuel Stern arbeitete oft bis tief in die Nacht. Dann brachte er manchmal ein Ei, ein Stück Brot, oder einen Apfel mit nach Hause. „Es geht uns doch gar nicht so schlecht", versuchte er seine Frau jeweils aufzumuntern, „wir haben ein Dach über dem Kopf und eigentlich auch genug zu essen. Ich habe Patienten, die sich von schimmligem Brot ernähren müssen, die tagelang nichts zu essen haben, die zusehen müssen, wie ihre Kinder und ihre alten Familienmitglieder immer schwächer und kränker werden."

Eine Krankenschwester, die selbst nicht jüdisch war und die Emmanuel Stern aus der Zeit kannte, als er noch im Spital arbeiten durfte, half ihm manchmal abends in der Praxis. Auch sie brachte ihm hin und wieder Nahrungsmittel mit. Seine Frau, Rebecca, sah es allerdings nicht gern. „Wer weiss, was die von dir will", sagte sie einmal etwas argwöhnisch. Emmanuel Stern nahm seine Frau zärtlich in den Arm und strich ihr über die Haare. „Hanna meint es nur gut. Sie ist mir wirklich eine grosse Hilfe. Manchmal kann sie mir sogar Medikamente und Verbandsmaterial aus der Klinik bringen. Sie ist für meine Patienten ein grosser Segen. Aber mein Herz gehört alleine dir, ihr seid meine Familie, meine Heimat."

Eines Morgens, als Elias erwachte, schien die Sonne durch das kleine Fenster und wärmte sein Gesicht. „Es ist schon angenehm warm draussen. Ihr seid so blass. Du solltest mit dem Jungen wieder mal an die frische Luft und einen Spaziergang machen", sagte Emmanuel Stern zu seiner Frau. Zaghaft willigte sie ein. Rebecca jedoch war die Angst und Unsicherheit anzusehen, sobald sie aus dem Haus ging. „Na schön", sagte sie zu ihrem Sohn, nachdem ihr Mann die Kammer verlassen hatte, „lass es uns versuchen." Sie konnten tatsächlich unbehelligt bis zum Stadtrand gehen und nach einer halben Stunde erreichten sie die ersten Felder. Die wärmende Frühlingssonne liess bereits die ersten Büsche erblühen und die zarten Blätter an den Bäumen strahlten in einem hellen Grün. Unter einem grossen, alten Nussbaum hielt Rebecca plötzlich inne. Sie legte sich mit ausgestreckten Armen darunter ins frische Gras und Elias tat es ihr gleich. Gemeinsam schauten sie in die Baumkrone „Wie schön er ist", flüsterte Rebecca, „er steht schon so lange hier und wird uns alle überleben. Er weiss nichts von Ungerechtigkeit, von Demütigung und menschlichen Leiden. Er steht einfach da, kennt keine Grenzen, keine Rassen, keine Religionen. Er freut sich an der Sonne, dem Wind und dem Regen. Am liebsten würde ich für immer hier liegen bleiben." Elias schaute seine Mutter etwas betroffen an. Er war sich nicht ganz sicher, ob sie das ernst meinte. Man konnte im Winter doch nicht unter einem Baum liegen bleiben. Als er sah, wie seine Mutter zum ersten Mal seit Tagen wieder lächelte, stand er auf und rief: „Komm, Mama, wer zuerst beim Waldrand ist." Natürlich liess Rebecca Stern ihren Sohn gewinnen. „Und nun lass uns in den Wald gehen", schlug Elias etwas atemlos vor. Sie kannten von früheren Ausflügen einen kleinen Weg, der etwa 100 Meter weiter südlich in den Wald führte. Hand in Hand gingen sie singend darauf zu. Elias überkam ein Glücksgefühl, wie er es schon lange nicht mehr hatte. Ein Schild vor dem Waldweg liess Rebecca abrupt stehenbleiben. „Den Juden ist der Zutritt zum deutschen Wald strikte verboten!" Elias versuchte etwas holprig das Geschriebene zu lesen. „Lass uns nach Hause gehen", unterbrach ihn seine Mutter sofort, packte ihn am Arm und zog ihn weg. „Ich will aber in den Wald", schrie er wütend, „du hast es mir versprochen." Ohne zu antworten, zog Rebecca ihn mit sich. Elias riss sich los und wollte wegrennen. Seine Mutter bekam ihn gerade noch zu fassen und gab ihm eine Ohrfeige. „Ich habe gesagt, wir gehen nach Hause", schrie sie schrill. Elias war wie gelähmt. Noch nie hatte seine Mutter ihn geschlagen. Er war wütend, enttäuscht und ratlos. Was war bloss mit ihr los. Ohne weitere Worte machten sie sich auf den Heimweg. Als sie in ihre Strasse einbogen, kam ihnen Friedrich in Begleitung eines älteren Jungen entgegen. Beide trugen die Uniform der Hitlerjugend. Friedrich war der Bruder seiner früheren Kindergartenfreundin Marie und zwei Jahre älter als Elias. Als er einmal in der Nacht aufwachte, hörte er, wie sein Vater seiner Frau leise davon erzählte, dass Marie und Friedrich mit ihren Eltern nun in ihrem alten Haus wohnten. Die beiden Jungen flüsterten sich etwas zu und lachten hämisch. Als sie näherkamen, spürte Elias, wie er vor lauter Wut errötete. Er musste daran denken, dass dieser Kerl nun wahrscheinlich in seinem alten Zimmer wohnte. Der ältere Junge stellte sich ihnen in den Weg und sagte zu Friedrich: „Schau dir die beiden genau an. Was siehst du?“ Friedrich zuckte mit den Schultern. „Du siehst eine Judenschlampe und ihre Missgeburt. Und was macht man mit einer Judenschlampe?“, fragte der ältere Junge und stupste Friedrich auffordernd an. Dieser grinste hämisch und spuckte Rebecca Stern ins Gesicht. Elias riss sich von seiner Mutter los, stürzte sich auf den Jungen und schlug ihm seine Faust ins Gesicht. Friedrich, der vollkommen perplex stehengeblieben war, blutete aus der Nase. Rebecca Stern schrie auf, riss ihren Sohn, der schon erneut seine Fäuste zusammenballte zu sich und entschuldigte sich. Dann packte sie Elias am Arm und die beiden gingen schnellen Schrittes weiter. Friedrich, der zuerst angefangen hatte zu weinen, schrie ihnen hinterher: „Das werdet ihr bereuen, verdammtes Judenpack!“ Der Stein, den der andere Junge nach ihnen warf, traf Rebecca Stern am Rücken. Mit einem kurzen Aufschrei rannte sie die Strasse entlang und zog ihren Jungen hinter sich her. Als die beiden atemlos in ihrer kleinen Dachstube ankamen, fragte Rebecca ihren Sohn: „Was hast du bloss getan.“ Elias konnte nicht glauben, dass seine Mutter sich nun gegen ihn wandte. Erst ihre Ohrfeige beim Wald und nun das. Wie konnte sie sich das gefallen lassen, dass ein achtjähriger Junge sie beschimpfte und anspuckte. „Sie werden uns holen, sie werden uns alle holen“, rief seine Mutter immer wieder und riss sich selbst an den Haaren, so dass es Elias mit der Angst zu tun bekam. Er rannte hinunter zu Oma Lisel. „Meine Mama“, sagte er stotternd mit weinerlicher Stimme, „sie ist so seltsam. Ich habe Angst.“ Er erzählte ihr, was sie erlebt hatten. Die alte Frau Baumann versuchte den Jungen zu beruhigen, was ihr mit einem selbst gemachten Butterkeks und einem halben Glas Milch auch nach einigen Minuten nur halbwegs gelang. Dann sagte sie zu Elias: „Ich werde nun nach deiner Mutter sehen. Geh zu deinem Vater in die Praxis und sag ihm, dass es deiner Mama nicht gut geht. Dann kommst du wieder hierher und wartest hier unten bei mir auf Sabine, bis sie aus der Schule kommt. Ihr könnt dann zusammen noch lernen." Mit dem Daumen ihrer rechten Hand machte sie ein Kreuz auf seine Stirn und murmelte: „Gott beschütze dich, mein Junge. Sei vorsichtig und gehe ohne Umwege zu deinem Vater."

Bevor Elias auf die Strasse trat, blieb er im Hauseingang stehen und schaute sich um. Auf keinen Fall wollte er noch einmal Friedrich begegnen. Dann machte er sich schnellen Schrittes, den Kopf nach unten haltend, wie es seine Mutter ihn gelehrt hatte, auf den Weg zur Praxis seines Vaters. Sie war ganz in der Nähe. Als er um die nächste Ecke bog, sah er von Weitem zwei SS-Männer, die auf einen alten Mann einschlugen. Beinahe hätte er aufgeschrien. Die Sorge um seine Mutter zwang ihn jedoch weiterzugehen. Aus den Augenwinkeln sah er, dass der alte Mann mit dem Davidstern am Kopf blutete. Er wusste, er durfte nicht stehenbleiben und auch nicht wegrennen. Wenige Minuten später betrat er ein altes, verfallenes Gebäude, in dem sein Vater seit einigen Monaten seine Praxis hatte. Elias wusste, dass er einen Raum im Erdgeschoss zur Behandlung seiner Patienten zugeteilt bekommen hatte. Als Elias das Haus betrat konnte er kaum glauben, was er sah. Überall waren Menschen. Sie sassen im Treppenhaus. Es war kalt und roch nach Moder und Urin. Einige der erwachsenen Patienten redeten leise miteinander, Kinder weinten, Mütter versuchten sie flüsternd oder leise singend zu beruhigen. Ältere Kinder spielten wortlos zusammen. Die Erwachsenen trugen alle den Judenstern. Vor dem Zimmer seines Vaters standen Leute, die augenscheinlich krank waren. Einige sassen auf dem Boden. Sie zitterten, stöhnten. Elias war wie erschlagen. Unter leisem Protest der Wartenden, öffnete er schnell die Türe und schlüpfte in den Raum, der mit Doktor Stern angeschrieben war. Sein Vater schaute ihn erstaunt an. Dann deutete er ihm an, zu warten und wandte sich wieder seinem Patienten zu. Elias beobachtete seinen Vater. Er schien noch dünner geworden zu sein. Sein Gesicht war grau. Er sah müde und traurig aus. Plötzlich kam eine junge Frau herein und der ganze Raum schien heller zu werden. Sie strahlte ihn an. „Na, wenn das mal nicht der kleine Stern ist. Ich bin die Hanna", sagte sie lachend und streckte ihm ihre Hand entgegen, bevor sie seinem Vater ein kleines Päckchen reichte. Dabei flüsterte sie ihm zu: „Das sind die letzten." Emmanuel Stern entnahm der Packung zwei Tabletten, gab sie dem Mann, der auf dem wackligen, alten Holzstuhl vor ihm sass mit den Worten: „Die müssen reichen. Nehmen Sie eine heute Abend, dann können sie vielleicht wieder einmal etwas schlafen. Die andere ist für morgen früh." Ächzend erhob sich der alte Mann. „Danke, Herr

Doktor", sagte er leise und wollte Elias Vater eine Tablette wieder zurückgeben. „Geben Sie die jemandem, der es nötiger hat." Dann schlurfte er zur Türe. Emmanuel Stern liess sich erschöpft auf den Stuhl fallen und vergrub sein Gesicht in seinen Händen. Nachdenklich und tröstend legte Hanna ihre Hand auf die Schultern des Arztes. Elias sah, wie sich dabei ihre Stirn in Falten legte. Als sie wieder aufblickte, schaute sie Elias an und ein Strahlen kam zurück in ihr Gesicht. „So", sagte sie, „und wo drückt denn der Schuh bei dem kleinen Stern?" Elias hatte beinahe vergessen, warum er hier war. „Mama", antwortete er und bevor er weitersprechen konnte, war sein Vater aufgesprungen. „Was ist mit Mama.", fragte er. Der Junge erzählte den beiden, was sich an diesem Morgen alles zugetragen hatte. Hanna ergriff als erste das Wort. „Geh nach Hause, Emmanuel. Ich werde die Praxis schliessen." Elias Vater zögerte kurz, dann streifte er sich entschlossen seine alte Strickjacke mit dem Davidstern über. „Danke", sagte er zu Hanna, „und bitte schicke den Jungen erst in ein paar Minuten weg. Es ist besser, wenn man uns nicht zusammen sieht." Dann wandte er sich an Elias. „Du gehst dann ohne Umwege nach Hause und bleibst vorerst noch bei Oma Lisel." Er ging zu Hanna, umarmte sie fest und gab seinem Jungen einen Kuss auf die Stirne. Als er bereits an der Türe war, drehte er sich noch einmal um. Er ging zu dem kleinen

Medikamentenschrank und nahm eine goldene Uhr heraus. Er drückte sie dem Jungen in die Hand. „Pass gut darauf auf und vergiss nie, dass du mein kostbarster Stern bist und dass ich dich immer lieben werde", sagte er mit belegter Stimme. Elias, der nicht wusste, was ihm geschah und was das alles zu bedeuten hatte, traten die Tränen in die Augen. „Eines Tages kannst du mir die Uhr wieder zurückgeben", versuchte Emmanuel Stern seinen Sohn zu trösten, bevor er eilig wegging. Hanna trat ans Fenster und sah dem Arzt nach. Bevor sie sich wieder zu Elias umdrehte, schien es ihm, als ob sie sich Tränen aus den Augen wischte. „Weisst du was. Ich bringe dich nach Hause. In meiner Begleitung wird dir nichts geschehen." Sie ging zu einer Dose, entnahm ihr ein kleines Stück Zucker und gab es Elias. Dann öffnete sie die Türe und sagte mit lauter, gefasster Stimme zu den Wartenden: „Die Praxis ist für heute leider geschlossen. Der Doktor musste weg. Bitte haben Sie Verständnis." Elias vernahm lediglich ein leises Gemurmel und hörte, wie die Leute langsam, zum Teil unter Stöhnen weggingen. Hanna nahm einen grauen Wollmantel, streckte Elias ihre Hand entgegen und sagte: „Na dann mal los ab nach Hause." Der Junge sah, dass sie keinen Stern auf ihrem Mantel hatte. „Bist du keine Jüdin?", fragte er verwundert. „Nö", antwortete sie, „ich bin echt arisch, aber scheiss drauf. Oh pardon, junger Mann,

sowas sagt man nicht." Dazu machte sie eine
entschuldigende, clownhafte Bewegung, was bei
Elias zu einem befreienden Lachen führte, in das
Hanna sogleich einstimmte. Als sie auf die Strasse
traten, kamen ihnen zwei Uniformierte entgegen.
„Kopf hoch, nicht auf den Boden schauen und
langsam gehen", flüsterte Hanna leise. Die beiden
Männer salutierten beim Vorbeigehen, wobei einer
anerkennend durch die Zähne pfiff. „Siehst du, alles
gut. Du musst keine Angst haben", sagte Hanna, als
die beiden ausser Hörweite waren. Elias schaute sie
bewundernd an. Schon lange hatte er sich auf der
Strasse nicht mehr so wohl und sicher gefühlt. Als sie
in die Langstrasse einbogen, erblickten sie von
weitem einen Transportwagen der SS vor dem Haus,
in dem die Sterns wohnten. Elias sah, dass Friedrich
bei den Männern der SS stand und dass sein Vater
gerade aus dem Haus geführt wurde. „Schau nicht
hin", sagte Hanna in strengem Ton und zog Elias in
eine Seitenstrasse. Schweigend liefen sie etwa eine
halbe Stunde durch die Stadt, bis sie zu einem kleinen
Park kamen. Von weitem schon sah Elias in der Mitte
der Wiese eine kleine Schaukel. „Na los", sagte
Hanna, „wer zuerst dort ist." Elias schaute sie erstaunt
an. „Ich darf da nicht hinein", erklärte er. „Na klar
darfst du", entgegnete Hanna, „mit mir darfst du
alles." Zögerlich als ob er eine unsichtbare Grenze
überschreiten würde machte er einen Schritt in den

Park. Dann rannte er plötzlich los. Als er dann auf der Schaukel durch die Luft flog, quietschte er vor lauter Vergnügen. Schon lange hatte er sich nicht mehr so frei gefühlt. Plötzlich musste er an seine Mutter denken. Als er noch in den öffentlichen Kindergarten gehen durfte, holte sie ihn manchmal ab und dann gingen sie zusammen schaukeln. Er stoppte abrupt. „Ich muss jetzt nach Hause", sagte er zu Hanna. Vorsichtig bogen sie in die Langstrasse ein. Sie war menschenleer und auch der Wagen der Gestapo war verschwunden. Elias klingelte bei Oma Lisel. Der Summer ertönte und die beiden traten schnell in das Haus. Die alte Frau Baumann schlug die Hände über dem Kopf zusammen. „Mein Gott, mein Junge", schluchzte sie und drückte Elias fest an ihre Brust. Sie bat die beiden in die Küche. „Ich möchte zu Mama", erwiderte der Junge. Erneut nahm ihn Oma Lisel in ihre Arme. Dann gab sie sich plötzlich einen Ruck. „Du musst nun ganz tapfer sein, mein Junge. Deine Eltern sind nicht da. Sie haben sie abgeholt. Du kannst nicht hierbleiben. Sie haben dich gesucht und werden bestimmt wiederkommen." Sie schluchzte wieder auf. „Was ist das bloss für ein Staat, in dem die besten Leute einfach abgeführt werden." Sie schaute Hanna an, die sich abgedreht hatte und verstohlen ihre Tränen abwischte. Sie wollte nicht, dass Elias bemerkte, dass auch sie weinte. „Entschuldigen Sie, mein Fräulein, ich verstehe es einfach nicht. Aber jetzt müssen wir uns zuerst um den Jungen kümmern. Hier ist er nicht sicher. Bestimmt kommen sie wieder und werden ihn suchen." „Er kommt mit zu mir!", unterbrach sie Hanna sogleich. „Ich habe eine Bekannte, die in Lörrach wohnt, gleich an der Schweizer Grenze. Sie könnte dem Jungen helfen. Ich kann ihn…" Hanna wurde unterbrochen durch das Quietschen von Bremsen vor dem Haus. „Los, in mein Schlafzimmer, alle drei", rief Oma Lisel. Sie orderte Elias unter ihr Bett, legte sich hin und zog ihre Bluse aus. „Massieren!" befahl sie Hanna geistesgegenwärtig, als auch schon die Türe zum Schlafzimmer aufgerissen wurde. Elias sah aus seinem Versteck unter dem Bett nur die Uniformstiefel von zwei Gestapomännern und hätte beinahe aufgeschrien. Da hörte er auch schon, wie Oma Lisel die beiden Männer anfuhr. „Was fällt euch eigentlich ein, in das Schlafzimmer einer alten Frau einzudringen. Mein Gott Jürgen", die alte Dame schien einen der Männer zu kennen, „schämst du dich eigentlich nicht. Wie oft bist du als Kind bei mir gewesen, hast mit meinem Jungen gespielt, hast meinen Kuchen gegessen? Und jetzt? Jetzt hast du all deine guten Manieren vergessen?" „Wo ist der Junge?", fragte der Angesprochene. „Ich habe deinen Kameraden schon gesagt, dass ich das nicht weiss." Dann wandte sich einer der Männer an Hanna. „Was tun Sie hier?" „Ich

bin eine gute Bekannte von Frau Baumann. Sie ist die beste Freundin meiner Grossmutter", log Hanna mit zuckersüsser Stimme, „sie leidet sehr an ihren Rückenschmerzen. Ich bin Krankenschwester und komme regelmässig hierhin, um Frau Baumann zu massieren. Ich arbeite im städtischen Krankenhaus. Sie können das gerne überprüfen. Steineck, mein Name. Hanna von Steineck." Die Stimmen der Männer schienen Elias entspannter zu werden, als sie den Ausweis von Hanna sehen wollten. Sie ging mit den Beiden in die Küche, wo sie ihre Tasche abgelegt hatte. „Bleib ruhig", zischte Frau Baumann Elias zu. Einige Minuten später hörte Elias die schöne Stimme von Hanna: „Du kannst rauskommen, sie sind weg." Zitternd kroch er unter dem Bett hervor und stürzte zu Hanna, die ihn fest in die Arme nahm und ihm beruhigend über den Kopf strich. „Ihr könnt hier warten, bis es dunkel ist. Es ist besser, wenn meine Familie nichts davon mitbekommt, also seid leise," sagte Frau Baumann, indem sie sich wieder ihre Bluse zuknöpfte. Eine Stunde später wurde es still in der Wohnung unter ihnen. Oma Lisel trat in ihr Zimmer und flüsterte den beiden zu: „Die Luft ist rein, ihr könnt nun gehen." Sie drückte Elias fest an sich. „Gott schütze dich, mein Junge."
Unbemerkt traten die beiden auf die menschenleere Strasse. „Wir fahren ein Stück mit der Strassenbahn", sagte Hanna. Elias, der in den vergangenen Stunden

kein Wort geredet hatte, versuchte sich loszureissen. „Nein, das darf ich nicht, ich will zu meiner Mama", schrie er und ein Weinkrampf ergriff ihn. Schnell zog ihn Hanna in einen Hauseingang. „Du musst jetzt tapfer sein und Geduld haben. Es wird eine Weile dauern, bis du deine Eltern wieder sehen wirst. Solange bringe ich dich zu meiner Freundin Klara. Sie wohnt an der Schweizer Grenze. Sie wiederum hat eine Bekannte in der Schweiz mit einem schönen Bauernhof mit vielen Tieren." Hanna schaute Elias tief in die Augen. „Wir schaffen das." „Bin ich schuld, dass sie Mama und Papa abgeholt haben?", fragte Elias leise. „So ein Unsinn. So etwas darfst du nie, nie mehr denken. Versprich mir das."

Hanna von Steineck bewohnte ein Zimmer in einem schönen, alten Haus am Rande der Stadt. Der Raum war viel grösser als die Mansarde im Haus der alten Frau Baumann. Am Fenster stand neben einem Bett ein kleiner Tisch mit zwei Stühlen. In einer Ecke war ein Ofen, auf dem man sogar kochen konnte. Auf der Fensterbank stand ein kleiner Blumentopf und an der Wand hingen neben einem weissen Schrank zwei schöne Waldbilder. Hanna goss etwas Milch in einen Topf, stellte ihn auf den Ofen und gab ein Stück Schokolade hinein. Elias schaute zu, wie die Schokolade langsam zu schmelzen begann und sich mit der weissen Milch mischte. Als er davon trinken durfte, durchströmte ihn eine wohltuende Wärme.

Hanna erzählte Elias, dass sie im Krankenhaus arbeite und in ihrer Freizeit meist abends bei Emmanuel Stern ausgeholfen hatte. „Dein Vater ist ein wunderbarer Arzt", erklärte sie Elias, „ich habe ihn während meiner Ausbildung kennengelernt, als er noch in der Klinik angestellt war. Morgen muss ich früh zur Arbeit. Du bleibst hier und wartest auf mich. Sobald ich zwei Tage frei machen kann, fahren wir zu meiner Freundin. Du musst dich aber gedulden, es kann mehrere Wochen dauern, bis es soweit ist." Am nächsten Abend, als Hanna von der Arbeit im Krankenhaus zurückkam, brachte sie Elias neue Kleidung mit. „Damit der junge Herr auch akkurat ausschaut, wenn er mit mir spazieren geht", sagte sie lachend. Die nächsten Tage und Wochen verbrachte Elias tagsüber in dem kleinen Zimmer. Hanna hatte einige wenige Bücher. In einem waren viele Pflanzen abgebildet und Hanna hatte zwischen den Seiten schöne Blumen gepresst. Ein weiteres Buch befasste sich mit der Anatomie des arischen Menschen. Jeden Abend, wenn Hanna von der Arbeit nach Hause kam, fand sie Elias über einem der Bücher. „Haben die Juden eigentlich andere Knochen?", fragte er sie eines Tages. Hanna musste lachen. „Es gibt keinen Unterschied zwischen Juden und Christen. Wir sind alle gleich." Elias blickte sie ernst an. „Das stimmt nicht, wir dürfen nichts machen und ihr dürft alles. Ihr dürft mir sogar meine Mama und meinen Papa wegnehmen“, schluchzte er. „Ja“, bestätigte Hanna und nahm den Jungen in ihre Arme, „du hast recht, das ist ungerecht.“ Und nach einer kleinen Pause fuhr sie fort: „Und trotzdem liege ich auch richtig. Wir sind alle gleich.“ Elias schaute sie skeptisch an. „Aber wenn du meinst, dass du anders bist als ich, dann schmeckt dir wahrscheinlich keine Apfelkuchen. Dann muss ich das schöne Stück, das ich heute von einer Patientin bekommen habe, ganz alleine futtern.“ Elias schaute sie ungläubig an. „Apfelkuchen?“, fragte er und seine Augen begannen zu leuchten. Beinahe hatte er vergessen, wie dieser schmeckte. Nachdem sie sich das Stück geteilt und genussvoll verzehrt hatten, zogen sich die beiden ihre Jacken über und machten sich auf zu ihrem allabendlichen Spaziergang. Elias genoss die täglichen Ausflüge. Endlich durfte er wieder in die städtischen Parks. An der Hand von Hanna konnte er mit aufwärts gerichtetem Blick durch die Strassen gehen. Niemand beschimpfte sie, niemand spuckte vor ihnen aus. Die Leute waren alle freundlich, grüssten sie. Junge Männer schauten ihnen hinterher, lachten Hanna zu und pfiffen begeistert durch die Zähne. Dann schaute Elias jeweils bewundernd zu Hanna hoch. Er liebte es, wenn der Wind ihre schönen Locken tanzen liess. Nur wenn er tagsüber alleine zu Hause war, überkam ihn das Heimweh nach seinen Eltern. Dann nahm Hanna ihn abends fest in die Arme und sprach ein

Gebet, in dem sie ihren Gott bat, auf Elias Eltern aufzupassen. „Wie ist er denn so, dein Gott?", fragte der Junge einmal. „Weisst du, ich glaube, es gibt nur einen Gott. Wir Christen glauben, er ist ein alter Mann mit einem weissen Bart". Hanna lachte und fuhr weiter: „Es gibt Menschen, die glauben an einen Sonnengott, oder einen Regengott. Es gibt so viele Arten von Gott, wie es Menschen gibt und die meisten hoffen, dass er gut und gerecht ist." „Glaubt Herr Hitler auch an einen gerechten Gott?", fragte Elias. Hanna musste lange überlegen, bevor sie antworten konnte. „Hitler ist der Teufel, und wenn er nachts alleine in seinem Bett liegt, dann fürchtet er sich bestimmt vor einem gerechten Gott und davor, dass er einmal bestraft wird." „Und wie wird er bestraft?", wollte Elias wissen. „Das weiss ich nicht. Vielleicht wird er ein kleiner Wurm und alle Menschen werden auf ihn rauftreten. Immer und immer wieder. Aber jetzt schlaf, mein kleiner Stern, und träum was Schönes."

Nach etwa drei Wochen brachte Hanna ein kleines Heft mit. „Das ist dein neuer Ausweis. Solange du hier bist, heisst du jetzt offiziell Kurt von Steineck und bist mein Sohn. Du musst dir den Namen gut merken. Kurt von Steineck", sagte sie mit Nachdruck. Von diesem Tag an nannte sie Elias nur noch Kurt. „Guten Morgen, mein Kurtchen, hast du gut geschlafen?", oder wenn sie nach der Arbeit nach

Hause kam: „Na hattest du einen schönen Tag, Kurt?“ Bei ihren abendlichen Spaziergängen stellten sich ihnen einmal zwei Leute in Uniform in den Weg. „Na, wen haben wir denn da?“, fragte einer der beiden Männer mit einem zynischen Unterton. „Papiere“, brüllte der andere. Elias sah, wie es in Hannas Augen gefährlich aufblitzte. Wortlos zog sie beide Ausweise aus der Tasche. Einer der Uniformierten, der noch sehr jung schien, kam Hanna gefährlich nahe. Er roch an ihrem Haar und strich ihr über die Wange. Elias drückte ganz fest ihre Hand. „Scheisse“, zischte der Mann, der Hannas Papiere kontrollierte, „sie sind beide von Steinecks.“ „Wer soll das sein?“, fragte der andere. Bevor der erste ihm antworten konnte, hatte Hanna sich wieder gefasst. „So, nachdem die beiden Herren nun wissen, wer wir sind, möchte ich doch auch ihre Namen erfahren, damit ich mich über das unfreundliche Verhalten beschweren kann“, sagte sie mit fester Stimme. „Nun sein se nicht mal so, gnädiges Fräulein, war doch nur ein Spass. Ich hab bei ihrem Vater vor dem Krieg studiert. Karl Gustav Koller mein Name. Und für meinen Kollegen entschuldige ich mich recht herzlich.“ Mit diesen Worten gab er dem jüngeren Mann einen Stoss. Dieser nahm sofort Haltung an und brüllte in militärischen Ton: „Gerhard Breuer. Bitte mein Verhalten zu entschuldigen.“ Wortlos nahm Hanna wieder die Ausweise an sich und zog Elias weg. Als sie zwei Strassen weiter waren, blieb Hanna abrupt stehen und nahm den Jungen fest in die Arme. Sie atmete tief durch. „Siehst du, Kurtchen", sagte sie mehr zu sich selbst, „mit mir kann dir nichts passieren."

Kurze Zeit später brachte Hanna für Elias ein neues Hemd und frische Hosen mit, als sie nach der Arbeit nach Hause kam. „Zieh das an", sagte sie und ihre rechte Augenbraue zog sich nach oben. Elias wusste mittlerweile, dass das ein Anzeichen dafür war, dass Hanna aufgeregt war. „Das Hemd ist neu, die Hose konnte ich einer Kollegin abkaufen. Sie hat einen Sohn, der nur wenig älter ist wie du. Wir müssen heute meine Eltern besuchen." Elias schaute sie ängstlich an. „Keine Angst, sie werden dich schon nicht auffressen." „Du hast mir noch nie von deinen Eltern erzählt." „Ja, weisst du, ich sehe sie nicht mehr oft. Sie sind zwar keine Nazis, aber als sie erfahren haben, dass ich bei deinem Vater gearbeitet habe, wollten sie mir das verbieten. Wir hatten einen heftigen Streit deswegen und ich bin zu Hause ausgezogen. Seitdem bewohne ich dieses Zimmer. Sie haben einfach nur Angst und sind feige, wie so viele Menschen." „Was hat ihnen mein Vater denn getan?" „Nichts", antwortete Hanna, „hörst du, nichts. Lass dir das nie von irgendjemandem einreden. Dein Vater ist ein wunderbarer Mensch. Du kannst sehr stolz auf ihn sein. Ich wollte, meiner wäre genauso. Denke daran, wenn wir bei meinen Eltern sind.“

Elias staunte nicht schlecht, als er vor der grossen Villa stand. Auf ihr Klingeln hin öffnete ihnen eine Frau mittleren Alters die Türe. Hanna umarmte sie herzlich. „Das ist Martha. Sie macht den Haushalt meiner Eltern und hat mich mehr oder weniger grossgezogen.“ „Nun übertreiben Sie aber, Fräulein Hanna“, entgegnete die Angesprochene. „Aber Martha, das Fräulein lassen wir mal weg.“ Dann zeigte Hanna auf Elias: „Und das ist mein Elias, der Sohn von Doktor Stern. Du musst wissen, mein Junge, dass Martha deinen Papa gut gekannt hat. Sie war bis zuletzt eine seiner Patientinnen.“ „Bist du denn auch Jüdin“, fragte Elias. Martha lächelte und sagte leise: „Nein, aber ich war schon bei deinem Vater in Behandlung, als er noch im Krankenhaus gearbeitet hat. Er hat mich vor vielen Jahren einmal operiert. Als man ihm in der Klinik gekündet hat, blieb ich seine Patientin. Er ist ein guter Mann, dein Vater und ein wunderbarer Arzt.“ Dann führte sie die beiden in ein grosses Esszimmer. Auf dem Weg dahin sagte sie leise zu Hanna: „Es gibt Klösse mit Rotkohl und Schweinsbraten. Ihr seht beide aus, als ob ihr schon lange keine richtige Mahlzeit mehr gehabt hättet.“ An einem grossen Esstisch sassen neben zwei älteren Menschen ein Mann und eine Frau, die nur wenig älter schienen als Hanna, ein Mädchen, das wohl in Elias Alter war und ein etwas grösserer Junge in einer Uniform der Hitlerjugend. Als die ältere Frau aufstehen wollte, um sie zu begrüssen, hielt ihr Mann sie am Arm zurück. „Das also ist Kurt von Steineck“, sagte er mit eiserner Stimme. „Ich muss von einem SS-Mann, einem meiner ehemaligen Studenten, erfahren, dass ich noch einen Enkel habe, einen unehelichen Enkel.“ Dann schlug er mit der Hand auf den Tisch und schrie „Was fällt dir eigentlich ein.“ Elias erschrak und wollte wegrennen, doch Hanna hielt ihn fest an der Hand und sagte mit ruhiger Stimme: „Bitte Elisabeth und Heinrich zeigt Kurt doch einmal eure Spielsachen.“ Die Kinder verliessen den Raum. Das Mädchen zog Elias zur Treppe und ging mit ihm in die obere Etage, während Heinrich an der Türe zum Esszimmer stehenblieb und zu horchen schien. Elisabeth war sehr freundlich und redete ohne Unterbruch auf Elias ein. „Ist Hanna wirklich deine Mama?“, fragte sie, als die beiden Kinder in Elisabeths Zimmer waren und ohne eine Antwort abzuwarten plapperte sie weiter, „Hanna ist nett, ich mag sie.“ Elias, der sich staunend im Zimmer umblickte, konnte nur nicken. Er war erschlagen von all den Spielsachen und Kinderbüchern, die er wahrnahm. „Dann bist du also mein Cousin“, sagte sie. „Hast du auch eine Puppe, aber nein du bist ja ein Junge, bestimmt hast du ein Feuerwehrauto“, wollte sie wissen, währenddem sie einer Puppe die blonden

Haare kämmte. Elias schüttelte verneinend den Kopf. Elisabeth nahm ein Buch und gab es ihm. „Kannst du haben, brauch ich nicht mehr." Er wollte gerade das Buch aufschlagen, als Hanna in der Türe stand. Ihre Wangen schienen zu glühen und ihre Hände zitterten. „Kurt komm, wir gehen nach Hause." Sie drückte Elisabeth an sich, gab ihr einen Kuss, nahm Elias an der Hand und zog ihn aus dem Zimmer. Unten an der Treppe wartete Martha und steckte Hanna ein Paket zu. „Ich hab euch was eingepackt", flüsterte sie und eine Träne kullerte aus ihrem linken Auge. Die beiden Frauen nahmen sich nochmals fest in die Arme. Wortlos machten sich Hanna und Elias auf den Heimweg. In ihrem Zimmer angekommen, erfasste Hanna einen solchen Weinkrampf, dass Elias Angst bekam. „So", sagte sie plötzlich und trocknete ihre Tränen, „dann wollen wir doch mal schauen, was uns Martha mitgegeben hat." „Was war denn los", fragte Elias, „du kannst es mir ruhig sagen, ich bin doch schon gross." „Ja, das bist du", antwortete Hanna, indem sie ihm über den Kopf strich, „ich habe mich mit meinen Eltern und meinem Bruder zerstritten. Aber das ist ja nichts Neues." „Meinetwegen?", fragte Elias unsicher. „Nein", antwortete Hanna bestimmt, „ihretwegen! Lass dir niemals die Schuld für etwas geben, wofür du nichts kannst. Sie werden uns zwar nicht verraten, aber sie wollen uns nicht mehr sehen. Weisst du was, da verpassen sie ganz viel, mein kleiner Stern! Aber Schluss jetzt. Hast du denn wenigstens schön gespielt? Waren die Kinder nett zu dir?" fragte sie, währenddem sie das Essen, das die Haushälterin ihnen mitgegeben hatte, aufwärmte. „Elisabeth war nett. Sie hat ganz viele Spielsachen und eine schöne Puppe mit blonden Haaren. Und sie hat mir ein Buch geschenkt. Heinrich ist unten geblieben. Ich glaube, er hat gehorcht." Hannas Stirne legte sich in Falten. „Dann wird es wohl höchste Zeit, dass ich dich zu meiner Freundin bringe", sagte sie. „Ich möchte aber hierbleiben. Ich möchte bei dir warten bis meine Eltern wieder nach Hause kommen", entgegnete Elias weinerlich. „Es wird hier zu gefährlich für dich. Heinrich hat bestimmt etwas mitbekommen. Er könnte sich verplappern und uns verraten. Meine Freundin wird dich in die Schweiz bringen und du darfst dort auf einem Bauernhof wohnen. Du wirst frei sein, mein kleiner Stern. Du kannst dort in die Schule gehen, du kannst den ganzen Tag über Felder und Wiesen rennen. Es gibt viele Tiere dort. Und sobald dieser unsinnige Krieg vorbei ist, werde ich dich holen. Versprochen." „Gibt es dort auch einen Wald?", fragte Elias etwas unsicher und als Hanna dies kopfnickend bejahte, fuhr er zögernd fort: „Gut, dann gehe ich mal ein wenig in die Schweiz. Und wenn meine Mama wiederkommt, dann muss sie mich mit dir und Papa zusammen dort abholen und ich zeige euch allen den Wald.“

Zwei Wochen später eröffnete Hanna dem Jungen, dass sie die nächsten beiden Tage frei habe und ihn nun zu ihrer Freundin bringe. Elias weinte sehr. Erst als Hanna ihm immer wieder versicherte, dass sie sich regelmässig nach seinen Eltern erkundigen und ihn besuchen werde, beruhigte er sich. Die Fahrt von Frankfurt nach Lörrach dauerte über sechs Stunden. Immer wieder wurde der Zug angehalten und die Reisenden wurden von Soldaten und der SS kontrolliert. In Mannheim setzte sich ein älterer Mann zu ihnen ins Abteil. Elias rümpfte seine Nase und schaute Hanna fragend an. Sie gab ihm zu verstehen, ruhig zu sein, indem sie den Zeigefinger auf ihren Mund legte. Der alte Mann hatte einen Davidstern auf seinem Mantel und roch unangenehm nach einem feuchten Keller. Er zitterte am ganzen Körper. Hanna legte ihre Hand auf seine Schulter und lächelte ihn freundlich an. Sie flüsterte ihm etwas ins Ohr, das Elias nicht verstehen konnte, was den Alten jedoch beruhigte. Kurz vor Freiburg hielt der Zug erneut auf offener Strecke. Sie hörten die Schritte von Soldaten. „Nun ist alles vorbei“, murmelte der Alte. „Keine Angst, wir schaffen das schon. Wie ist ihr Name und wo wollen Sie hin?“ fragte Hanna ihn leise. „Egon Schwarz, Lörrach.“ Sie nahm das Kinderbuch, das Elias von Elisabeth bekommen hatte und gab es ihm.

„Schnell, ziehen Sie ihren Mantel aus, geben sie mir ihren Ausweis und lesen sie dem Jungen vor." Kurz darauf kam ein Sturmbannführer breitbeinig in ihr Abteil. „Ausweise, aber ein bisschen schnell", sagte er in harschem Ton. Hanna schüttelte ihre blonden Locken und suchte in ihrer Tasche so, als hätte sie den Ausweis des Alten schon immer bei sich gehabt. Sie setzte ihr breites Lächeln auf. „Hanna von Steineck mit meinem Sohn, Kurt von Steineck und meinem Grossonkel, Egon Schwarz." „Wohin?", fragte der Sturmbannführer nur. „Wir müssen nach Lörrach, leider. Die Schwester meines Grossonkels, meine Grosstante Gertrude, liegt im Sterben." Der Uniformierte musterte alle mit strengem Blick. Der alte Mann hatte inzwischen den Arm um Elias gelegt und las ihm leise und mit zittriger Stimme vor. „Was ist mit dem Alten? Kann der auch mal sprechen?" „Naja", antwortete Hanna, „sprechen kann er schon, aber er hört kaum mehr. Wahrscheinlich hat er gar nicht bemerkt, dass Sie hier stehen. Sie müssen wissen, er ist der einzige Mann aus meiner Familie, der sich noch um uns kümmert. Mein Vater und mein Mann wurden beide eingezogen." Hanna fing an zu schluchzen. „Mein Vater ist gefallen und von meinem Mann habe ich seit Monaten nichts mehr gehört. Ich bin ganz alleine mit meinem Sohn und meinem alten Onkel." Sie klammerte sich an seinen Arm. „Vielleicht könnten Sie etwas über den Verbleib meines Gemahls in Erfahrung bringen, Sie haben doch bestimmt gute Beziehungen. Bitte, helfen Sie uns." Der Uniformierte hüstelte darauf leicht betroffen. „Das geht nicht", entgegnete er. Schnell gab er ihr die Ausweise zurück und verliess salutierend das Abteil. Hanna schaute aus dem Fenster und sah, wie die SS-Männer einige Leute aus dem Zug schleiften und auf einen Lastwagen zerrten. Stumm gab sie dem Alten ein Zeichen, dass er weiterlesen sollte. Als der Zug sich endlich wieder in Bewegung setzte, legte Egon Schwarz das Kinderbuch zur Seite und atmete tief durch. „Danke", murmelte er leise, „das haben Sie wirklich sehr gut gemacht." Voller Stolz blickte Elias Hanna an. Dann wandte er sich an den alten Mann „Bist du auch Jude.", fragte er. Hanna drückte ihm schnell die Hand auf den Mund und der alte Mann nickte wortlos. In Freiburg mussten sie auf einen Bus umsteigen. Die weitere Fahrt verlief ruhig. In Lörrach verabschiedete sich Herr Schwarz. „Sie sind ein Engel", sagte er zu Hanna und seine Augen glänzten dabei verdächtig. Sie wollte gerade etwas antworten, als ein lautes „Juhuu" ihre Aufmerksamkeit in Anspruch nahm. „Das ist Klara", sagte sie zu Elias. Sie drehte sich nochmals zu dem alten Mann um, doch dieser war schon verschwunden. Die beiden Frauen umarmten sich heftig. „Kommt", sagte Klara, „wir gehen in den Park." Sie setzten sich auf eine Bank und als sie gewiss waren, dass sie niemand belauschen konnte, fing Klara an zu sprechen: „Wir müssen noch heute weiter. Sobald es dämmert, werde ich mit dem Jungen über die Grenze gehen. Ihr könnt nicht länger hierbleiben. Die Menschen sind misstrauisch geworden. Man kann niemandem mehr trauen. Es ist schrecklich." Als eine Stunde später die Sonne langsam unterzugehen schien, nahm Hanna Elias fest in die Arme. „Wir müssen jetzt beide ganz tapfer sein, mein kleiner Stern. Ich komme dich besuchen. Und ich werde mich immer nach deinen Eltern erkundigen. Dieser Krieg wird bald…" Ein dicker Kloss in ihrem Hals hinderte Hanna daran weiterzureden. „Versprochen?", fragte Elias unter Weinen. „Bei meinem Leben", antwortete Hanna.

Am selben Abend, an dem sie in Lörrach angekommen waren, brachte Klara ihn über die Grenze nach Basel. Dort konnten sie bei einem Pfarrer übernachten. Elias war vollkommen erschöpft und schlief sofort ein. Am nächsten Tag musste sich Elias auch von Klara verabschieden und er reiste mit dem Pfarrer weiter in den Kanton Bern. Elias staunte, als er die vielen hohen Berge sah. Sie fuhren mit dem Zug durch Wiesen und Wälder und Elias konnte nicht einen einzigen uniformierten Menschen sehen. In einem kleinen Dorf stiegen sie aus. Sie mussten noch eine gute halbe Stunde zu Fuss gehen, vorbei an grasenden Kühen und Schafen. „Wie schön es hier ist", sagte der Junge, „das würde meiner Mama auch gefallen." Sie kamen zu einem schönen Bauernhof, der mit bunten Blumen geschmückt war. Der Pfarrer klopfte an die Tür. Eine Frau trat heraus, kam auf Elias zu und schloss ihn fest in ihre Arme. Sie hatte Tränen in den Augen und bat die beiden Besucher ins Haus. Drinnen überkam den Jungen gleich eine wohlige Wärme. Es duftete nach Kaffee. „Ich bin die Ursula", sagte die Bäuerin und schob Elias ein grosses Stück Kuchen zu. Dem Pfarrer goss sie einen Kaffee ein und fragte das Kind: „Möchtest du vielleicht eine warme Schokolade." Kuchen, Schokolade! Elias konnte seinen Sinnen nicht trauen. Nachdem der Junge die unglaublichen Köstlichkeiten zu sich genommen hatte, durfte er sich auf die warme Ofenbank setzen und wäre beinahe eingeschlafen. Ursula schien es zu bemerken. „Mein Gott, der Junge ist ja vollkommen erschöpft", sagte sie zum Pfarrer, „komm, ich zeig dir dein Zimmer. Es ist zwar klein, aber ganz gemütlich." Er hatte tatsächlich wieder ein eigenes Bett und wie warm und wohlig es sich anfühlte. Elias strich mit der Hand über die weiche Bettdecke und schaute die Bäuerin mit grossen Augen an. „Erst wird noch ein Bad genommen, dann kannst du das Bett ausprobieren", sagte sie lächelnd, nachdem der Pfarrer sich verabschiedet hatte. Sie kochte Wasser auf dem Holzofen und goss es in einen Wäschebottich. „Nun raus aus den Klamotten, brauchst dich nicht zu schämen“, sagte sie zu Elias. Dann schrubbte sie ihn mit einer Bürste und einer wohlriechenden Seife ab. Danach zog sie ihm ein Hemd vom Bauern über, das Elias bis zu den Füssen reichte. „So, nun kannst du dein Bett mal ausprobieren. Ich werde noch deine Kleider waschen und morgen fahren wir zusammen in die Stadt und werden den jungen Mann mal neu einkleiden.“ Elias schlief bis am Mittag des nächsten Tages. Er wollte erst gar nicht aufstehen, so weich und kuschelig warm war es in dem Bett. Als ihm jedoch der Duft von frisch gebackenem Brot in die Nase stieg, ging er zaghaft in die Küche. „Na, du hast aber lange geschlafen“, begrüsste ihn Ursula lachend, „ich habe dir in der Zwischenzeit schon ein paar Kleider besorgt von der Vorhofbäuerin. Ihr Junge ist aus den Sachen rausgewachsen und sie sind noch ganz gut. Zieh dir was an und dann gibt es erst mal was zu beissen.“ Sie übergab ihm ein ganzes Bündel mit frisch gewaschenen, herrlich duftenden Kleidern. In der neuen braunen Hose und dem blau-weissen Hirtenhemd stand Elias einige Minuten später wieder in der Küche. Das frischgebackene Brot mit Butter und die Milch von der eigenen Kuh Fanny waren das beste, was Elias seit Jahren zu sich genommen hatte. Beim Abendessen lernte er Peter, den Mann von Ursula kennen. Erst fürchtete sich Elias beinahe ein wenig vor dem grossen Bauern, der kaum ein Wort sprach. Ursula jedoch nickte ihm freundlich zu und als sie ihm einen grossen Teller Rösti vor die Nase stellte, stürzte er sich darauf. „Na also“, sagte die Bäuerin, „wir werden den kleinen Mann schon gross bekommen.“ „Na bei deinem Essen, wäre ja gelacht, wenn nicht, was mein Junge“, sagte Peter, gab seiner Frau einen zärtlichen Kuss und stupste Elias freundschaftlich in die Seite.

Den ganzen Sommer über durfte Elias Peter auf dem Hof helfen. Die beiden wurden ein beinahe unzertrennliches Paar. Der Bauer zeigte ihm das Melken von Kühen. Er durfte die Tiere auf die Weide bringen, die Ziegen hüten, Hühner füttern. Selbst das Ausmisten der Ställe machte dem Jungen Spass. Es gab Tage, an denen er gar nicht mehr an Deutschland dachte. Erst am Abend, wenn Ursula mit ihm betete und seine Eltern in ihr Gebet einschloss, überkam ihn das Heimweh und er musste oft weinen. Ursula nahm ihn dann in ihre weichen Arme und versprach ihm, dass der Krieg bald vorbei sein werde und er dann wieder nach Hause gehen könne. Manchmal ertappte er sich dabei, wie er dachte, dass er gar nicht mehr nach Deutschland wollte und hatte sogleich ein schlechtes Gewissen. Mit der Zeit fasste er grosses Vertrauen zu dem Bauernpaar und erzählte ihnen auch von seinen Eltern. Oft wischte sich dabei Ursula eine Träne von den Wangen und drückte ihn an ihre Brust. Er berichtete auch, wie gerne er mit seiner

Mutter in den Wald gegangen war. Von diesem Tag an ging der Bauer nach der Arbeit immer mit ihm in den nahegelegenen Wald. Peter war kein Mann der grossen Worte. Eines Tages nahm ihn Elias bei der Hand, blickte zu dem grossen Mann hoch und sagte zu ihm: „Ich will nicht wieder zurück nach Deutschland. Wenn der Krieg vorbei ist, dann sollen meine Eltern und Hanna hierherkommen, dann können wir alle hier wohnen. Sie müssen den schönen Wald sehen, sie müssen deine Kühe und all die Tiere kennenlernen und mein Papa kann alle Leute hier gesund machen." Peter spürte einen dicken Kloss im Hals. Als er nicht gleich antwortete, fügte Elias hinzu: „Das dürfen sie doch, oder?" „Ja, mein Junge, das machen wir so", antwortete der grosse Bauer mit belegter Stimme.

Als die Tage langsam kürzer wurden, musste Elias zum ersten Mal zur Schule. Es war eine richtige Dorfschule, in der die ersten vier Klassen in einem Raum zusammen unterrichtet wurden. Elias spürte eine gewisse Ablehnung seiner Mitschüler. Da er schon recht gut lesen und schreiben konnte, durfte er sogleich eine Klasse überspringen. Eines Tages kam er auf die Idee, seinen Eltern einen Brief zu schreiben. „Mama und Papa, kommt her. Hier ist es soooo schön. Es gibt viele Tiere. Jeden Morgen bekomme ich ganz frische Milch von der Kuh Fanny. Papa kann alle Menschen im Dorf gesund machen und wir können dann jeden Tag in den Wald gehen. Bitte kommt schnell und bringt die Hanna mit." Ursula steckte den Brief in einen Umschlag. Darauf schrieb sie: Rebecca und Emmanuel Stern, Frankfurt, Deutschland. Voller Stolz gab Elias den Umschlag dem Briefträger. Dieser runzelte die Stirne und als ihm Ursula wortlos zunickte, steckte er ihn ein mit den Worten: „Na, dann wollen wir mal sehen, was das gibt."

Eines Tages, als Elias von der Schule nach Hause gehen wollte, stellten sich ihm drei Jungs in den Weg. „Du bist nicht von hier, du sprichst nicht unseren Dialekt", sagte einer in einem breiten Berndeutsch. Elias wusste nicht, was er antworten sollte. „Es hat dir wohl die Sprache verschlagen. Man sagt, du bist ein kleiner Judenjunge", sagte ein zweiter und gab ihm einen Schubs so, dass er beinahe das Gleichgewicht verloren hätte. „Na los, antworte oder haben sie dir im Reich die Zunge rausgeschnitten?" Sie grölten und kamen immer näher. Elias zitterte am ganzen Körper. Bilder vergangener Zeiten kamen in ihm hoch, als er plötzlich hinter sich eine Stimme vernahm. „Verschwindet, aber ein bisschen hopp." Die Jungs schauten sich kurz an und rannten davon. Elias drehte sich um und schaute in die blauen Augen eines grösseren Knaben, den er vom Sehen kannte. „Los, komm, ich habe den gleichen Weg. Ich bin Manu." „Ich bin Elias", entgegnete er zögerlich.

„Weiss ich doch", sagte Manu, der gut ein Kopf grösser war als Elias, „lass dir von denen ja nichts gefallen." Stumm gingen die beiden nebeneinanderher. Als sie von Weitem den Hof von Ursula und Peter sahen, zeigte Elias auf das Haus: „Da, da vorne wohne ich." „Weiss ich doch", antwortete Manu. Elias musste lachen. „Du weisst aber ziemlich viel." „Sag das mal meinem alten Herrn. Der denkt nämlich ich bin blöd. Aber lesen und schreiben liegt mir eben nicht. Die Buchstaben sehen für mich alle gleich aus. Mein Alter versteht das nicht. Dabei kann er selbst überhaupt nicht lesen." Als die beiden beim Hof ankamen, trat Ursula aus der Türe. „Hallo Manu, na, das hat heute aber etwas gedauert", sagte sie. Elias erzählte ihr in kurzen Sätzen, was geschehen war. „Das ist sehr nett von dir, Manu. Möchtest du vielleicht mit uns essen. Dein Vater scheint nicht zu Hause zu sein. Ich habe ihn vor zehn Minuten gesehen, wie er ins Dorf gelaufen ist." Manu nickte stumm. Von diesem Tag an waren Elias und Manu die besten Freunde und alle anderen Kinder liessen Elias in Ruhe. „Wo ist eigentlich deine Mama", fragte Elias eines Tages. „Tot", antwortete Manu ohne weiteren Kommentar. „Meine nicht", sagte Elias nach geraumer Zeit des Schweigens, „aber ich weiss nicht, wo sie ist. Sie haben sie mitgenommen. Nach dem Krieg sehe ich sie wieder. Dann kommt sie mit meinem Vater hierher und holt mich nach Hause" Manu merkte, dass sein Freund den Tränen nahe war. „Los, komm, ich habe im Wald einen Fuchsbau gesehen."

Zwei Jahre später war Manu plötzlich verschwunden. Peter ging mit Elias in den Wald: „Nun hör mir gut zu, mein Junge", sagte der sonst so wortkarge Mann, „ich habe zwei Neuigkeiten für dich. Eine gute und eine schlechte. Die schlechte ist, dass sie gestern Manus Vater abgeholt haben." Elias erschrak. „Die Nazis?", fragte er leise. „Nein, die Polizei. Du musst keine Angst haben. Bei uns gibt es keine Nazis. Manus Vater war wieder einmal betrunken und hat einen Mann zusammengeschlagen. Seit seine Frau, Manus Mutter, vor vier Jahren gestorben ist, hängt er immer mehr an der Flasche. Eigentlich kann er einem ja leidtun, aber so kann es nicht weitergehen. Manu muss in ein Heim. Nun weine nicht gleich. Ich habe eine ganz tolle Neuigkeit. Der Krieg ist aus. Jetzt können wir deine Eltern suchen." Ganz benommen von dem Auf und Ab der Gefühle, stürzte sich Elias in Peters Arme. „Ja", schrie er, „ja, das machen wir. Und Hanna müssen wir auch suchen und dann müssen alle hierherkommen und ich kann Mama den Wald zeigen und alle deine Tiere und Papa kann die Leute hier gesund machen und Hanna kann ihm dabei helfen und dann holen wir noch Manu aus dem Heim." Der grosse, starke Bauer lachte, Tränen traten

ihm in die Augen und nun schrie auch er: „Jaaaa,
genauso machen wir das.“

November 2020

Sieber hielt inne und atmete schwer. Grete war die erste, die die Stille unterbrach: „Soll ich dir einen Tee kommen lassen, Vater“, fragte sie. Der alte Mann hob abwehrend die Hand. „Warum erzählst du uns das alles“, fragte Keller, „hat die Geschichte etwas mit dir zu tun?“ Siebers Blick ging zu Süss, die wieder auf die Liste mit den Zahlen und Namen starrte. „Was“, begann Kathy zögernd, „was hat es mit dieser Nummer auf sich? Wer ist Rebecca Stern?“ „Rebecca Stern“, antwortete Sieber mühevoll, „war meine Mutter und Emmanuel Stern mein Vater. Beide sind in Auschwitz ums Leben gekommen. Genauso wie meine Grosseltern. Mein Geburtsname ist Elias Stern und ich habe als einziger meiner Familie die Nazizeit überlebt.“ Es folgte eine beinahe unerträgliche Stille. Kathy verspürte einen dicken Kloss im Hals, Keller hatte Tränen in den Augen. Grete schluchzte leise auf und Paul von Hartmann legte beruhigend seinen Arm um sie. Sie war es, die als erste zu sprechen begann: „Das ist so schrecklich, ich kann das alles gar nicht glauben.“ Nach einer Pause der Stille fuhr sie fort: „Dein Sohn, hat er es gewusst?“, fragte seine Schwiegertochter, „warum hat er mir das nie erzählt?“ „Nein“, antwortete Sieber, „er hat es nicht gewusst. Meine Adoptiveltern, Ursula und Peter Sieber, waren seine Grosseltern. Ich habe es verpasst, ihm von meiner Herkunft, meinem Schicksal und seiner biologischen Familie zu berichten. Ich wollte es tun, als er erwachsen wurde, habe es aber immer wieder aufgeschoben. Die Erinnerungen an die Zeit in Deutschland schmerzten mich immer zu sehr. Dann hat er dich kennengelernt. Er war so glücklich. Ich wollte ihn mit meiner Vergangenheit nicht belasten. Immer wieder habe ich mir vorgenommen, mit ihm darüber zu reden und immer wieder habe ich es aufgeschoben. Bis zu seinem Unfall, bis es zu spät war." Er vergrub seine Augen in der rechten Hand und machte wiederum eine lange Pause, bevor er weiterfuhr. „Es schmerzt mich heute immer noch über meine Vergangenheit zu reden. Ich wollte vergessen, aber heute weiss ich, dass man nicht vergessen darf. Ich war feige und ich habe mich immer geschämt. Geschämt, dass ich überlebt habe, dass ich das Leben geniessen konnte, dass es mir so gut ging. Die Einzige, die es gewusst hat, war meine Frau und nach ihrem Tod habe ich es Hermann Gruber, meinem Jugendfreund Manu, erzählt. Aber lasst mich erst meine Geschichte zu Ende bringen, bevor ich eure Fragen beantworte." Ein Hustenanfall hinderte ihn beim Weitersprechen. „Lass uns eine Pause machen", schlug Keller vor, „wir können morgen weitermachen." „Nein", entgegnete Sieber bestimmt, „ich werde mich eine halbe Stunde ausruhen. Ihr könnt so lange Kaffee und Tee bestellen." Grete begleitete ihren Schwiegervater auf sein Zimmer. Als sie wieder zurückkam, räusperte sich Paul von Hartmann. „Ich fühle mich hier wie ein Eindringling. Ich denke, ich werde mich jetzt verabschieden“, flüsterte er Grete zu. Süss, die daneben stand, mischte sich in das Gespräch ein. „Ich glaube, es könnte dich auch etwas angehen“, sagte sie leise. Paul schaute sie erstaunt an. „Wie meinst du das?“ „Ich kann die Zusammenhänge auch noch nicht verstehen, aber…“ Sie wurden von einer Angestellten des Altersheimes unterbrochen, die die Anwesenden fragte, was sie trinken wollten. Mit einem warmen Tee gesellte sich Kathy zu Keller. „Was für ein Horror“, sagte sie. Süss sah, dass ihr Kollege immer noch sehr berührt war. „Warum hat er mir bis jetzt noch nie etwas erzählt. Wir sind doch in den letzten Wochen Freunde geworden. Über alles haben wir uns unterhalten, nur nicht über seine Kindheit. Und warum jetzt? Mit all diesen Leuten? Entschuldige, aber dich kennt er doch kaum. Was hast du mit seiner Vergangenheit zu schaffen?“ Keller hatte anscheinend die Liste mit den Namen und den Nummern nicht gesehen. Süss schwieg und legte ihrem Kollegen die Hand auf seine Schulter. Keller schaute sie prüfend an. „Du ahnst etwas? Kathy bitte, sag es mir.“ „Nein, ich will keine Vermutungen anstellen“, antwortete sie: „Du wirst es ja gleich erfahren.“ Dann unterhielten sich die vier Anwesenden über allerlei Banalitäten. Kathy fragte

Grete nach ihrem Sohn und sie erfuhren, dass nach dem Trauerjahr um Klaus von Hartmann, dem Vater seiner Braut, die Hochzeit geplant sei. Das junge Paar befand sich im Moment gerade in London, wo Tom ein Praktikum als Referendar machte. Um das Gespräch am Laufen zu halten, erkundigte sich Süss, wie es sich so anfühle, wenn Mutter und Sohn mit der gleichen Familie liiert seien. Paul sah Grete lächelnd und sehr verliebt an und als sie nicht gleich antwortete, sagte er an ihrer Stelle: „Es fühlt sich zu meinem eigenen Erstaunen sehr gut an. Tom ist ein grossartiger junger Mann und meine Nichte eine wunderbare junge Frau. Dank Grete und Tom habe ich wieder eine kleine Verbindung zu meiner Familie bekommen, eine zarte Pflanze, die hoffentlich noch wachsen wird." „Wie geht es denn deinem Vater?", wollte Kathy von Paul wissen. „Das hingegen weiss ich nicht. Er lebt in einem Seniorenheim. Er will mich nicht sehen und das ist auch gut so." Seltsam dabei war, dass sie alle miteinander flüsterten.

Nach genau einer halben Stunde ging die Türe auf und Sieber wurde von einer Pflegerin im Rollstuhl wiederum in den Raum gefahren. Grete eilte ihm sogleich entgegen und geleitete ihn zum Tisch. „Wird es dir nicht zuviel, Vater?", fragte sie. „Alles gut, mein Kind, es geht schon." Nachdem sich alle wieder gesetzt hatten, fuhr er mit seiner Erzählung fort.

„Ich wurde also unter dem Namen Elias Stern in Frankfurt geboren und im Alter von fünf Jahren, im Jahre 1943, von Hanna von Steineck und ihrer Freundin in die Schweiz gebracht. Nach dem Krieg haben Ursula und Peter Sieber versucht meine leiblichen Eltern durch das Rote Kreuz ausfindig zu machen. Nach sieben Monaten kam dann ein Brief mit eben dieser Liste." Er hob das Blatt mit den Namen und Nummern in die Höhe so, dass es alle am Tisch sehen konnten. Keller setzte seine Brille auf und Kathy sah, wie sein Gesicht erstarrte, als auch er die Nummer erkannte. „Ursula und Peter versuchten mir schonend beizubringen, dass meine Eltern nicht mehr lebten. Ich konnte tage-, nein, wochenlang nicht weinen. Ich habe mich in mein Zimmer verkrochen und wollte nicht mehr in die Schule. Meine Pflegeeltern haben mich gewähren lassen. Irgendwann ging Peter mit mir in den Wald. Wir setzten uns auf einen Baumstumpf und er nahm mich in seine kräftigen Arme. Dabei löste sich mein innerer Knoten. Ich schrie, weinte und schlug um mich. Rede mit deinen Eltern. Hier im Wald kannst du das ungestört tun und sie werden dich hören, sagte Peter zu mir. Diese wunderbaren Menschen, ihre Tiere und die Natur haben mir meinen Lebensmut zurückgegeben.

Nach einem Jahr haben sie mir vorgeschlagen, mich zu adoptieren. Wie gerne habe ich zugestimmt. Und so wurde ich Christian Sieber." Er lächelte. „Nach Elias Stern und Kurt von Steineck war das also im Alter von zehn Jahren mein dritter Name, meine dritte Identität. Dank meiner Adoptiveltern waren die darauffolgenden Jahre für mich wie ein Wunder. Sie waren es, die mir letztlich eine angstfreie Kindheit schenkten. Jeden Abend haben wir meine Eltern in unser Gebet eingeschlossen. Ich war auf dem besten Weg ein Christ zu werden. Eines Tages, ich muss etwa 16 Jahre alt gewesen sein, habe ich im Geschichtsunterricht von den Vernichtungslagern erfahren und wie man die Juden umgebracht hatte. Ich rannte nach Hause, habe getobt, meine Adoptiveltern beschimpft und geschrien, sie sollen sich mit ihrem ach so gnädigen Gott zum Teufel scheren. Sie waren entsetzt. Entsetzt über mich, aber auch darüber, was ich ihnen erzählte. Sie haben wohl auch nicht gewusst oder erfolgreich verdrängt, wie die Nazis mit den Juden umgegangen sind. Wie auch. In dieser idyllischen Landschaft, fernab der realen Welt." Sieber seufzte und sein Blick schweifte in die Ferne. Er machte eine lange Pause, die von den anderen nur schwer zu ertragen war, bevor er weiterfuhr. „Nun mein weiterer Weg ist ja bekannt. Ich habe Juristerei studiert, denn ich hatte das Bedürfnis, nein, den Drang nach Gerechtigkeit. Als ich 1965 mit meinem Studium fertig war, hatte ich plötzlich den grossen Wunsch, Hanna zu finden."

1965

Auf der Reise nach Frankfurt kamen bei Christian Sieber viele Erinnerungen hoch. Er dachte an den alten Mann im Zug, den Hanna dank ihrer Chuzpe vor der SS gerettet hatte, daran, wie der Zug immer wieder angehalten wurde und Menschen von Soldaten rausgeprügelt wurden. Es waren Bilder, die er jahrelang verdrängt hatte. Er spürte, wie Trauer und Wut in ihm aufstiegen. Wollte er sich das wirklich antun? Wollte er wirklich zurück in die Vergangenheit reisen? In dieses Land, das ihm seine Eltern, seine ganze Familie genommen hatte? Er war sich jedoch im Klaren, dass es keine Sippenhaft gab, und dass damals auch hier Menschen lebten wie Hanna und ihre Freundin oder die alte Frau Baumann; Menschen, die ihm geholfen hatten.

In Frankfurt war vom Krieg kaum noch etwas zu spüren. Dort, wo das kleine Einfamilienhaus seiner Eltern gewesen war, stand jetzt ein moderner Bürobau. Auch das Haus, in dem er damals mit Hanna gewohnt hatte, existierte nicht mehr. Er beschloss, dass er die Villa ihrer Eltern aufsuchen wollte. Vielleicht konnte er dort etwas über seine Retterin erfahren. Das Haus war vollkommen unversehrt. Lange stand er vor dem gusseisernen Gartentor und es überkam ihn ein grosses Unbehagen. Die Bilder von damals tauchten auf. Plötzlich öffnete sich die Türe und eine alte Frau trat hinaus in den Garten.

„Martha?“, rief er, „Martha, sind Sie das?“ Die alte Frau schaute ihn mit leerem Blick an und kam näher. Kurz darauf drang aus dem Haus eine junge Frauenstimme. „Warte, du sollst doch auf mich warten.“

Martha war nur noch durch das Gitter von Christian getrennt. „Ich kenne dich“, sagte sie. Eine junge Frau eilte aus dem Haus und Christians Herz begann wild zu klopfen. Die Zeit schien stehengeblieben zu sein. „Hanna“, sagte er leise. Das konnte doch nicht sein. „Bitte entschuldige“, ihre glashelle Stimme duzte Christian sogleich. Dann wandte sie sich wieder an die alte Frau: „Du sollst doch nicht fremde Leute ansprechen.“ Martha lächelte: „Aber Hanna, wie kannst du das sagen, er ist doch kein Fremder, er ist doch dein Sohn.“ Das helle Lachen und die Stimme der jungen Frau klangen in Christians Ohren vertraut. „Aber Martha ich habe doch keine Kinder. Geh ein wenig in den Garten.“ Kopfschüttelnd entfernte sich die ältere Frau und summte dabei ein Kinderlied. „Bitte entschuldige, unsere liebe Martha ist etwas verwirrt. Ihr Sohn ist im Krieg gefallen. Jahrelang war sie im Ungewissen, hat gehofft, dass er zurückkommt. Nach der Nachricht über seinen Tod hat sie sich immer mehr in ihre eigene Welt zurückgezogen. Sie verwechselt mich oft mit meiner Tante Hanna, die sie mehr oder weniger grossgezogen hat.“ „Nun“, entgegnete Christian, „du siehst deiner Tante auch sehr ähnlich und irgendwie scheint Martha mich auch erkannt zu haben. Du musst Elisabeth sein." „Die bin ich tatsächlich", antwortete die junge Frau erstaunt, „Aber woher kennst du mich und wann hast du Hanna kennengelernt?" „Mein Name…" „Mensch komm doch erst mal rein. Ich bin alleine mit Martha. Wir können uns auf die Terrasse setzen, so habe ich Martha im Blick", unterbrach sie ihn. „Du hast mir vor vielen Jahren ein Buch geschenkt. Die Wurzelkinder", sagte Christian, als sie sich an den kleinen Tisch auf dem Balkon gesetzt hatten. Elisabeth sprang auf. „Kurtchen?", schrie sie, „Hannas Stern?" „Du kannst dich erinnern?" fragte er. „Ja", antwortete sie sichtlich gerührt, „ich sass damals bei Martha in der Küche, als Hanna von eurer Flucht zurückkam. Ich habe natürlich erst nach dem Krieg erfahren, dass Hanna dich in die Schweiz gebracht hat und dass du gar nicht ihr Sohn warst", erzählte Elisabeth, „aber ich erinnere mich an diesen Abend, als Hanna zurückkam, wie die beiden Frauen mit mir durch die Küche tanzten und dann machte Martha Pfannkuchen mit Sahne. Hanna hat den ganzen Abend von dir geredet und dich immer mein kleiner Stern genannt. Es ist einer der wenigen glücklichen Momente mit Hanna aus dieser Zeit, an die ich mich erinnern kann." Schweigend sahen sie beide eine ganze Weile der alten Frau zu, die sich inzwischen auf eine Schaukel gesetzt hatte und immer noch ihr Lied sang. Christian verspürte eine innere Ruhe und all die Ängste und Vorbehalte, die er vor dieser Reise gehabt hatte, schienen von ihm abzufallen. „Aber dann scheint Martha dich ja wirklich erkannt zu haben", unterbrach Elisabeth die Stille nach einiger Zeit, „erzähl mir, wie dein Leben nach deiner Flucht verlaufen ist." „Das werde ich sogleich tun. Aber sag du mir zuerst, wie es Hanna geht. Ist sie hier in Frankfurt?" Elisabeth nahm seine Hände und schaute ihm tief in die Augen. „Hanna ist tot", sagte sie sanft. „Nein", schrie er. „Warum? Warum müssen alle Menschen, die ich geliebt habe, sterben?" Überfordert von der emotionalen Achterbahn lief er in den Garten. Er wollte seine Tränen zurückhalten, was ihm nicht gelang. Plötzlich spürte er eine Hand auf seinen Schultern. Martha stand hinter ihm. „Aber Elias, mein Junge, mein kleiner Stern", sagte sie, „du musst doch nicht weinen. Hanna kommt bald zurück. Sie muss nur noch kurz arbeiten bei dem Doktor. Bei Doktor Stern, weisst du, er ist ein guter Mann." Christian hatte das Gefühl, als würde ihm der Boden unter den Füssen weggezogen. Aber da waren plötzlich die starken Arme der zierlichen Elisabeth, die ihn fest umschlangen und er weinte hemmungslos. „Lass uns einen Spaziergang machen", sagte Elisabeth sanft, nachdem er sich etwas beruhigt hatte. Sie brachten

Martha ins Haus. „Komm wir gehen zum Main", schlug Elisabeth vor. Sie liefen lange dem Fluss entlang, setzten sich hin und wieder auf eine Bank, tranken dazwischen in einem kleinen Uferbistro einen Kaffee. Elisabeth erzählte ihm, was Hanna widerfahren war. „Ich kann dir eigentlich nur weitergeben, was mir damals meine Mutter und Martha erzählt haben. Nach eurer geglückten Flucht kam Hanna beseelt und euphorisch zurück. Sie wollte weiteren Kindern zur Flucht in die Schweiz verhelfen. Es gelang ihr noch einige wenige Male. Dabei wurde sie immer unvorsichtiger. Sie nahm zwei, oder drei Kinder mit. Die Ausweispapiere wurden vernachlässigt. Eines Tages wurde sie mit zwei Kindern aus dem Zug genommen. Man hat sie inhaftiert und muss sie gequält und gefoltert haben. Sie hat Martha besucht, als sie entlassen wurde. Beinahe hätte ich sie nicht wiedererkannt. Ich konnte damals nicht verstehen, was geschehen war, denn ich war ja noch ein Kind. Auf Marthas Drängen hin haben meine Grosseltern sie wieder aufgenommen. Ihre Bedingung war, dass sie das Haus nicht mehr verlassen durfte. Wenn ich heute an die Hanna aus dieser Zeit denke, würde ich behaupten, sie war damals bereits innerlich tot. Eines Nachts bin ich erwacht. Ich hörte draussen ein Geräusch und ging zum Fenster. Ich sah gerade noch, wie Hanna aus dem Gartentor trat. Hätte ich nur jemanden geweckt und es erzählt. Aber ich hatte Angst, Angst, dass sie bestraft werden könnte, denn ich wusste ja, dass sie das Haus nicht verlassen durfte. Am nächsten Morgen hat man sie gefunden, erschossen. Martha hat mir erzählt, dass Hanna auf ihren alten Mantel mit grossen Stichen einen Judenstern aufgenäht hatte. Sie sei durch die Strassen gelaufen und hätte geschrien: dann kommt doch, ihr Feiglinge, kommt doch und holt mich, ich bin eine verdammte Jüdin." Elisabeth fing lautlos an zu weinen. „Ich hätte es doch verhindern können", schluchzte sie, „wenn ich damals jemanden geweckt hätte, wenn ich jemandem gesagt hätte, dass sie das Haus verlässt, wenn ich…." Christian legte tröstend seinen Arm um Elisabeth: „Du warst ein Kind, Ellie. Und so wie du es erzählst, wollte sie wohl nicht gerettet werden." Er küsste sie zart auf ihr Haar. Nach einer Weile blickte sie zu ihm hoch. „Ich mag es, wenn du Ellie zu mir sagst."

November 2020

Christian Sieber machte wiederum eine Pause in seiner Erzählung und schaute abwesend in die Ferne. Dieses Mal spiegelte sich jedoch ein zartes Lächeln auf dem alten Gesicht. Es war erneut Grete, die die anhaltende Stille zu unterbrechen wagte. „Sie wurde deine Frau, sie wurde deine Ellie", sagte sie leicht fragend, wie jemand, der die Antwort bereits genau kannte. Sieber nickte und fuhr mit seiner Erzählung fort.

Er wollte damals zwei Tage in Frankfurt bleiben und blieb zwei Wochen. Er verbrachte jeden Tag mit Ellie und bereits nach einer Woche übernachtete sie bei ihm im Hotel. Sie wohnte immer noch in der grossen Villa zusammen mit ihren Eltern, ihrem Grossvater und Martha. Kurz bevor Christian zurück in die Schweiz reiste, organisierte sie ein Zusammentreffen mit ihrer Familie. „Erwarte nicht zuviel", sagte Ellie, „mein Grossvater ist ein liebloser, alter Mann. Meine Grossmutter hat ihm seine Hartherzigkeit gegenüber Hanna nie verziehen. Sie war überzeugt, dass er an ihrem Tod schuld war. Sie ist vor acht Jahren verstorben." Als Christian an besagtem Abend die Villa betrat, überkam ihn ein mulmiges Gefühl, das jedoch gleich verschwand, als Martha auf ihn zu tänzelte. „Da bist du ja endlich, mein Junge", sagte sie, „komm zu mir in die Küche. Ich mach dir Pfannkuchen." Ellie nahm die alte Frau an der Hand.

„Christian darf heute mit mir essen", sagte sie zu ihr mit leiser Stimme, „du kannst beruhigt auf dein Zimmer gehen."   Arm in Arm betrat das junge Paar das Esszimmer und Ellie stellte Christian ihren Eltern und dem Grossvater als Elias Stern vor, den Jungen, dem Hanna damals zur Flucht verholfen hatte. Der alte von Steineck erhob sich wortlos und verliess demonstrativ den Raum. Ellies Vater folgte ihm sogleich und ihre Mutter murmelte eine Entschuldigung, bevor auch sie verschwand. „Das werde ich meinen Eltern nie verzeihen", murmelte Ellie, „von meinem Grossvater habe ich nichts anderes erwartet, aber meine Eltern", stammelte sie, „es tut mir so leid", flüsterte sie unter Tränen. Christian nahm sie in seine Arme. „Ich liebe dich", flüsterte er ihr zu, „lass uns die Vergangenheit vergessen."

Elisabeth, die in Frankfurt Lehramt studierte, wollte ihre Ausbildung noch abschliessen. Nach dem Besuch von Christian zerstritt sie sich mit ihrer Familie, verliess ihr Elternhaus und nahm sich eine kleine Wohnung. Das junge Paar führte ein Jahr eine Fernbeziehung und besuchte sich jeweils am Wochenende. Im Spätsommer 1963 brachte Ellie eines Tages Martha mit zu Besuch. Christians Adoptiveltern haben die beiden herzlich empfangen. Martha wollte nie mehr zurück nach Frankfurt. Peter und Ursula haben sie aufgenommen und sich rührend

um sie gekümmert. Sie blieb bis zu ihrem Tod 1969 auf dem Hof. Jeden Tag, bei jedem Wetter sass sie auf der Bank vor dem Haus und schaute in die Berge. „Das muss ich meinem Sohn zeigen", murmelte sie immer leise. „Eines Tages wird er kommen und dann werden wir uns die Berge zusammen ansehen."
Ellie und Christian heirateten 1967 und 1969 kam ihr Sohn zur Welt. Der junge Vater konnte in Basel mit einem Studienkolleg eine Anwaltskanzlei eröffnen. Ellie bekam eine Anstellung in einer Grundschule.
„Wir führten ein zufriedenes Familienleben", fuhr Sieber in seiner Erzählung fort, „unser Sohn konnte studieren und hatte eine unbeschwerte Jugend." Er lächelte und machte eine Pause, die niemand der Anwesenden zu unterbrechen wagte. Dann fiel sein Blick auf Grete. „Eines Tages brachte er dieses wunderbare Mädchen mit nach Hause. Die beiden heirateten und schenkten uns ein Enkelkind. Die junge Familie war das Glück unserer alten Tage. Bis zum Jahr 2010, als unser geliebter Sohn durch einen Unfall ums Leben kam." Der alte Mann schaute Grete lange an und drückte ihre Hand. Dann fiel sein Blick auf Paul von Hartmann. „Grete hat viel durchgemacht. Sie ist eine tapfere und starke Frau. Sie hat es mehr als verdient endlich wieder glücklich zu sein und geliebt zu werden." Er machte eine kurze Pause, bevor er mit gefestigter Stimme weitersprach. „Ellie ist am Tod unseres Jungen beinahe zerbrochen.

Zwei Jahre nach dem Unfall unseres Sohnes wurde bei ihr Krebs im Endstadium diagnostiziert. Ich nahm meine Frau sofort mit nach Hause und habe sie bis zu ihrem Tod gepflegt. Manu Gruber, mein Jugendfreund, den ich nach Jahren zufällig wieder getroffen habe, war mir dabei eine grosse Hilfe. Er kam jeden Tag vorbei und löste mich am Krankenbett ab. Als Ellie starb, wich er nicht mehr von meiner Seite. Ich war untröstlich und haderte mit dem Schicksal. Warum musste der Tod denn immer wieder meinen Weg kreuzen. Und warum wollte er immer meine Liebsten und nicht mich mitnehmen? Manu, Grete und mein Enkel Tom haben mich aus dem dunklen Loch wieder ins Leben gezogen. Mein alter Freund Gruber, der damals so plötzlich aus unserem Dorf verschwunden ist, war mit 15 Jahren zur See gegangen. Er blieb bis zu seiner Pensionierung ein einfacher Matrose. Seine Rente war sehr bescheiden und ich bot ihm nach Ellies Tod an, in meinem Haus zu wohnen. Als ich immer schwächer wurde, schlug ich ihm vor, in ein Altersheim zu gehen. Manus Rente hätte dafür jedoch nicht gereicht und so übernahm ich einen Teil der Kosten für meinen Freund.“ Der alte Mann blickte in die Runde: „Ihr fragt euch, warum ich euch das alles erzähle. Vor allem Frau Kommissarin Süss und mein lieber Freund Keller fragen sich die ganze Zeit, was es mit der Auschwitznummer von meiner Mutter auf sich hat, die sie bei dem toten Klaus von Hartmann gefunden haben." Paul zuckte zusammen. „Sein oder besser gesagt Euer Vater Friedrich Hartmann", sagte er mit Blick auf Paul, „war der Junge, der damals vor meiner Mutter ausspuckte, dem ich die Nase blutig geschlagen habe und der unsere Familie an die Gestapo verraten hatte. Sein Vater war ein hohes Tier bei der SS. Er hat dafür gesorgt, dass wir aus unserm Haus vertrieben wurden und ist mit seiner Familie dort eingezogen." Paul sackte in sich zusammen und eine unerträgliche Stille durchflutete den Raum. Mit einem Mal schlug Paul mit der Faust auf den Tisch. Immer und immer wieder so stark, dass Kathy befürchtete, er würde sich seine Hand brechen. Mit gefasster Stimme fuhr Christian Sieber fort. „Lassen Sie das, Paul. Es gibt keine Sippenhaft. Das habe ich spätestens gelernt, als ich meine Frau Ellie kennengelernt habe." „Aber was hat das mit dem Mord an Klaus von Hartmann zu tun? Und wie und wann haben Sie herausgefunden, dass es sich um die besagte Familie handelt?", fragte Süss. Sieber versuchte ein ganzes Leben lang, wie er weitererzählte, die Ereignisse seiner Kindheit zu vergessen. Er war dankbar für sein neues, sein zweites Leben und für das Glück, das er mit Ellie und seiner Familie gefunden hatte und wollte die Vergangenheit ruhen lassen. „Ich habe zwar immer gewusst, dass der Junge von damals Friedrich hiess.

An den Familiennamen konnte ich mich jedoch nicht erinnern. Nie hätte ich den Verräter von damals mit der Familie von Hartmann in der Schweiz in Verbindung gebracht. Dann zwei Tage nach der Verlobung meines Enkels mit Julia war dieses Foto in der Zeitung. Aufgenommen im Salon der Hartmannschen Villa. Im Hintergrund sah ich sie: Fräulein Weiss, das Bild, das meine Mutter so liebte."
„Der Munch", entfuhr es Keller. Der alte Mann nickte nur. Er berichtete seinem Freund Gruber von der Entdeckung. „Alles kam wieder hoch und ich wollte nur noch eines: dieses Bild wieder haben."
Die beiden Männer fuhren einige Tage später mit einem Taxi zur Villa. Frau Meister führte sie in den Salon und kurze Zeit später betrat Klaus von Hartmann den Raum. Christian Sieber stand vor dem Munch und die Tränen liefen ihm über sein Gesicht. Manu Gruber legte tröstend den Arm auf seine Schultern. „Was kann ich für Sie tun, meine Herren?", fragte Hartmann. „Mein Bild, das ist mein Bild und Sie können es mir zurückgeben." Hartmann lachte laut: „Was soll der Unsinn? Bitte verlassen Sie unverzüglich mein Haus." Christian Sieber stellte sich ihm vor. „Ich bin der Grossvater von Tom. Dieses Bild hat einmal meiner Familie gehört. Wir haben es während der Nazizeit verloren. Ich weiss nicht, wie und wo zu dem Gemälde gekommen sind, aber ich bitte Sie inständig, dass Sie es mir

verkaufen." „Nun", Klaus von Hartmann kratzte sich am Hinterkopf, „das ist zwar sehr bedauerlich, aber ich denke nicht, dass Sie über das nötige Kapital verfügen. Das ist ein Munch und seine Bilder werden sehr hoch gehandelt. Zudem war es schon immer in unserer Familie. Sie müssen sich irren," Gruber ging in seiner vollen Grösse auf Hartmann zu. „Dieses Bild wurde der Familie meines Freundes gestohlen, verstehst du, gestohlen damals, in Frankfurt. Und du gibst es ihm wieder zurück und zwar unverzüglich." Die letzten Worte schrie er Hartmann ins Gesicht, so dass dieser ängstlich zurückwich. „Davon weiss ich nichts", sagte er betroffen, „aber das müssen Sie mir erst mal beweisen." In diesem Moment schlug die Türe auf und Fritz von Hartmann betrat den Raum. Christian Sieber blieb beinahe das Herz stehen, denn er erkannte nach beinahe 80 Jahren den ehemaligen Hitlerjungen Friedrich sogleich wieder. „Was ist hier los!", schrie dieser mit lauter Stimme. Sein Sohn informierte ihn kurz über die beiden Männer und die Ursache ihrer Anwesenheit. „Lächerlich!", rief der Alte aus. „Du erkennst mich nicht wieder, Friedrich, kannst dich nicht mehr erinnern, dass ich dir die Nase blutig geschlagen habe, damals? Kannst du dich nicht mehr erinnern, dass du meine Familie verraten hast? Kannst dich nicht mehr erinnern, dass ihr euch in unserem Haus breitgemacht habt, nachdem ihr es uns weggenommen habt?" „Ach du bist das. Der kleine

Judenbengel. Ich kann mich gut erinnern, dass man dich damals nicht gefunden hat. Mein Vater hat dich überall gesucht. Meine Gruppe aus der Hitlerjugend versuchte dich aufzuspüren. Wo zum Teufel hast du dich damals versteckt? Und jetzt willst du allen Ernstes herkommen und die alten Geschichten wieder hervorholen? Das ist alles längst verjährt." „Für dich vielleicht", antwortete Sieber, „für mich wird es nie verjährt sein. Meine Eltern sind in Auschwitz ums Leben gekommen. Ich habe mich oft gefragt, was wohl aus dir geworden ist, Friedrich Hartmann. Ich habe dich nicht in der Schweiz vermutet. Aber dieses Bild hat dich verraten. Meine Mutter hat es geliebt. Meine Eltern haben es damals zur Hochzeit geschenkt bekommen. Ich will dieses Bild wiederhaben, das ist alles, was ich will. Ich möchte…" „Papperlapapp", fuhr der Alte dazwischen, „ihr beiden traurigen Gestalten verlasst jetzt auf der Stelle mein Haus." „Oder?", fragte Gruber und ging langsam auf den alten von Hartmann zu. „Oder ich rufe die Polizei!" „Lass uns gehen, Manu", sagte Sieber, „ich denke die Presse wird ganz gierig sein etwas über Raubkunst und die bekannte Familie von Hartmann zu erfahren." „Lächerlich", rief Fritz von Hartmann und seine Stimme zitterte vor lauter Zorn, „das glaubt dir kein Mensch. Und nenn mich nie wieder Friedrich." „Eine Frage habe ich noch", Sieber war schon bei der Türe, drehte sich noch einmal um und sprach nun ganz ruhig und gefasst: „Meine Familie besass noch ein weiteres Bild von Carsten Munch. Mein Grossvater hat es mir damals geschenkt. Einen Blumengarten." Fritz lachte hämisch. „Ah ja, ich erinnere mich. Es hat mir als Kind äusserst gut gefallen. Es hing in meinem Zimmer. Mein Vater hat es nach dem Krieg verkauft. Er brauchte schliesslich Startkapital für unseren Neuanfang in der Schweiz." „Lass uns gehen", sagte Sieber zu seinem Freund und ohne weitere Worte verliessen die beiden Männer die Villa. „Du willst dir das doch nicht gefallen lassen", sagte Manu, als sie draussen waren. „Ich muss erst nachdenken und mir den nächsten Schritt genau überlegen", antwortete Sieber seinem Freund, „du weisst ja, dass mein Enkel mit Julia von Hartmann verlobt ist und Grete ist seit Kurzem mit dem jüngeren Sohn liiert. Den Kindern zuliebe werde ich möglichst einen Skandal vermeiden." Am Abend teilte er Manu mit, dass er erstmal versuchen wollte, mit Klaus von Hartmann alleine zu sprechen. „Er schien mir nicht so verbohrt zu sein wie sein alter Herr." Tags darauf gingen die beiden Männer in die Import-/Exportfirma von Hartmann. Sie wurden beim Empfang informiert, dass der Chef nicht in der Firma sei. Sie liessen sich jedoch nicht so schnell abspeisen und nach hartnäckigem Insistieren bekamen sie einen Termin für den darauffolgenden Tag. Als sie zur

abgemachten Zeit wieder in der Firma auftauchten, wurde ihnen jedoch mitgeteilt, dass Herr von Hartmann die beiden Herren nicht zu sprechen wünsche. Er liess ausrichten, dass alles gesagt sei.
Eine Woche später war im Wirtschaftsteil der Basler Zeitung ein Interview mit Klaus von Hartmann abgedruckt. Er rühmte sich nicht nur damit, dass er immer wieder kleinere Sportvereine der Stadt unterstütze, sondern er betonte auch seine eigene Fitness. „Jeden Montag-, Mittwoch- und Freitagmorgen gehe ich um sieben Uhr in der Früh eine Stunde laufen. Meine Strecke führt von Binningen bis zum Wasserturm." Sieber las seinem Freund die Zeilen laut vor. „Dann lass uns doch morgen gleich mal dahin gehen", entgegnete Gruber, „und uns mit dem feinen Herrn unterhalten."
Sieber machte eine Pause, bevor er weitersprach. In der Bibliothek war es mäuschenstill. Keiner der Anwesenden traute sich etwas zu sagen. Alle sassen mit nach unten gerichtetem Blick auf ihren Stühlen. Einzig Grete hielt die Hand von Paul. „Dreimal", fuhr der alte Mann nach geraumer Zeit fort, „dreimal gingen wir frühmorgens in den Wald und erst beim dritten Mal trafen wir Klaus von Hartmann an. Er absolvierte Dehnungsübungen hinter einem Baum. Ich sprach ihn sogleich an. Natürlich erkannte er uns im ersten Augenblick nicht, oder er tat wenigstens so. Er wollte sich jedoch nicht mit mir unterhalten. Aber

Gruber stellte sich ihm in den Weg. Es kam zum Streit. Er begann sogar den Holocaust zu leugnen. Da hielt ich ihm den Zettel mit der Nummer, die meine geliebte Mutter in Auschwitz erhalten hatte, vor sein Gesicht. Er nahm ihn mir aus der Hand, zerriss ihn und wollte seinen Lauf fortsetzen. Gruber stellte sich ihm in den Weg. Ich bat ihn noch einmal, mir das Bild von Munch zu überlassen, da es doch Eigentum meiner Familie gewesen sei. Er lachte nur und wollte weiter. Gruber, der zwar alt ist, aber Hartmann um gut einen Kopf überragte, hinderte ihn erneut daran. Hartmann wurde aggressiv. „Bist wohl auch Jude", schrie er, „mein Vater hatte schon recht, wenn er bedauert, dass man euch damals nicht alle vergast hat." Ich sah nur noch, wie Gruber sich nach einem Ast bückte und zuschlug." Tränen traten dem alten Mann in die Augen und die Stille war unerträglich. Keller, der neben Sieber sass, drückte ihm die Hand. Dieser blickte plötzlich Paul an und sagte mit beinahe tonloser Stimme: „Ich bedaure das alles sehr. Ich wollte nicht, dass es so endet. Hätte ich es gewusst, hätte ich niemals meinen Anspruch auf das Bild geltend gemacht. Es tut mir nicht nur für Sie und Ihre Familie leid, Paul, sondern auch für meinen Freund Gruber. Er ist ein sehr emotionaler Mensch. Er hat im Affekt gehandelt und es hinterher auch sehr bereut." „Ich", begann Paul von Hartmann und es bereitete ihm augenscheinlich grosse Mühe zu sprechen, „Ich

weiss nicht, was ich sagen soll. Ich bin zutiefst beschämt über das, was meine Vorfahren ihrer Familie angetan haben. Jetzt wird mir auch klar, warum mein Vater nie über seine Kindheit reden wollte. Es war ihm wohl nur allzu recht, dass ich aus seinem Leben verschwunden bin und nicht weiter nachgefragt habe. Natürlich trauere ich auch um meinen Bruder. Er wurde immer mehr von meinem Vater instrumentalisiert. Es ist alles so schrecklich. Aber Sie trifft mit Sicherheit keine Schuld." Wiederum wurde es sehr still. Draussen war die Sonne untergegangen und den Raum überzog eine leichte Dunkelheit. Keller stand auf und schaltete eine Leselampe in einer Ecke des Raumes an.
Süss war die Erste, die anfing zu reden. „Warum jetzt, drei Monate später, dieses Geständnis?", fragte sie. Sieber erklärte ihnen, dass Gruber sich sofort stellen wollte, vor allem nachdem bekannt wurde, dass man einen anderen beschuldigte, den Mord begangen zu haben. „Er ist jedoch unheilbar krank", sagte er. Sieber hinderte ihn daran, weil er wollte, dass sein alter Freund die letzten Wochen seines Lebens noch in Freiheit geniessen konnte. Vor einer Woche musste er hospitalisiert werden. Er hatte laut den Ärzten nur noch wenige Tage zu leben und er bat Sieber, noch vor seinem Ableben reinen Tisch zu machen, so dass er in Frieden sterben kann. „Gut", sagte Süss, „ich werde über ihre Aussage ein Protokoll schreiben. Wir

werden dann nochmals vorbeikommen, damit sie es unterschreiben können." Still und leise verabschiedeten sich alle. Der alte Mann nahm die Hände von Grete und Paul und sagte mit leiser Stimme: „Es ist eine neue Zeit. Vielleicht kann eure Liebe die Schrecken der Vergangenheit mildern. Wir sollten nie vergessen, was geschehen ist, und müssen achtsam sein, dass das Geschehene sich nicht wiederholt. Aber eure Generation soll nicht dafür bestraft werden. Ihr solltet auch Tom und Julia nichts davon erzählen. Lasst ihnen ihre Unbekümmertheit."

Dezember 2020

Keller räumte seinen Schreibtisch auf und verliess gegen 15 Uhr das Kommissariat. Als er eine halbe Stunde später zurückkam, hatte er zwei Flaschen unter dem Arm und eine grosse Tüte Chips in Händen. Er öffnete den Prosecco mit einem grossen Knall und gleichzeitig ging die Türe auf und zu Kathys Erstaunen traten Carsten und Tina, Steiners Sekretärin, ein. Keller füllte die Gläser. „Ich wünsche euch schöne vier Wochen ohne den alten Brummbären! Greift zu", rief er in die Runde. „Wo geht's denn hin?", wollte Tina wissen. Er erzählte allen von seiner bevorstehenden Reise in die Toscana und dem Hotel von der Tochter seiner Freundin Brigitte Meister. Er hatte Fotos ausgedruckt und lud alle ein, ihren nächsten Urlaub in diesem Paradies, wie er es nannte, zu verbringen. Kathy lächelte ihren Kollegen an und wunderte sich über seine Leutseligkeit. Sie stand ihm wirklich gut, seine neue Partnerin. Nach circa einer Stunde und nachdem alle auf seinen Urlaub angestossen hatten, verliessen Carsten, Tina und Samir das Kommissariat. „Ich nehme Flügge mit. Es gibt noch sehr viel zu tun, bis die beiden das Hotel eröffnen können und ich denke, der Kerl kann gut mit anpacken", sagte Keller zu Kathy. „Und du glaubst, dass das gut geht?", fragte sie. „Ich werde ja jetzt erst mal vier Wochen mit dabei sein. Wenn er sich anstrengt, kann er vielleicht auch dortbleiben." Er schaute Kathy in die Augen. „Weisst du, er ist kein schlechter Kerl. Ich denke, er hat eine zweite Chance verdient." Süss war gerührt, ging zu ihrem Kollegen und nahm in fest in die Arme. „Das denke ich auch", sagte sie, „und dass du mir ja wieder zurückkommst."

Gegen Abend betrat Keller die Altersresidenz. Die Heimleiterin kam ihm entgegen. „Er ist in seinem Zimmer. Er hat es seit zwei Wochen nicht mehr verlassen. Sitzt immer vor diesem Bild, das ihm Paul von Hartmann und seine Schwiegertochter gebracht haben. Er zieht sich immer mehr in sich zurück. Vielleicht können sie ihn dazu überreden, dass er wenigstens die Mahlzeiten im Esssaal zu sich nimmt", sagte sie zu Keller. „Wir sollten seinen Entscheid akzeptieren", antwortete Keller bloss. Leise öffnete er die Türe von Siebers Zimmer. Der Raum war abgedunkelt und ein kleines Spotlicht fiel auf das Bild, vor dem der alte Mann sass. Er wandte kurz den Kopf zu Keller und lächelte: „Meine Mutter hat mir vor langer Zeit versprochen, dass ich sie zurückbekommen werde. Ist sie nicht wunderschön, unser Fräulein Weiss?"